VRIJ SPEL

Carlijn Vis

Vrij spel

2012
Uitgeverij Contact
Amsterdam/Antwerpen

Bij de productie van dit boek is gebruikgemaakt van papier dat het keurmerk Forest Stewardship Council (FSC) draagt. Bij dit papier is het zeker dat de productie niet tot bosvernietiging heeft geleid. Ook is het papier 100% chloor- en zwavelvrij gebleekt.

FSC www.fsc.org MIX Papier van verantwoorde herkomst FSC® C019440

Foto auteur Tessa Posthuma de Boer
Omslagontwerp Marry van Baar
Omslagbeeld Carina Romano
Typografie binnenwerk Perfect Service
Drukker HooibergHaasbeek, Meppel
ISBN 978 90 254 3785 5
D/2012/0108/921
NUR 301
www.vrijspelderoman.nl
www.carlijnvis.nl
www.uitgeverijcontact.nl

Voor mijn omama

Take care of all your memories. For you cannot relive them.
Bob Dylan – *The Genuine Basement Tapes*, 1967

1

Emma is zesentachtig en wil een tatoeage. Een honingbijtje, vlak boven haar boezem. Of ze dat echt wil, weet ze niet, maar daar gaat het niet om, ze kan het zeggen nu. Wat dat betreft is ze in de verkeerde tijd opgegroeid; wat die meiden van tegenwoordig allemaal kunnen uitspoken, schitterend. Breezersletjes en comazuipen, dat hoeft misschien niet, maar *40 Dagen Zonder Seks* is nou ook weer niet nodig.

Elke avond kijkt ze minimaal één uur televisie. Het volume op de hoogste stand want hoe harder het geluid, des te beter ze het kan zien. Ze heeft overwogen om de opstelling van de meubels aan te passen zodat de televisie dichter bij de bank kan staan, maar dan moet ze het meubilair steeds terugzetten als er bezoek komt. De inrichting is al veertig jaar hetzelfde en verandering zou vragen oproepen.

Ze hoeven niet alles van haar te weten.

In het lokale krantje heeft ze een advertentie gezien van een kliniek bij haar in de buurt. Het logo kwam haar bekend voor want ze was er wel eens langsgereden, maar toen had ze niet goed kunnen lezen wat er op de gevel stond. 'Dankzij de veilige ooglaserbehandelingen van Eyescan zijn een bril of lenzen niet meer nodig,' belooft de advertentie. Ze noteert het nummer.

Praten kan altijd.

Iemand omschreef haar ogen eens als raadselachtig, alsof haar net een listige propositie was gedaan. Zo keek zij permanent, vond hij. Zij vond 'mysterieus' een beter woord, maar zag het hoe dan ook als een compliment. Haar ogen heeft ze altijd goed onderhouden, en het compliment trouwens ook want dat draait ze nog geregeld af in haar gedachten, alsof het een jukebox is daarbovenin. Sommige complimenten draait ze grijs.

Emma rijdt achteruit de oprit af. Op de hoek met de weg ligt de grote kei, die aangeeft waar haar territorium begint. Ze manoeuvreert de Polo rakelings erlangs. Piet zegt dat ze haar auto met de kont naar het huis moet parkeren, zodat ze vooruit de straat op kan als ze weg wil rijden. Onzin, ze doet het al jaren op deze manier. Hij gaat toch ook niet ineens een zwemvest aandoen als hij gaat zwemmen? Ze schakelt naar de eerste versnelling, laat rustig de koppeling opkomen en geeft ondertussen een beetje gas. Aan het geluid hoort ze dat ze dat net iets te vroeg doet. Morgen beter. In de verte steekt een man over. Heeft die vent nou een rok aan? Pas als Emma het zebrapad met haar voorwielen aantikt, ziet ze dat het een vrouw is met kort haar en een wat houterige motoriek. Het type vrouw dat, van dichtbij bekeken, ineens een sluimerende snor blijkt te hebben.

In de wachtkamer van de oogarts wordt haar een kopje koffie aangeboden. 'Met een zoetje, alstublieft.' Witte kuipstoeltjes met stalen poten en een glazen tafel met een keurige stapel tijdschriften proberen de ruimte op te vullen. Naast haar zit een dame met haar hondje op schoot. Een hond die op schoot kan, is geen echte hond. Honden moeten stoer zijn en hun baasje beschermen, zoals haar dobermanns deden als buurman Gluurman weer eens te dichtbij kwam.

'Mevrouw Flamer, welkom.'

Haar meisjesnaam. Al drie keer heeft ze de achternaam van een andere man aangenomen, maar zo af en toe handelt ze nog onder haar eigen naam. 'Flamer' wordt door de meesten in eerste instantie verkeerd uitgesproken, waar ze een hekel aan heeft, dus dan verbetert ze diegene en moet ze rústig uitleggen dat het een Engelse naam is, wat lastig is omdat ze op dat moment geërgerd is. Soms zegt ze: 'Flamer, van *flames*, vlammen in het Engels, weet u wel?' Maar meestal legt ze niet uit waar de naam vandaan komt.

Met een brochure over de nazorg en een offerte loopt ze de spreekkamer uit. Volgende week donderdag kan ze al terecht. Als ze wil. Dat bepaalt ze zelf.

In haar achteruitkijkspiegel ziet Emma dat er een auto zowat aan haar bumper vastzit. 'Heb ik wat van je aan of zo?' zou de jeugd van tegenwoordig zeggen. De donkere sportwagen maakt kleine bewegingen van links naar rechts en weer terug. Ze gaat precies tien kilometer langzamer rijden dan toegestaan is. Emma kijkt naar het asfalt en ziet links van haar auto de doorgetrokken streep. Via het spiegeltje houdt ze de driftige bestuurder in de gaten en probeert ze een profielschets van hem te maken, op basis van zijn hoofd en dit opgefokte rijgedrag. Vast een kerel met een donkere spijkerbroek en een leren riem, met een flinke gesp. Om de boel te compenseren. Emma heeft een hekel aan mannen die riemen dragen. Een echte kerel kan toch wel zijn eigen broek ophouden? Nee, het enige om jaloers op te zijn, is de sportwagen. Het liefst koopt ze een Porsche, maar dat wil ze Piet niet aandoen. Zo'n auto is veel te laag, daar komt hij met zijn lengte van ruim twee meter nooit in. Laatst hoorde ze het verhaal van een man die op zijn vijfentachtigste een Porsche aanschafte, een paar dagen nadat zijn vrouw was overleden. Hij wilde al twintig jaar een sportwagen, maar zijn vrouw vond dat onzinnig. Op haar begrafenis reed hij in een rood exemplaar achter haar aan. Met het dak open.

Pas helemaal aan het einde van de weg hoeft ze rechts af te slaan. 'Net goed,' zegt ze tegen haar spiegeltje.

2

'Willem! Telefoon!' Hij loopt naar beneden, Emma staart naar de liniaal, alsof ze deze met haar ogen zou kunnen verplaatsen. Vanuit de slaapkamer boven hoort ze de knokkels twee keer tegen het hout slaan, alsof er onder de huid van de kloppende wijsvinger een stuk metaal is aangebracht. Emma staat boven aan de trap en ziet dat Willem bij de deur stopt in plaats van door te lopen naar de telefoon. De hoorn ligt een poos naast de haak. Zijn moeder loopt de hal in en Willem opent de voordeur. Een Nederlander en een Duitser stellen zich voor. Emma weet al voor wie ze komen. Willems moeder blijkbaar ook, want ze stelt hem voor als Peter. Peter is Willems broer en die kunnen ze alleen beschuldigen van luiheid.

Ze luistert naar het toneelspel van zijn moeder, die vertelt dat Willem met vakantie is, zeilen met zijn oom in Friesland. Emma kan dat ook goed, zo ter plekke een verhaal verzinnen. Ze hoopt dat ze zo meteen geen plankenkoorts krijgt.

Willem wordt door zijn moeder naar boven gestuurd om zijn persoonsbewijs te pakken. Emma loopt terug naar de slaapkamer en pakt van achter de encyclopedie in de boekenkast het blikken doosje waarin de verschillende persoonsbewijzen verstopt zitten, samen met wat buitenlands geld. Op de overloop opent ze het raam. Willem is intussen naar de telefoon gelopen in plaats van naar boven, ze hoort hem bellen. Zijn moeder staat nog steeds in de deuropening met beide heren, ze houdt ze aan de praat met onderwerpen die Emma onzinnig lijken voor nazimannen. Willem hangt op en sjeest de trap op. Emma drukt het doosje in zijn handen en hij stapt door het raam naar buiten, het dak van de garage op. Hij zal aan de achterkant van het huis naar beneden klimmen en daar de straat op gaan.

Emma pakt haar jas en loopt aarzelend naar beneden. Ze kijkt de twee mannen recht in de ogen, dan is haar angst niet zichtbaar. De strenge gezichten en donkere pakken neemt ze goed in zich op.

'*Gutentag. Wer sind Sie*?'

Ze vertelt dat ze de vriendin van Willem is.

'En waarom bent u hier dan, als hij op vakantie is?'

De voorstelling kan beginnen. Zonder met haar ogen te knipperen legt ze uit dat ze geen moeder heeft en dat haar vader overdag druk is met werken, waardoor ze na school vaak naar Willem gaat.

'Persoonsbewijs graag.'

'Die heb ik op mijn fiets zitten, ik zal hem even pakken.'

Ze stapt op haar fiets, ze moet zo snel mogelijk naar huis want ze heeft tijd nodig om de kranten en de radio te verstoppen en om haar vader te waarschuwen. Ze zet haar voeten op de pedalen en begint voorzichtig te trappen. Zodra ze doorhebben dat Willem niet meer naar beneden komt, is zijn hele omgeving verdacht en als ze haar persoonsbewijs had laten zien, zouden ze meteen hebben geweten waar ze woont. En dan zou ze zeker geen tijd krijgen om het huis voor te bereiden op nazibezoek. Doortrappen. Niet naar het dak kijken. Niet te hard maar ook niet te langzaam fietsen. In de straten rondom het huis van Willem lopen meer mannen in uniform dan gewoonlijk. Niet omkijken!

Binnen is er niemand. Haar vader is in de tuin aan het werk en haar stiefmoeder zal wel weer jurken aan het passen zijn.

'Papa, de Gestapo was bij Willem thuis, hij is via het dak ontsnapt en ik ben snel weggefietst.'

'Verdomme! Dat kan toch niet zomaar!'

'Papa, houd u even rustig, ik kan het er nu niet bij hebben dat u kwaad op me wordt, ze kunnen elk moment hier zijn. We moeten alle kranten en de radio verstoppen.'

Emma herkent het geklop. 'Denk eraan dat u zich er niet mee bemoeit.' Ze duwt haar vader opzij en loopt naar de voordeur.

'*Ah, Fräulein. Sie sind hier.* Waarom ging u er net zo snel vandoor?'

Ze legt uit dat ze schrok van hun bezoek, dat ze niet begreep waarom ze zoveel vragen stelden over Willem en dat ze zo snel mogelijk naar huis wilde, naar haar vader.

'Wat doet Willem in het verzet?'

'Voor zover ik weet, heeft Willem helemaal niets met het verzet te maken.'

'Dus u wilt beweren dat u niks weet van zijn activiteiten?'

'De enige activiteit die ik van hem ken is dat hij lekker kan zoenen.'

Haar vader staat in de gang, buiten het zicht van de twee mannen. Ze hoort zijn ademhaling versnellen.

'Mogen we even binnenkijken?'

De man zet zijn rechtervoet over de drempel. Ze werpt haar vader een strenge blik toe. Ze is als de dood dat hij een paniekaanval krijgt. Dat heeft ze één keer eerder meegemaakt. Op de radio hoorden ze dat de Duitsers het land waren binnengevallen. Haar vader raakte compleet over zijn toeren, schreeuwde dat ze toch weg hadden moeten gaan, naar Amerika, maar dat het nu allemaal te laat was. Op een gegeven moment had ze de dokter gebeld en die had hem een kalmerend middel moeten toedienen. Toen de arts de vloeistof in de arm van haar vader spoot, besloot ze dat zodra het over de Duitsers ging, ze het voortaan beter zelf kon opknappen.

Ze laat de mannen alle kamers in het huis zien. Alleen in de studeerkamer van haar vader gaan ze grondig te werk. 'Hebt u de sleutel van de bureaulade?'

Ze volgt de blik van de Duitser. Zijn ogen voelt ze op haar huid en ze krijgt de indruk dat hij meer geïnteresseerd is in haar vormen dan in het antwoord op zijn vraag. Natuurlijk vinden ze hier geen spullen die hen interesseren, maar de heren doen er wel bijzonder lang over om tot die conclusie te komen. Ineens geeft een van hen een seintje en lopen ze weg. Bij de voordeur draaien ze zich om en bedanken haar voor de rondleiding. Met haar ogen volgt ze de kerels, die in een rechte lijn naar de dienstwagen lopen.

Ze kijkt haar vader aan. Aan zijn ogen ziet ze dat de woede heeft plaatsgemaakt voor angst.

'Ik moet een tijdje weg,' zegt ze tegen hem.

'Ik fiets een stukje met je mee.'

'Papa, hier ga ik links.' Terwijl ze afremt, kijkt ze om zich heen.

'Wanneer zie ik je weer? Hoe weet ik of je veilig bent?'

Ze zou hem graag een zinnig antwoord geven.

'Pas goed op jezelf, kind.' Hij drukt twee dubbeltjes in haar hand. 'Voor de telefooncel.' Ze zet zich schrap om linksaf te gaan.

Het is pikkedonker, maar haar fietslamp doet ze niet aan. Ze draagt een zwarte jurk, de minst opvallende die ze in haar kast kon vinden, een onaantrekkelijk maar praktisch model met grote steekzakken aan de zijkant. Ze heeft er geld in gestopt en schoon ondergoed. Verder draagt ze niks bij zich. Het moet niet lijken alsof ze ergens voor langere tijd naartoe gaat.

Het is verder fietsen dan ze op basis van Willems uitleg had ingeschat. Ze zet aan en trapt stevig door. Bijna acht uur. Willem heeft haar het afgelopen jaar wel honderd keer de weg naar het adres van Bart uitgelegd. 'Misschien hebben we het nooit nodig, maar in geval van nood...' Zij had de route na de eerste keer al onthouden, maar liet hem meestal zijn gang gaan. Ze wist dat het hem een goed gevoel gaf.

Emma belt aan bij de linkerdeur van de twee-onder-een-kapwoning. Bart ziet er precies zo uit als ze zich had voorgesteld. Een jaar of dertig, goed gekleed, rond brilletje, haar in een perfecte zijscheiding. Bart en Willem kennen elkaar van *Het Parool*, maar zij heeft hem nog nooit gezien.

In de deuropening begroet ze hem alsof ze elkaar al jaren kennen. Dat heeft Emma afgekeken van Willem, van de vele afspraken met onbekenden waarbij zij hem vergezelde. Achter gesloten deuren stellen ze zich pas daadwerkelijk aan elkaar voor. Bart gaat haar voor naar de kamer aan de achterkant van het huis en daar zit Willem. Ze is opgelucht om hem weer te zien.

'Ze hebben mijn moeder meegenomen.'

Haar maag voelt ineens alsof iemand van binnenuit een stomp tegen de wand heeft gegeven. Willem vertelt over zijn tocht via de dakgoot van het huis en het dak van de garage naar de achtertuin van de buren. In plaats van direct op de fiets te springen en naar het schuiladres te gaan, is hij een paar uur in de tuin van de buren blijven liggen omdat hij wilde wachten tot de nazi's weg waren.

'Toen jij niet terugkwam, zijn ze naar binnen gestormd. Met mijn moeder tussen hen ingeklemd kwamen ze weer naar buiten. Ze heeft zich stevig verzet, dat kon ik horen. Ik heb getwijfeld of ik tevoorschijn zou komen en hen tegen zou houden, maar dat was nou precies waar ze op uit waren natuurlijk.'

Ze heeft ineens ontzettende dorst. Het is alsof zijn woorden al het speeksel in haar mond opzuigen.

'Ik hoorde hoe ze tegenstribbelde. In mijn hoofd herhaalde ik keer op keer: "Mama is sterk, mama redt zich wel", maar eigenlijk wilde ik haar helpen.'

Willem heeft gelukkig goed aangevoeld dat hij zijn schuilplaats beter niet kon verlaten.

'Hoe lang kunnen we hier blijven?' vraagt Emma.

'Zeker niet meer dan één nacht. Bart en mij hebben ze niet met elkaar in verband gebracht, anders waren ze hier nu al wel geweest, maar vanaf nu kunnen we nergens langer dan een paar dagen blijven,' zegt Willem. 'Ga maar vast naar boven, ik kom er zo aan.'

Ze vertrouwt op Willem en zijn contacten, maar weet dat haar inbreng ook waardevol zal zijn. Als zij haar intuïtie op de markt kon verkopen, zou ze goed verdienen. Ze loopt naar de gang en dan zachtjes in een rechte lijn weer terug. Achter de keukendeur blijft ze eventjes staan, luisteren. Ze vragen zich af hoe de Gestapo Willem op het spoor is gekomen. 'Iemand moet me hebben verraden,' zegt hij.

Emma loopt de keuken weer in.

'Ik heb wel een vermoeden.'

3

Emma schrikt als ze in de spiegel kijkt. Heeft ze echt zoveel rimpels? Met de vingertoppen tegen haar slapen trekt ze de huid strak. Mmm, ze dacht dat ze er ongeveer zo uitzag. Niet meer dus.

Naar de dokter gaat ze liever niet, die vertelt je wat je toch al weet. De vorige keer kreeg ze te horen dat ze suikerziekte had. Ouderdomssuiker. Ouder. En dom. Iets klopt er niet, maar hoe dan ook moet ze sindsdien taarten en zo laten staan. Heel vervelend. 'In wijn zitten ook veel suikers,' had de arts gezegd. Dat wist ze wel, het was daarom extra teleurstellend dat hij het er specifiek bij zei.

De dokter is niet de enige die de dingen koppelt aan haar suiker. Het liefst rookt ze elke dag een paar sigaretten maar dat staat Piet niet toe, welja, inderdaad, in verband met haar suiker. Daar luistert ze uiteraard niet naar, maar ze heeft ook geen zin in een dagelijkse rookdiscussie. Ze kiest dus zorgvuldig haar rookmomenten, bijvoorbeeld als ze weet dat hij zeker tien minuten op de wc zit. Stiekeme sigaretjes zijn dubbel zo lekker. Ze is verslingerd aan het merk Vogue, want die sigaretten zijn lang, slank en wit, en ze geven haar een elegant gevoel. Het geluid van haar zippo en het gevoel als haar vinger over het wieltje gaat. Daar geniet ze van. En van de geur. En van het uitblazen. En de afdruk van de rode lippenstift op het witte filter. Daar kan ze minutenlang naar kijken. Kuskunst. Als er familie of vrienden op bezoek zijn, zet ze overal asbakken neer, drie per vensterbank, op tafel, op het toilet, op de rand van de schouw, echt overal want bezoek mag roken. En zij rookt openlijk mee want Piet durft toch niet *en plein public* de discussie met haar aan te gaan.

Ze is onderweg naar de oogarts voor controle. Als ze een kruispunt nadert, springt het licht net op rood. Gas. Dat sprankelende gevoel, de kick, daar gaat het om. Ze heeft het nog in zich, vindt zij dan. De verkeersregels negeert ze graag, ook als Piet bij haar in de auto zit. Hij vindt het vreselijk als ze door rood licht rijdt of voorrang néémt. Zijn hand schiet dan richting de hendel rechts boven het portier. 'Aha, zo ben je dus ook in Engeland aanbeland,' zei hij eens. Emma had toen wel gelachen maar het kostte moeite. Haar mond was samengetrokken, alsof ze van zelfgemaakte jam had geproefd voordat ze er suiker bij had gedaan. Hij heeft geen idee wat het haar heeft gekost om in Engeland te komen.

De letters worden steeds kleiner. Maar het zijn wel steeds dezelfde rijtjes met dezelfde letters, of je nou voor of na een laserbehandeling komt. Ze kan het patroon inmiddels dromen. B, H, D, G. Dan C, K, L, S. En dan R, T, F, M. Dat is toch stupide. Zo kan iedereen zich toch door een oogtest bluffen? Natuurlijk zit je er voor jezelf en heb je er niets aan om te doen alsof je de kleine lettertjes moeiteloos kunt lezen, maar toch. Het zit in de natuur van de mens om dan te doen alsof zelfs de minuscule lettertjes geen problemen opleveren. Zich verheugend op het schouderklopje van de oogarts die toch wel onder de indruk moet zijn van zulke goede ogen, dreunt ze de rijtjes op.

'Geweldig, mevrouw, uw zicht is uitstekend.'

Thuis kijkt ze naar het apparaat dat sinds kort het plankje met de videorecorder deelt. In haar hand het glinsterende schijfje. Van haar kleinkinderen gekregen. Boven op de videorecorder zette Charlie een dvd-speler, daar had ze er thuis twee van omdat de nieuwe huisgenoot niet alleen zichzelf inbracht maar ook een nieuwe dvd-speler.

Oh god, hoe werkt dat ding?

'Je mag me altijd bellen,' had haar kleindochter gezegd nadat ze het had voorgedaan. Emma legt het ronde schijfje op de tafel. Ze wil helemaal niet wennen aan een nieuw apparaat, waar discs in gaan in plaats van videobanden. Piet komt naar beneden. 'Heb je die dvd al aan de praat?'

'Straks. Ik ben nog even aan het opruimen.'

'Aha, nou in dat geval....' Ze ziet dat zijn mondhoeken opkrullen.

'Misschien moet je boven in de kledingkast ook even kijken wat er weg kan. Ik heb het net opgemeten. Je hebt zeventien meter aan kleding.'

Ze wil opmerken dat hij in twee maanden al 1387 potjes patience heeft gespeeld op de computer en dat dat ook niet bepaald iets is om trots op te zijn, maar ze houdt zich in. Inderdaad, ze is slecht in weggooien. Maar daar hoeft hij zich toch niet mee te bemoeien? Hij mag dan wel lang zijn – 'Twee meter vier en ik krimp niet!' – zij voelt zich zeker niet klein bij hem.

Ze heeft die bewaarzucht ook met eten. In de vriezer staan nog acht tupperwaredoosjes vol couscous. En dan heeft ze elk studerend kleinkind ook nog eens een doos meegegeven. Ze maakt er een dagtaak van om het Marokkaanse gerecht steeds in een nieuw jasje te gieten. Het doel van het spel is dat het Piet niet opvalt dat de couscous meerdere keren op het menu staat deze maand. Gister serveerde ze een pittige salade erbij, vandaag legt ze twee tilapiafilets kruislings erbovenop en venusschelpen eromheen. Presentatie en aankleding, daar gaat het om. Daar kan je mensen mee op het verkeerde been zetten. En dat heeft lang niet altijd met eten te maken.

Na het eten wil Piet een film kijken. Emma vraagt of dat niet kan wachten tot het weekend, ze heeft nog een stapeltje post dat ze graag wil beantwoorden. 'En ik heb het *Algemeen Handelsblad* vandaag nog niet gelezen.'

'NRC *Handelsblad*,' zegt Piet.

'Je begrijpt wat ik bedoel.' Zo flauw dat hij haar altijd verbetert. De extra kosten om die krant dagelijks in België te laten bezorgen zijn aanzienlijk, eigenlijk is het zonde om niet alles te lezen maar sommige dagen komt ze er simpelweg niet aan toe. Alleen het kunstkatern leest ze standaard en dan met name de recensies van toneelstukken, want ze houdt van het toneel, de decors, de liedjes en de kostuums. Vooral de toneelstukken die gebaseerd zijn op een boek zijn interessant omdat de personages daarin echt tot leven komen. Emma krijgt een gezicht bij het verhaal. Een kledingstijl. Een accent. Het is helemaal geweldig als ze het boek heeft gelezen voordat ze naar het toneelstuk gaat, want dan is het spannend of haar verbeelding overeenkomt met die van de regisseur. Meestal niet.

De dvd-speler loert naar haar. Om te beginnen zet ze de televisie aan. De majesteit verschijnt in beeld. Ze heeft een jurk aan van twee verschillende stoffen, waardoor het lijkt of er van twee oude jurken een nieuwe is gemaakt. Moeilijk om naar te kijken. Hoe kan ze zo'n typische oorlogsjurk aantrekken? Volgende week gaat ze met Piet naar de dodenherdenking op de Dam in Amsterdam. Hopelijk heeft de koningin dan wel iets behoorlijks aan.

De oude majesteit heeft ze vaak ontmoet. Vaak genoeg. De eerste keer was in Londen. Op Oranjehaven. Vlak nadat ze in Engeland was aangekomen werd ze uitgenodigd want Wilhelmina wilde alle Engelandvaarders ontmoeten. De ministers vonden dat van de gekke. Emma lette op de kleding van de vorstin want ze had gehoord dat deze weigerde gebruik te maken van haar positie om bijvoorbeeld extra textielpunten voor zichzelf op de kop te tikken. Ze wilde solidair zijn met het volk en het net zo zwaar hebben als de mensen 'thuis'. Die eerste keer dat Emma haar ontmoette droeg ze een zwart gebreid dingetje om haar hals. Emma vond het een vreemd lapje en overwoog om de koningin ermee te complimenteren, maar deed dat toch maar niet want ze wist dat het niet gewaardeerd zou worden. Je sprak haar niet aan, je gaf alleen antwoord op haar vragen, dat was de regel. Er waren ook twee jongens bij, twee schippers, Wilhelmina ontving altijd een paar Engelandvaarders tegelijk. Zij schonk thee in en vroeg de jongens hoe het met de suikerbietencampagne was. Die ene antwoordde: 'Goed', waarop die andere zei: 'Goed? Oh joh, wat leg jij nou te lullen? Je weet er niks van!' De hofdame, mevrouw Verbruggen, bleef er bijna in. Hoestend van het lachen sloeg ze zichzelf een paar keer op haar sleutelbeen, wat het hoesten alleen maar erger leek te maken. 'Tsja,' zei mevrouw Verbruggen tegen de majesteit, 'dit is nou echt Hollands glorie.' Maar de vorstin liet zich niet kennen. Niets was zo belangrijk als de mensen die uit Nederland naar Engeland waren gekomen. Aan het einde van het gesprek kreeg ze een hand, en toen Emma, per ongeluk, een blik wierp op het zwarte ding zei de majesteit: 'Ja leuk, hè? Heb ik zelf gebreid.'

Ook na de oorlog ontmoette ze koningin Wilhelmina regelmatig, want haar eerste man, Chris, werd adjudant van de majesteit. Emma werd altijd treurig van de gesprekken. Die vrouw bedoelde het allemaal goed, maar ze was zo onwerelds. In Londen zei iedereen ja en amen tegen haar, en ze leefde met het idee dat het allemaal goed zou komen en dat wanneer zij terugkeerde, er een compleet ververst en vernieuwd Nederland voor haar klaarstond om over te regeren. En dat het land dat zou toejuichen. Maar dat was niet zo.

Niemand had de moed om eerlijk tegen haar te zijn. Chris probeerde haar wel eens uit de droom te helpen. Dan zei hij: 'Majesteit, ik weet dat ik dit eigenlijk niet mag zeggen maar het is helemaal niet waar. U denkt dat heel Nederland verzet heeft gepleegd, maar dat is niet zo. Daar vergist u zich in.'

4

De heren draaien zich naar haar om en ze heeft hetzelfde gevoel als wanneer ze vroeger in de klas naar voren liep om haar spreekbeurt te houden.

'Vermoeden?' vraagt Willem.

Emma weet precies wie er op de hoogte zijn van zijn activiteiten, dus om erachter te komen wie hen heeft verraden, kan ze een lijstje maken en bepaalde personen uitsluiten. Om te beginnen zijn in elk geval de jongens met wie Willem samenwerkt op de hoogte en uiteraard ook de leider van de groep, Wiardi Beckman. Verder zijn de vader en moeder van Willem geïnformeerd. Zijn broer niet. En tot slot haar eigen vader, maar die weet het pas sinds gisteren.

'Het kan er toch maar één zijn?' zegt ze.

'Als het Berend is, waarom zijn ze dan nog niet bij de anderen geweest? Of denk je soms dat hij alleen mijn adres heeft gegeven? Waarom zou hij dat doen?!'

Omdat hij jaloers is, denkt Emma. Het is gewoon een wraakactie. Maar ze heeft zich voorgenomen om haar mening over Berend niet meer uit te spreken, daar hebben ze al genoeg woorden aan vuilgemaakt. Eén keer was het zelfs zo erg dat Willem drie dagen niet tegen haar heeft gesproken.

'Jezus, Willem, wat doet het ertoe welk adres hij nog meer heeft gegeven? Het gaat erom dat die klootzak jou heeft verraden, en waarom? Om de hielen van zijn schoonvader te likken.'

'Verdomme Emma, hoe vaak hebben we het hier wel niet

over gehad? Het is helemaal niet zeker dat die nazi nog zijn schoonvader is. We hebben hem er toch op aangesproken? Hij heeft toen gezworen dat hij er een punt achter had gezet.'

'Maar jullie hebben hem daarna nog met haar gezien!'

Onbegrijpelijk, hoe kan hij Berend nou verdedigen terwijl het zo evident is? En dat nota bene waar Bart bij is. Die zal zich ook wel afvragen hoe zij zich de komende tijd gaan redden als Willem dit soort situaties niet aanvoelt.

'Hoe dan ook,' zegt Willem, 'we hebben op dit moment belangrijker zaken om ons zorgen over te maken. Bijvoorbeeld, waar slapen we vanavond?'

'Amsterdam-Zuid,' antwoordt Bart. 'Ze is al ingelicht, jullie zijn van harte welkom.'

Op het perron voelt het alsof iedereen doorheeft waar ze mee bezig zijn. Het begon met de man bij het loket Doorgaande Plaatsbewijzen, waar zij twee kaartjes voor de trein naar Amsterdam kocht. Retourtjes, ook al komen ze voorlopig niet terug. De kaartjesverkoper nam haar goed in zich op en dat was vervelend. Mannen keken wel vaker naar haar, maar niet zo. Het leek wel of hij elke vezel van haar gezicht, elke moedervlek en elke gelaatstrek nauwkeurig in zich opnam. De lokettist nam er de tijd voor: hij pakte het geld rustig aan, legde het in het laatje en telde zorgvuldig de munten voordat hij het wisselgeld teruggaf. En weer die intense blik toen hij de centen overhandigde.

Bart en Willem praten met elkaar, zij kijkt om zich heen. Veel mensen reizen samen, man en vrouw, gezinnen, een opa met zijn kleinzoon. En een paar losse mannen, die moet ze in de gaten houden. Bart wenst hun als ze instappen zachtjes veel geluk toe. Emma bekijkt de mensen in de wagon, het gangpad, de geel geverfde houten banken, de bagagerekken en de mogelijke manieren om snel buiten te komen. Ze hoopt dat ze geen bekenden tegenkomen. Liegen tegen vreemden is eenvoudig, liegen tegen vrienden vergt concentratie.

Bij station Amsterdam stappen ze uit. De stationshal is zo prachtig; als ze focust op de grote klok en het glas-in-lood, is ze met haar hoofd even ergens anders. Ze schrijdt lichtvoetig door de hal, alsof ze zweeft en heeft het gevoel dat ze de hoofdrol speelt in een film van dertig jaar geleden. Ze gaat stiekem haar minnaar opzoeken.

'Emma, koop jij de kaartjes voor de tram?'

Amsterdam voelt als thuis. Haar lijf wordt er rustig van. Het doet haar denken aan vroeger, toen ze met haar vader en moeder in de stad woonde. Als ze denkt aan het moment waarop ze uit de stad weg moest, maakt de rust plaats voor opwinding. Zij wilde niet verhuizen, maar haar werd weer eens niets gevraagd.

Amsterdam is haar stad, maar Willem bepaalt de route, ze laat hem. Ze kiest haar momenten.

Het huis is ouderwets ingericht, met antieke meubels, vazen uit verre landen en schilderijen aan de muur. Op de tafel liggen een paar damesbladen, netjes op een stapeltje. Nergens frutsels. Heleen zelf ziet er ook keurig uit, strak opgestoken haar en gekleurde lippen, en Emma kan geen enkele kreukel in haar rok ontdekken. Ze mogen een paar dagen blijven, op de zolder. De inrichting maakt indruk op Emma: er hangen geruite gordijnen voor het raam en langs de onderkant van het bed loopt een strook van dezelfde stof. En ze ziet ook nog een geruit kussentje op het krukje in de hoek.

Om zes uur gaan ze naar beneden voor het eten. Heleen schenkt de soep in en vraagt verder niet naar hun plannen of het leven in het algemeen, maar dat is Emma onderhand gewend, haar vader en Tanti zeiden aan tafel ook vrij weinig.

Het is een van de redenen waardoor Emma twijfelde aan de chemie tussen hen beiden, want haar moeder was tijdens het avondeten juist altijd levendig geweest. Emma kon de stilte verbreken door haar vader en zijn vriendin te vertellen hoe het op school was en welke sportactiviteit ze die dag hadden geoefend, maar dat deed ze eigenlijk nooit. Uit ervaring wist ze dat 'doorvragen' niet hun sterkste punt was. In plaats daarvan concentreerde ze zich liever op haar gedachten en beeldde ze zich vaak in dat ze bij een vorstin aan tafel zat, te gast bij de majesteit, of liever nog de *Queen of England.* Terwijl ze droge kip at, stelde ze zich dan voor dat er een parelhoen lag, het huidje glimmend van de verse jus en baksappen, op een bedje van knalgroene doperwtjes. En dan die boterzachte puree. *Save the best for last,* had ze van Granny geleerd en dat paste ze dagelijks toe.

Als Emma de laatste hap van de soep neemt, vertelt Willem over het beroep van zijn vader en daarna over zijn vriendschap met Bart.

'Bart is als een zoon voor mij,' vertelt Heleen. 'Een heel intelligente jongen, altijd al geweest. Toen hij vier jaar was, vroeg hij mij hoe wij wisten dat de wereld rond was en niet plat. En of het wel echt zeker was. Hij had ook ingewikkelde vragen, zoals hoeveel sterren er waren en hoe het kwam dat de maan soms een volle cirkel was en andere keren een bijna onzichtbaar streepje. Ook wilde hij weten waar tandpasta van werd gemaakt en hoe vaak een tram per dag heen en weer ging. Hij stelde de hele dag door vragen en dreef zijn ouders tot wanhoop. Op een gegeven moment mocht hij zijn ouders nog maar tien vragen per dag stellen, de arme jongen.'

Emma lacht en Heleen gaat verder. 'Als ik dan op bezoek was, maakte hij van de gelegenheid gebruik. Vreselijk vond ik dat, want ik kon op heel veel vragen geen antwoord geven, maar dat probeerde ik natuurlijk niet te laten merken. Ik liet hem alle vragen stellen die hij wilde. Dat deed ik hoofdzakelijk voor zijn ouders, dan hadden zij even rust.'

Er wordt op de deur geklopt. Emma en Willem leggen hun bestek neer.

'Geen zorgen jongens, het zal de buurman wel zijn.'

Heleen loopt naar de deur.

'Ah, hallo Henk.'

'...'

'Nou, het komt nu niet zo goed uit, ik heb bezoek en we zitten net aan tafel.'

'...'

De deur gaat dicht, Emma hoort twee paar voetstappen in de marmeren vestibule. Zou hij dan toch binnenkomen? Dat is toch helemaal niet handig?

'Goedenavond, ik ben Henk, van hiernaast.'

'Elsja.' Ze steekt haar hand uit en Henk vraagt wat haar hier brengt. Emma vertelt over de kunstnijverheidsschool waar ze sinds kort studeert. 'Ik ga een aantal musea in Amsterdam bezoeken.' Van tevoren niet over nagedacht, maar dit klinkt wel aannemelijk.

Henk laat haar hand los en met zijn ogen op Heleen gericht, vertelt hij dat hij in een ver verleden kunstgeschiedenis heeft gestudeerd. Hij draait zich weer naar Emma: 'Ik wil je met plezier rondleiden.'

'Dat is erg vriendelijk van u, maar ik ga liever op eigen gelegenheid,' antwoordt Emma. 'Ik heb een onaangenaam tempo en wil u niet tot last zijn.'

Willem bevestigt dit met een knikje.

'Zoals je wilt. Als je van gedachten verandert, hoor ik het wel. Ik woon hiernaast.'

Heleen loopt naar de keuken en zegt onderweg: 'Henk komt met ons naar de radio luisteren, want die van hem is kapot.' Als ze terug de kamer in komt, heeft ze een dienblad met koffie en stukjes chocolade op een zilveren schaaltje.

Willem ligt op het bed en staart naar het plafond.

'Zijn radio is natuurlijk helemaal niet stuk,' zegt Emma. Hij veert overeind en kijkt haar vragend aan.

'Ze doen het met elkaar.'

'Emma, hoe kom je daar nou bij?'

'Je zag toch hoe nerveus ze was? Ze bood hem wel drie keer een stuk chocola aan. En dat gedoe met de radio! Die zette ze vlak naast hém neer in plaats van in het midden van ons allemaal. En terwijl ik de majesteit duidelijk verstond, deed zij alsof ze het niet goed kon horen en schoof dan steeds een stukje dichter bij de radio, en dus ook dichter bij hem.'

'Ik dacht dat ze zo zenuwachtig deed omdat ze het vervelend vond dat hij langskwam terwijl wij er ook waren. Maar jemig, je hebt gelijk!'

Emma duikt op het bed. Ze trekt haar jurk uit over haar hoofd en zoent Willem in zijn nek. Ze raakt er opgewonden van als hij haar gelijk geeft.

Emma bestudeert de bovenlip van vader Brinkman. Die trilt als hij vertelt dat de foto van Willem naar alle politiebureaus in Nederland is gestuurd. De SD heeft een arrestatiebevel voor hem uitgevaardigd omdat ze hem in verband hebben gebracht met een groot verzetsman, en nu hebben ze duizend gulden over voor inlichtingen die tot zijn arrestatie leiden. Duizend gulden! Meneer Brinkman vertelt dat hij van plan is om via de radio Willem op te roepen zich te melden en zo zijn moeder te redden. Emma bijt op de korte nagel van haar wijsvinger. Ze begrijpt dat hij zijn vrouw terug wil hebben, maar toch móét ze hem overtuigen dat het beter is als Willem zichzelf niet aangeeft.

‘Als Willem zich meldt, zal hij worden gemarteld. Ze gaan net zo lang door totdat hij namen geeft en dat brengt dan ook weer anderen in gevaar. En bovendien, wie zegt dat we er zeker van kunnen zijn dat ze uw vrouw vrijlaten als ze Willem hebben?’

Zijn lip trilt niet meer. ‘Hij zal het zelf moeten besluiten,’ zegt vader Brinkman.

De moeder van Willem is een sterke, slimme vrouw, die redt zich wel, denkt Emma. Beter dan Willem.

Terug op de zolderkamer vertelt ze over de beslissing die Willem te wachten staat. Ze ziet het dilemma zowat groeien in zijn kop.

‘Ik ga die knoop niet voor je doorhakken,’ zegt Emma. Dat zijn moeder met drie vrouwen in een eenpersoonscel zit, vertelt ze er niet bij.

Emma slaat de krant open en ziet de rouwadvertentie staan. De moeder van haar vader. Haar Granny. Degene die haar en papa heeft opgevangen toen de moeder van Emma overleed. Emma was zes en haar vader was dertig, dus theoretisch zou de vader voor de dochter moeten zorgen, maar dat kon hij niet want hij was te verdrietig. Daarom logeerde zij een tijdje bij Granny, aan wie ze continu vroeg waar haar vader was want ze had toch ook al geen moeder meer, dus ze begreep niet waarom ze ineens allebei verdwenen waren. Aan de ogen van Granny zag ze dat haar oma het ook niet kon uitleggen. Een paar weken later, toen ze net gewend was om bij oma te wonen, kwam haar vader terug. Toen hij in de voordeuropening stond, moest ze twee keer kijken want hij was zoveel afgevallen en zijn huidskleur was veranderd; zijn gezicht was lichter geworden en ook een beetje grijs, als een verkreukelde vaatdoek die gebruikt is als stoflap. Toch ging ze met hem mee naar huis, in de hoop dat zij de plooien in zijn gezicht kon laten verdwijnen. Naarmate ze ouder werd, voelde Emma zich steeds verantwoordelijker voor zijn geluk, want ook al hield hij vol dat het niet zo was, het voelde als haar schuld dat hij zijn vrouw was verloren. Dus toen hij een nieuwe vrouw ontmoette en weer opbloeide en voorstelde om te verhuizen, stemde Emma in. Ook al moest zíj dan haar school en haar vriendinnen opgeven. En kreeg ze Tanti de substituut-moeder, nog een neppe ook want de vrouw heeft nooit de behoefte gevoeld om een moeder te zijn die thuis is als haar stiefdochter uit school kwam of haar leerde hoe ze een smakelijke jachtschotel kan koken. Tanti hield meer van haar vader en was nog het meest gek op zichzelf. Op haar spulletjes. Haar parfummetjes en haar gestreken kleding. Ze had een kleine knik in haar neus en soms visualiseerde Emma dat ze de neus honderdtachtig graden omdraaide zodat je er gemakkelijk een jas aan kon ophangen. Haar haren waren kaarsrecht geknipt en het kapsel kwam precies tot de onderkant van haar oren. Twee dikke plukken krulden om haar oorlellen, waar twee parelknoppen prijkten. Niet van haar, maar van Granny leerde Emma handige meisjesdingen, zoals dat ze haar haren het beste twee keer kon wassen. Dan werd het extra zacht. En glanzend, en dat vonden de jongens mooi.

Ze legt de krant neer. 'Granny is dood. Ik ga naar de begrafenis.' Waar haalt ze voor die tijd een extra stukje zeep vandaan? Voor de begrafenis wil ze haar haren dubbelop wassen.

'Dat lijkt me geen goed idee,' zegt Willem. Emma begrijpt niet waarom hij de discussie nog met haar aangaat. Ze heeft het al besloten, hij weet inmiddels toch wel dat hij er dan niets meer aan kan veranderen?

'Je oom zal er ook zijn. Hij kan je aangeven,' probeert Willem nog.

'Dat zal hij niet doen.' Of ze daar gelijk in heeft, weet ze niet. Tante Saar vertelde dat oom Johan inmiddels een vrij hoge positie binnen de NSB bekleedt. Mussert schijnt zelfs bij hem thuis op bezoek te komen.

5

Emma organiseert graag feestjes bij haar thuis, want dan is haar agenda weer twee weken gevuld. Die tijd heeft ze wel nodig voor de voorbereidingen: recepten lezen, het zilver poetsen, tafels dekken, overal asbakken neerzetten, de servetten op een bijzondere manier vouwen en het inkooplijstje uit haar hoofd leren. Emma doet altijd boodschappen zonder ze op te schrijven, het is haar dagelijkse geheugentraining. En het is fijn als haar hoofd vol zit, dan is er geen ruimte om verder na te denken. Zo nu en dan keert ze terug naar huis zonder geraspte kaas terwijl er aardappelgratin op het menu staat; dan moet ze wat husselen met de ingrediënten die ze heeft.

Voor het jaarlijkse familiefeest verzint ze telkens een nieuw thema en bouwt dan het hele huis om. Dit jaar is het thema 'Spanje', maar hiermee zal ze haar beste jaar niet overtreffen. Het was dat jaar waarin ze had geleerd dat loungen ín was, chillen en liggend eten. Van twee oude deuren en wat kratjes had ze een loungetafel gemaakt. Daarna had ze alle banken die ze in huis had verzameld en in een vierkant eromheen gezet. Hangend in de banken en op de kussens op de grond werd er gegeten. Grote schalen met zalm en couscous, Turks brood, lamsspiesjes en dadels werden doorgegeven. De recepten had ze in oktober uit een kookblad gescheurd en de week voor kerst had ze een keer proefgedraaid.

Het hoofdgerecht, paella, wordt door iemand anders voorbereid in de tuin, hij neemt zijn eigen paella-pan mee.

Verder doet ze alles zelf. Ze zet de partytent op, steekt in iedere olijf een prikkertje, bakt de garnalen in de knoflookolie, vouwt het toiletpapier in een punt en concentreert zich op het dessert. Dat is de meest gewaardeerde gang in deze familie en bovendien haar specialiteit, ze heeft nog nooit twee keer dezelfde taart gemaakt. Op televisie zag Emma hoe Nigella Lawson een Spaanse *caramel flan* maakte en de volgende dag probeerde ze het zelf. Zónder recept. Als het feest straks voorbij is, zullen ze allemaal denken dat ze het nog prima aankan, zelfstandig wonen, koken, boodschappen doen.

Nog een laatste keer naar de supermarkt. Bananen, grapefruits, Granny Smith-appels en een bakje kerstomaatjes belanden in het karretje. Het stokbrood en de garnalen ook, chili-olie, mayonaise en ketchup heeft ze thuis nog. Een scheutje whisky erdoorheen, haar specialiteit. Bij een bijzondere gelegenheid knipt ze er ook wat verse bieslook overheen, voor het restauranteffect. Bij de kaasafdeling zoekt ze een stukje manchego uit. Ze kijkt naar het gewicht en de prijs en pakt dan het goedkoopste puntje. Tot slot heeft ze voor morgenochtend nog krentenbrood nodig, maar niet van hier want in de supermarkt verkopen ze 'fietskrentenbrood'. Zo noemden ze dat in de oorlog, als er zo weinig krenten in zitten dat je van de ene krent naar de volgende kunt fietsen. Even nadenken, alleen Licor 43 heeft ze nog nodig, intussen kan ze vast in de rij gaan staan. Voor haar wachten drie mensen en achter haar sluit net een vrouw aan met een kindje. Emma gebaart dat ze nog iets is vergeten en loopt weg.

Terug bij de kassa is ze direct aan de beurt. De band is leeg, haar volle kar staat ernaast. Kennelijk heeft de moeder die achter haar in de rij stond de kar naar voren geduwd. De vrouw heeft haar armen over elkaar en de caissière zucht. Emma legt rustig een voor een de boodschappen op de band.

Bij de slager is het druk. Ze schuift langzaam naar voren, knijpt haar oogleden samen zodat het lijkt alsof ze wil zien wat er allemaal in de vitrine ligt. Als klein kind deed ze dat ook wanneer ze een ijsje gingen halen. De smoes dat ze alvast de smaken wilde bekijken, werkte altijd. Eenmaal vooraan werden kinderen altijd eerder geholpen dan de grote mensen. Hier gaat dat niet meer op. In België wachten de kinderen keurig op hun beurt. Een man met een boodschappenlijstje in zijn hand schuifelt een stukje haar kant op, waarschijnlijk om haar de weg te versperren. Emma lacht en gebaart dat ze vast wil kijken wat er allemaal is.

'Wat mag het zijn, mevrouw?'

'Zes ons chorizo graag.'

'Had u verder nog iets gewenst?'

'Nee, dank u, dat was het.'

Ze rekent af, draait zich om en maakt vluchtig oogcontact met de mensen die wachten. Spijt heeft ze niet. Met wachten kom je nergens.

Ze wil graag buiten eten, maar de man van de paella zegt dat het geen goed idee is.

'Het is veel te koud.' De paellabakker blijft aandringen om binnen te eten.

Aansteller.

Hoe meer hij zijn zin wil doordrijven, hoe minder ze van plan is toe te geven.

Emma loopt naar buiten om nog eens de temperatuur te voelen en blijft even staan op het terras. Stiekem is ze blij dat ze een jas aanheeft. 'Wat een onzin om binnen te eten, maar goed, als meneer het graag wil,' mompelt ze. Terug in de hal kijkt ze op de klok. Ze heeft nog vijf minuten om alle tafels binnen te dekken.

De rest van de dag is ook vermoeiend. Mensen over de

vloer hebben kost haar de laatste maanden steeds meer energie en daar ergert ze zich aan. Ouderdomsongemak. Wil ze niet. Ze heeft het gevoel dat het ook anderen begint op te vallen dat hun aanwezigheid haar uitput. Haar schoondochters boden gister allebei aan om kerst volgend jaar bij hen te vieren. 'Hoezo?' zei Emma en ze probeerde daar zo verontwaardigd mogelijk bij te kijken. Alsof het een belachelijk idee was. Ben je mal.

'Nou, dan kunt u zich ontspannen en van de familie genieten. Dan hoeft u zich nergens zorgen om te maken.'

Maar dat is nou juist waarom ze het graag zélf wil *hosten.* Recepten uitzoeken, proefeten, het mooie servies uit de kast halen en het zilver poetsen, daar kan ze de dagen mee vullen. *It keeps her going.*

'Nee, we doen het gewoon hier.'

Schoondochters nemen de plaats in van de dochter die ze nooit heeft gehad. Dat maakt het contact met hen juist zo moeilijk.

6

Oom Johan heeft zijn NSB-uniform aan. Emma's nichtjes en neefje staan met gestrekte rechterarm bij het graf van Granny. Wat zou ze haar oom graag een zetje willen geven.

Het blijft gek om hem zo te zien. Vroeger logeerde ze elke zomervakantie bij tante Jet en oom Johan in Wassenaar. Haar nichtjes waren als zusjes voor haar. Het was een feest om bij die meisjes te zijn want zij woonden in een echt huis, met een tuin, een oprit, een auto, een chauffeur en een hond. En iemand die de krant streek, zodat er geen inktsporen op de vingers van oom Johan zouden komen.

Als ze hem nu aankijkt, moet ze moeite doen om haar ontbijt binnen te houden. Hoe kan ze ooit bij die man op schoot hebben gezeten?

'Wat doe jij hier?' vraagt tante Saar, terwijl ze een blik op oom Johan werpt. Nog voordat Emma kan antwoorden, zegt haar tante: 'Je kunt altijd bij ons komen.'

Willem is tevreden met het logeeradresaanbod en vraagt verder niet naar de begrafenis. Hij is blij dat hij van de zolderkamer af kan, zegt hij. Emma kijkt naar haar nagels en concludeert dat haar nagelriemen lijden onder het achterstallige onderhoud. Ze pakt haar manicure-etuitje en begint met de vijl, want nagelvijlen kan ze gemakkelijk combineren met gezanik.

Ze denkt aan de begrafenis, aan dat haar nichtjes oogcontact probeerden te maken, maar ook aan het gefluister van tante Saar, de kist, de foto van Granny – die ze zelf nooit had uitgekozen, de regen, de grijze Hollandse lucht.

Het is fijn om een paar dagen bij tante Saar en oom David te zijn. Eindelijk weer eens op vertrouwd terrein. Willem daarentegen, is al twee dagen niet van de logeerkamer af geweest. Emma brengt hem boeken, maar hij lijkt zijn interesse totaal verloren te zijn.

'Rot op met dat klote boek! Jullie denken allemaal maar dat ik wil lezen, maar ik wil naar buiten, begrijp dat dan! Jij kan gewoon je leventje leiden, ik kan hier niets, helemaal niets betekenen, voor niemand!'

Tot nu toe schreeuwde hij nooit tegen haar. Ze gaat naar beneden, misschien is er nog wat afwas te doen.

'Moet je horen,' zegt tante Saar, 'je nichtje Joyce is zo slecht nog niet. Jij kent vast ook het verhaal dat Mussert een knaap in dienst heeft die elke dag zijn schoenen poetst.'

Emma knikt. Dat wist ze niet, maar nu wel.

'Zijn glimmendeschoenenobsessie schijnt vrij hevige vormen aan te nemen. Als hij naar een écht belangrijke afspraak gaat, neemt hij dat joch mee. Vlak voor hij naar binnen gaat, moet die jongen zich dan nog even over de neuzen van zijn zwarte laarzen buigen. Nou, moet je dit eens horen. Vorige week kwam Mussert langs bij Frans. De schoenenpoetser was daar natuurlijk niet bij. Joyce was die ochtend ziek, dus die was thuis en deed de deur open. Ze ziet Mussert en braakt zo over zijn schoenen. Het schijnt dat Mussert ter plekke een poetsdoek uit zijn binnenzak trok en die aan haar gaf, maar dat Joyce liet merken dat ze daar te beroerd voor was. Ze kokhalsde nog een paar keer. Mussert wilde naar binnen stappen, maar Joyce hield hem tegen, omdat hij al die kots op zijn schoenen had en het huis anders vies zou worden. Toen moest Mussert dus op de stoep, in het zicht van de hele straat, eigenhandig zijn schoenen schoonmaken. Goed, hè? En van Jet hoorde ik ook dat Joyce regelmatig *Volk en Vaderland* weggooit. De chauffeur van Frans brengt haar vaak met de auto naar school. Joyce stapt dan in en het eerste wat ze doet is het raampje opendraaien en hup die *VoVa* naar buiten mieteren.'

Heel dapper allemaal, maar als zij Joyce was, zou ze allang weg zijn geweest. Met zo'n man onder één dak, wat een hel. Nee, dan liever een bedeesde vader en een stiefmoeder met beperkte interesses. Ook al was het duidelijk dat Tanti verder niet van haar hield. Als Emma uit school kwam, zat de nepmoeder soms met een vriendin in de kamer. Het gesprek viel altijd stil als Emma binnenkwam. Ze ontdekte al snel hoe handig het is om gesprekken af te luisteren en daarom stiefelde ze regelmatig hoorbaar de gang in en de trap op, om vervolgens dezelfde route terug te sluipen en niet te vergeten om die ene krakende plank over te slaan.

'Zeg, let jij wel een beetje op die meid? Zo arm zonder moeder, ze kan vast wel wat aandacht gebruiken.'

'Ach welnee, die heeft helemaal geen extra aandacht verdiend. Het is haar eigen schuld dat haar moeder gestorven is.'

Dus zo werd er over haar gesproken. Door Tanti, die er verdomme niet eens bij was.

Op school lette ze op of er achter haar rug om werd gefluisterd; als ze voorbij een groepje meisjes liep, spitste ze haar oren. Emma kon geen concrete verwijten in het geroezemoes ontdekken, maar besloot desondanks haar eigen weg te gaan. Haar klasgenoten waren toch saai.

Ze concentreerde zich op haar hobby's, in eerste instantie oude maar ze had ook tijd voor een paar nieuwe. Knutselen, kettinkjes maken, bloemetjes plukken voor kransen en tekenen. En dat was duidelijk te zien aan haar vingers, waar het eelt zich vormde op de plek waar ze het potlood stevig vasthield en kleine rode stipjes op haar vingertoppen, van de prikjes die ze zichzelf per ongeluk gaf tijdens het borduren van de zakdoeken.

Tante Saar heeft haar best gedaan om iets voedzaams op tafel te zetten. Willem heeft zijn slechte humeur helaas niet boven laten liggen. Nu zij een onderduikadresje heeft geregeld kan meneer ineens niet meer de moeite doen om fatsoenlijk te zijn. Voor straf doet Emma haar denkbeeldige kuisheidsgordel om, vanavond kan hij over haar rug strelen wat hij wil, zij zal zich niet verroeren. Misschien geen slimme zet, want hij zal er wel nóg chagrijniger van worden.

In gedachten pakt ze haar notitieblok erbij want ze wil tante Saar de vragen stellen die ze vanmiddag heeft voorbereid. Over haar moeder. Was ze echt altijd vrolijk of had ze ook wel eens een pestbui? Hield ze zich bij feestelijke gelegenheden altijd op de achtergrond of was ze een gangmaker? Had ze meer kinderen gewild? Vond ze geld belangrijk? Liet ze zich wel eens gaan of zette ze liever een masker op?

'Ze was voornamelijk zorgzaam,' zegt tante Saar, 'dus dat heb jij niet van een vreemde.'

Weer dat zorgzame. Vloog ze ook wel eens uit de bocht? Zou ze voordringers bij de bakker aanspreken of liet ze dat gaan? Heeft ze wel eens iemand uitgescholden?

'Chagrijnige buien had ze ook wel, maar eigenlijk alleen als ze migraine had. Die hoofdpijn haalde het zwartste in haar naar boven. Niets hielp. Je vader was de enige die ze op zo'n moment kon verdragen en hij hield jou dan ook op afstand, want een om aandacht vragend kind kon ze niet om zich heen hebben.'

'Deed ze ook wel eens iets geks, dat u zich herinnert?'

'Nou, ja... Op een gegeven moment ging je moeder champagne drinken als ze een migraineaanval had. Ik dacht dan: zo, die maakt er gewoon een feestje van. Later vertelde je vader me dat ze ervan overtuigd was dat de kloppende bloedvaten in haar hoofd weer vernauwden door de bubbels van de champagne, en dat de hoofdpijn dan minder werd. Ik dacht dat ze gek was geworden. Maar ik vond het ook wel weer eigenwijs van haar. Onder de bank had ze een mandje met flesjes champagne staan en als ze de hoofdpijn voelde opkomen, dan ontkurkte ze er snel een en wist het hele huis hoe laat het was. Naar de arts ging ze niet meer.'

Emma staart naar het plafond. Ze kan de slaap niet vatten. Het verhaal van tante Saar over de migraine van haar moeder en hoe haar vader dan voor zijn vrouw zorgde, kan ze niet loslaten. Tussen Willem en haarzelf werkt het maar één kant op. Zij is degene die hem altijd aan het oppeppen is, met paard en wagen probeert ze hem continu uit die negatieve spiraal te sleuren.

'Ik lig er ook wakker van, hoor,' zegt Willem ineens.

Emma schrikt van zijn opmerking. Hoe kan hij nou weten waar zij over ligt te piekeren?

'Ik maak me zorgen over waar we hierna naartoe kunnen.'

Hij ligt dus wakker van iets heel anders. 'Ik praat morgen wel met tante Saar.' Emma wil liever naar een plek waar ze wat langer kunnen blijven, waar de SD niet rondloopt met een foto van hen onder de arm. Ze wil ergens naartoe waar ze vrij kunnen rondlopen, het buitenland, Londen, Parijs of New York. Daar zijn ze echt veilig. Maar vanuit New York kunnen ze niks doen, het duurt praktisch een jaar voordat een brief in Nederland aankomt. Parijs lijkt haar mooi, daar wil ze ooit graag heen, maar het is niet geschikt voor nu. Londen, daar zit de regering, daar kunnen ze wat betekenen.

De vriendin van tante Saar doet open. Etty heeft enorme wallen en een bleek gezichtje.

‘Mijn man is vannacht niet thuisgekomen. Ik heb geen idee waar hij is.’ Ze draait zich om en gaat hen voor naar binnen. In het halletje krijgt Emma een geërgerde blik van Willem.

‘Ik wist toch ook niet dat we in een huwelijkscrisis terecht zouden komen,’ bijt Emma hem zachtjes toe. ‘Wees blij dat we ergens kunnen slapen.’ De schouders van mevrouw Etty hangen en Emma luistert hoe ze met haar schoenzolen over de grond sleept. De vrouw kijkt naar de foto’s aan de muur en barst in huilen uit.

‘Ga jij haar even troosten,’ fluistert Willem. ‘Dan breng ik onze spullen naar de kamer.’

Haar man blijkt al maanden een ander te hebben. Eerst negeerde mevrouw Etty de signalen, maar hij werd steeds minder voorzichtig, alsof hij wílde dat ze erachter kwam. En dat deed ze. Gisteravond. Zonder te antwoorden is hij de deur uit gelopen en niet meer thuisgekomen. Dat vond ze nog het ergste, dat hij haar negeerde.

Emma heeft totaal geen ervaring met dit soort situaties. Zij is altijd degene die besluit dat ze een jongen niet meer interessant vindt.

‘Ik heb geen zin om hier heel lang te blijven, hoor,’ zegt Willem zodra ze alleen zijn.

‘Goed,’ zegt Emma. ‘Ik ga wel weer met je vader praten.’

Van familie moeten ze het hebben, vrienden zijn er niet op het moment dat je ze het hardst nodig hebt. Granny had een keer iets aan haar heup en moest van de dokter een aantal weken plat, niemand kwam Emma toen helpen met wassen, kussentje omhoog doen, kussen omlaag, extra kussen in de rug, natte washand op het voorhoofd. Een pan hutspot was er wel in gegaan, hoor. Nee, diners en feestjes worden altijd volop bezocht, maar een rij vrienden aan je bed komt nooit voor.

Als ze met vader Brinkman in het bos heeft afgesproken, telt ze onderweg altijd soldaten. De ene keer zijn het er maar twee, de andere keer wel achttien. Vandaag lijken het er weinig. Emma kijkt ernaar uit om de vader van Willem te zien; ook al is hij in het begin meestal erg gespannen, als ze eenmaal een paar minuten aan het praten zijn, merkt ze vaak al dat hij rustig wordt. Zíj is vastberaden om haar aandacht niet te laten verslappen. Ze moet alert blijven.

Hij staat er al – donkere overjas, hoed op, voorovergebogen schouders. Als ze haar fiets tegen de boom zet en zijn kant op loopt, ziet ze dat de groeven in zijn gezicht een wat zachtere uitstraling krijgen.

'Goed om je weer te zien, kind.' Hij pakt meteen wat geld uit zijn binnenzak. Liever had ze dat hij dat tot het laatste moment zou bewaren, want nu krijgt ze steeds het gevoel dat hij denkt dat ze voor de centen komt. Natuurlijk, zonder zijn steun zou het moeilijk zijn om te overleven, maar ze kijkt vooral uit naar het contact met de buitenwereld. Voorzichtig had ze er een keer iets van gezegd, dat het geld wel even kon wachten, maar hij legde haar uit dat als ze in een situatie zouden komen waarin ze een abrupt einde moesten maken aan hun ontmoeting, hij dan in elk geval het geld alvast had gegeven. Hij drukt nu ook wat bonkaarten voor levensmiddelen in haar hand. Ze bedankt hem en vertelt dat Willem zijn dagen vult met lezen over Napoleon. Vader Brinkman vertelt over Peter, dat hij gepakt is wegens zwartrijden in de trein en dat de agent die hem aanhield zijn achternaam herkende en zei dat hij extra moest oppassen omdat zijn broer werd gezocht.

'Hij is er met een waarschuwing van afgekomen.'

Het lijkt wel of ze door de opmerking op scherp wordt gezet. Ze weet natuurlijk dat Willem en zij op een lijst staan en gezocht worden, maar dat hun familie en vrienden daardoor ook in gevaar zijn, is gekmakend. Dat ze zijn vader nog niet gevolgd hebben naar een van hun afspraken is trouwens ook een wonder.

Als ze terugkomt, ligt Willem weer met een boek op het bed.

'We moeten een vermomming voor je verzinnen,' zegt Emma, zich erop verheugend kapster te spelen. 'Wat mag het zijn, knippen, kleuren of afscheren, meneer?'

'Zwets niet, Emma, we gaan niks doen met mijn hoofd.'

Ze pakt hem bij de revers van zijn jasje. 'Het is voor je eigen veiligheid, op elk politiebureau hangt je foto!'

Van de mevrouw leent ze een tondeuse. Ze knoopt een stuk stof om zijn hals, bij wijze van kapperscape. Het scheren is leuk, ze raast van onder naar boven. Ze is in de nek begonnen en trekt banen van ongeveer vijf centimeter omhoog. Als ze de hele onderste rij heeft gedaan, ziet het kapsel er gek uit, lang bovenop en bijna kaal aan de onderkant. Emma's kapsalon heeft geen spiegel, dus de klant kan het proces niet volgen. Emma tondeust vrolijk de tweede rij, het midden van zijn hoofd en gaat daarna verder met de bovenkant, waar ze haar techniek omgooit want ze begint banen te trekken vanaf het voorhoofd naar achter. Het resultaat mag er wezen, het haar is gemillimeterd en op alle plekken even kort. Een professioneel resultaat, al zegt ze het zelf, zeker voor een eerste keer.

Willem is woedend. IJdeltuit.

'Zo kan ik toch niet naar buiten?'

'Nou, je mag de straat toch niet op!'

7

Emma kijkt in haar agenda. De pagina van vandaag is leeg. Geen enkele taak. Hoe kan dat nou? Ze bladert terug naar de dagen ervoor: een lange lijst *to-do*'s, allemaal partyplanning. Ze kijkt bij de datum van morgen. Ook niks. Door alle drukte rondom het feest is ze vergeten om haar agenda vol te plempen met dingen. Dingen die echt moeten gebeuren, neem dat maar van haar aan. Want anders is er ruimte in haar hoofd, tijd waarin haar gedachten aan de wandel kunnen gaan en aan vroeger zullen denken, om maar iets te noemen. Ze pakt het boekje en smijt het door de kamer. Ze raakt de lampenkap. Verdomme, hoe heeft ze nou zo slordig kunnen zijn! Vanaf overmorgen zijn de dagen weer gevuld – 3, 4 en 5 mei zijn ze in Amsterdam.

Elk jaar krijgt Emma een betere plek in De Nieuwe Kerk, dichter bij de majesteit. Dat heeft niets met haar te maken, er blijven gewoon steeds minder mensen over die de oorlog hebben meegemaakt.

Ze logeren in het Krasnapolsky. Dicht bij De Nieuwe Kerk, dicht bij de kranslegging, dicht bij het Monument. Na de ceremonie in de kerk en op de Dam blijven ze meestal nog twee dagen in de stad, die ze vullen met winkels kijken en borrelen met de kleinkinderen, die ze vervolgens mee uit eten nemen, naar het poffertjesrestaurant. Dagen voor hun vertrek begint Emma de spullen al klaar te leggen. Zwarte kleding voor in de kerk en nog een rood jasje voor de poffertjesavond. Haar kam, spelden, drie grapefruits voor het pre-ontbijt op de kamer en een proefmonster van haar parfum. Bij de MAC-winkel op de Heiligeweg wil ze een nieuwe lippenstift kopen.

Ze zorgen dat ze vroeg in het hotel aankomen, zodat ze nog nét het ontbijt meepakken. Zit immers inbegrepen in de kamerprijs. Het eerste wat Piet in de ontbijtzaal doet, is een geelgroene banaan van de fruitschaal pakken. Hij haalt met een grijns de schil eraf. De bananen die Emma in de supermarkt koopt, verstopt ze altijd in de kelder totdat alle gele kleur uit de schil is verdwenen. Pas als ze bruin zijn, zijn ze lekker. Hier in het hotel laat ze hem zijn gang gaan. Thuis bepaalt zij niet alleen wat ze eten, ze is ook verantwoordelijk voor de gehele dagplanning, een taak die ze zeer serieus neemt. Bijna iedere minuut staat er iets op de agenda, er mag geen tijd zijn om echt na te denken.

Van de leestafel pakt ze *Het Parool* en *Vrij Nederland*, want daar heeft ze nog voor gekoerierd tijdens de oorlog. Thema van beide is uiteraard de dodenherdenking, waar dit jaar weer volop discussie over is. 'De oorlog is met pensioen', is een veelgehoorde kreet. Iedereen heeft een mening over hoe lang we de oorlog nog op deze manier moeten herdenken en in de aanloop naar de verkiezingen laten de politici opvallend graag hun licht schijnen over 'de zaak'. Hoofdvraag is of Bevrijdingsdag nog wel een vrije dag moet zijn, de generatie van nu heeft de oorlog immers niet meegemaakt dus waarom zouden zij vrij moeten zijn, zeggen de politici. Een absurde gedachte natuurlijk. Sterker nog, 4 én 5 mei zouden wat haar betreft ieder jaar verplichte vrije dagen moeten zijn. Godsamme, de oorlog mag dan 'met pensioen' zijn, maar de mensen die het hebben meegemaakt leven nog, hoor. Ze slaat de krant dicht, wel weer genoeg gelezen voor vandaag.

Aan de overkant van het hotel is een juwelier. Ze haalt Piet over om er na het ontbijt naartoe te gaan. Ze heeft een zwak voor juweliers. Voor de etalage van de juwelier in haar eigen dorp maakt ze geregeld een ommetje, ook al hoeft ze helemaal niet in de buurt te zijn. Edelsmeden is haar vak geweest. Op de kunstnijverheidsschool had ze er een paar lessen in gevolgd en dat was zo leuk dat ze later, veel later, besloot om nog een opleiding te doen. Elke donderdag ging ze naar het atelier om aan de opdrachten te werken, die varieerden van technisch tekenen tot solderen en edelstenen slijpen. Soms mochten ze goud omsmelten. Dat was het leukst want dan kon ze van de lelijkste dingen weer iets moois maken. Van het goud dat overbleef, smolt ze stiekem een gouden ringetje, ze oefende eindeloos op de vorm, hij moest qua breedte en dikte en diameter precies zo zijn als de ring van Granny.

Piet wil de toeristen uit Japan en China nog wel eens over het hoofd zien. En dat is ook niet zo gek want het zijn er zoveel. Het lijkt wel of alle reisorganisaties de Dam beschouwen als *meeting point.* Voor de deur van hun hotel worden constant tourbussen in- en uitgeladen. Het is een rommelig geheel waar Emma moeilijk naar kan kijken, het doet haar denken aan de overvalwagens waarvan de laadbak volgepropt werd met joden, en ook de beelden van de overvolle treinen poppen op in haar hoofd, honderden mensen per wagon. Dat wil ze niet, dit is precies de reden waarom ze haar bovenkamer overbelast met boodschappenlijstjes.

'Emma! Ze willen met me op de foto!'

Ze heeft met Piet te doen, hij is een attractie. 'Gewoon over ze heen kijken, de indruk wekken dat je ze niet ziet staan.' Ze pakt zijn arm. De op elkaar gestapelde dranghekken, die morgen voor veiligheid moeten zorgen, zijn vandaag juist obstakels want nu kunnen ze niet in een rechte lijn van het hotel naar de winkel aan de overkant lopen. Rondom het Nationaal Monument zit een groep jongens. Ze dragen rolschaatsen met vier wielen, twee voor en twee achter. Die zijn ouderwets, weet Emma. Inlineskates, die zijn ín. Een van de jongens draait behendig een grote sigaret. De anderen kijken toe. Hij likt de rand van het papier en vouwt hem dicht. Hij vraagt zijn vrienden om een aansteker, maar niemand lijkt een vuurtje te hebben. In haar tas graait ze naar haar zilveren zippo en geeft hem aan de jongeman. Hij steekt de sigaret aan, neemt één hijs en geeft hem dan door aan zijn buurman, een jongen met een gele trui en een bijpassende muts met gele, rode en groene strepen.

'Dank u wel, mevrouw.'

'Geen dank, hoor.' Ze lopen verder.

Piet trekt een borstelige wenkbrauw op.

Als ze de ingang van de juwelier naderen, houdt de portier keurig de deur open. Hij heeft een knoeperd van een glimlach. Piet gaat zitten in een comfortabele stoel en accepteert het aanbod voor een kopje koffie. Dit kan een poosje duren en dat weet hij ook. De glimmers in de vitrines trekken haar aandacht. Parels in combinatie met diamant hebben haar bijzondere belangstelling. Ringen bekijkt ze altijd eerst, dan de armbanden en daarna de rest. Ze wil een van die armbanden wel even passen. En dat collier eigenlijk ook.

Als ze de winkel een uur later verlaten, kijkt de portier alsof hij in een citroen heeft gebeten. Op weg naar de Coffee Company lopen ze langs een souvenirwinkel. In de etalage hangen Delftsblauwe tegeltjes. Die zijn nieuw. Op de tegels staan teksten. 'Wie haar string niet laat zakken, zal haar poep in tweeën kakken.'

Bij de barista, iemand die nota bene een diploma heeft om koffie te zetten, bestelt ze een dubbele espresso macchiato met sojamelk. 'En voor hem zo'n slappe bak,' zegt ze.

'Een americano bedoelt u?'

'Ja, medium graag.'

Na de plechtigheid verlaat de majesteit als eerste de kerk. Emma loopt mee in de stoet naar de plek voor de kranslegging. De Dam staat vol jonge mensen. Dat zal die politici toch ook opvallen? Twee minuten stilte. Een paar rijen voor haar staat een mevrouw van ongeveer haar leeftijd. Ze heeft een paarsgrijs kapsel, zou dat met opzet zijn of is de kleur per ongeluk zo uitgevallen? Emma ziet het al voor zich, dat die dame tegen de kapper zegt: 'Doe mij maar een mengelmoes van wit, grijs en paars.' Ze kan beter haar ogen eens laten laseren. Naast de vrouw staat een dame van rond de zestig, hun armen in elkaar gehaakt. Zou het haar dochter zijn? Haar eigen meisje zou nu 68 jaar zijn geweest. Wat voor type zou het zijn geweest? Blond of donker? Flexibel of gestrest? Met of zonder ruggengraat? Zelf koken of afhalen? Glossy of krant?

Het grietje dat naast Emma staat, fluistert iets in het oor van de jongen. Hoogst ongepast. Wie gaat er nou de twee minuten stilte verstoren? Eigenlijk wil ze er wat van zeggen, maar dan doet ze natuurlijk precies hetzelfde.

En nu zijn de twee minuten alweer voorbij, hè verdomme, nou heeft ze nergens aan gedacht. De majesteit legt een krans. Ze heeft een prima jurk aan. Een meisje leest een gedicht voor, ze is de winnaar van de wedstrijd 'Dichter bij 4 mei'. Niks aan, die gedichten. Emma luistert liever naar de burgemeester of een minister. Ook al is dit kabinet een aanfluiting, met de gedoogsteun van een man die beter met een föhn om kan gaan dan zij, en een premier die nog nooit een eigen huis heeft gehad en toch meediscussieert én beslist over de hypotheekrenteaftrek. Goh, nee, ze is blij dat zij in België woont. Haar vader wilde destijds ook niks met de regering te maken hebben. Colijn. In haar aderen begint het bloed te koken als ze aan die man denkt. In 1938 zei hij tegen het volk: 'Gaat u allen rustig slapen, er kan niks gebeuren.' Vroeger zag ze Colijn regelmatig. Hij woonde bij haar in de buurt en ging elke zondag naar de kerk. Haar vader zei dan: 'Kijk Emma, de minister gaat naar die fijngemalen poppenstrontkerk.' Hij droeg altijd een hoge hoed. Die heeft Emma er een keer af gemikt. Ze was een jaar of acht en maakte een mooi stevig balletje, alleen van sneeuw, geen ijs, wat ze aardig vond van zichzelf. Ze zwaaide haar arm naar achter, richtte op de hoed en slingerde de bal met een boog die kant op. Hartstikke raak. Emma zette het op een lopen, rende de hoek om, een oprit op en belandde via de tuin van de achterburen in de moestuin van haar vader. Daar vertelde ze hem het verhaal. Hij vond het machtig.

Ze had hem vaker aan het lachen willen maken.

Die dag dat ze wegfietste, weg uit Heemstede, weg uit Nederland, weg van die kneuterige regering, weg van de oorlog, fietste ze eigenlijk vooral weg van haar vader. Pas veel later, toen ze zelf kinderen had, realiseerde ze zich hoe moeilijk het voor hem geweest moest zijn om zijn dochter te laten gaan.

Zijn enige dochter.

Dat hij met zowel een dode vrouw als een dode dochter had kunnen eindigen, besefte Emma toen helemaal niet. Dat haar iets kon overkomen, daar dacht ze toen ze wegvluchtte sowieso niet aan.

Een minister legt de laatste krans, schoolkinderen leggen bloemen neer. Koningin Beatrix opent het defilé en Emma loopt langs de voet van het Nationaal Monument. Ze krijgt van de scoutingjongen een bloem aangereikt en als ze die neerlegt, denkt ze weer aan haar vrienden en familie. In de gedachten zit geen speciale volgorde. Ze denkt aan haar vader, aan Jacques, Pierre en Angelique. Aan Lotte en Cynthia. Aan tante Gerda en tante Saar. Aan haar moeder. En aan de grensovergang. Die ze alleen heeft gelopen, de grens tussen België en Frankrijk. Of nou ja, alleen. Cynthia was er nog bij.

Als hij van haar was afgebleven, had ze nu een dochter gehad.

8

Tanti was ooit haar eerste vijand, maar daar was de uitdaging algauw vanaf omdat ze meer weg had van een prooi. Te makkelijk. Rivalen dwingen haar om haar grenzen te verleggen. Het is alsof ze op een tennisbaan de achterlijn oppakt en een stukje verderop legt, zodat de bal net binnen de lijn valt en dat accepteert, maar tegelijkertijd wil zij aan de overkant ook meer ruimte om de bal in te slaan. Ze hoeft niet kost wat kost iedereen te vriend te houden, daar schiet ze niks mee op. Dat geldt ook voor Willem, die mag ze wel eens aansporen om de achterlijn wat op te rekken.

In het huis van de kennis van meneer Brinkman staan een paar grote meubels. Aan de muren hangt niks. In de kast een paar borden en drie kopjes met schoteltjes, zeker geen compleet servies, en dat lijkt Emma niet handig want ieder mens krijgt toch wel eens visite van meer dan drie personen. Aan de inboedel te zien, beschouwt mevrouw Walem dit als een tijdelijk woonadres. Ze praten over het dorp, de buren en het regenachtige weer van de afgelopen dagen en Emma vraagt of ze een radio in huis heeft maar de vrouw zegt: 'Nee, helaas.' Dan begint Willem over zijn vader en er verschijnt een warme glans over haar grauwe gezichtje. Mevrouw Walem gaat rechtop zitten.

Oh god, ze is zijn vriendin. Vader Brinkman heeft een minnares! Hoe kan hij hen nou hiernaartoe sturen? Zal ze het tegen Willem zeggen?

Ja.

Ze kan niet wachten tot ze op de logeerkamer zijn.

'Willem, hoe kennen jouw vader en mevrouw Walem elkaar?'

Hij haalt zijn schouders op.

Nee, jemig, hij heeft echt geen idee. 'Zou ze zijn minnares kunnen zijn?'

Geen reactie.

Direct na het ontbijt staan ze weer op straat. Hun kortste verblijf tot nu toe. Willem heeft geen woord meer tegen de vrouw gesproken. Hij dronk zijn theesurrogaat kokend heet, lepelde wat griesmeel naar binnen en kondigde aan dat ze na het ontbijt zouden vertrekken. Emma voelt zich voor het eerst écht dakloos. Dit kan zo niet langer. 'Lieverd, kunnen we niet naar New York? Of Londen?' Willem zegt dat hij nog wel een adres weet waar ze het kunnen proberen. Hoe lang houden ze het nog vol, om de paar dagen een ander onderduikadres? Willem wil 'nu even niet' praten over alternatieve oplossingen en aan het einde van de dag komen ze aan in Krommenie. Ze bellen aan bij een stel met kleine kinderen. Het huis is piepklein, praktisch te klein voor het eigen gezin, laat staan dat ze Emma en Willem ook nog onderdak verlenen. Willem zegt dat de jonge ouders bij hem in het krijt staan. Meer uitleg krijgt ze niet.

Ze gaat op in haar rol als kinderjuffrouw en is blij dat ze in ruil voor de gastvrijheid wat voor het gezin kan betekenen. Willem denkt daar duidelijk anders over want hij komt nauwelijks beneden, en als zij 's avonds het logeerkamertje binnenstapt, bromt hij dat hij te weinig aandacht van haar krijgt. In bed gaat hij met zijn rug naar haar toe liggen, als een kind dat zijn zin niet krijgt. Ze weet dat hij onuitstaanbaar kan zijn, daar heeft zijn moeder haar voor gewaarschuwd. 'Tegen mij doet hij niet zo lelijk,' had Emma destijds gezegd. En dat was toen ook nog zo. Ze was wel eens getuige geweest van zo'n driftbui. Dan ging hij tekeer tegen zichzelf, of tegen zijn broer, want die kon het bloed onder zijn nagels vandaan halen en dan schijnt het zwart te worden voor zijn ogen. Ze herinnert zich nog goed die keer dat al zijn muziek eraan moest geloven. Peter zat hem flink op te jagen en Emma zag het gezicht van Willem witheet worden. Ze vroeg zich net af wanneer hij het kookpunt zou bereiken, toen hij met spullen begon te smijten. Zelfs spullen waarvoor hij maanden had gespaard. Willem stond boven aan de trap en smeet zijn doos met grammofoonplaten, zijn kostbaarste bezit, zo richting het hoofd van zijn broer, die onder aan de trap stond. Emma zag hoe de platen meters naar beneden aflegden en op de stenen vloer terechtkwamen. Want Peter had ruim de tijd gehad om deze aanval te ontwijken. Bijna alle platen waren gebroken. Zij deed niets. Als iemand zo tekeergaat, kan je alleen maar toekijken. Toen hij was afgekoeld, zei ze: 'Dat moet je niet meer doen hoor, het ziet er niet uit. Je maakt echt een heel rare indruk als je zo doet.'

Willem rolt zich om en door de plotselinge beweging is Emma met haar gedachten weer bij de realiteit. Hij draait zijn gezicht naar haar toe. 'Ik heb wel een brief die je aan oom Stuuf kunt brengen, als je je zo graag nuttig wilt maken.'

Onder haar hemd draagt ze de brief, geklemd onder haar beha-band. Ze stapt in de trein naar Haarlem en voelt zich een echte koerierster, met een missie. In de coupé pakt ze het eerste plekje links aan het raam en voorzichtig maken haar ogen een rondje door de wagon. Ineens ziet ze hem zitten, haar vader, in dezelfde coupé nog wel. Toeval, want Emma gelooft niet in het lot. Ze kijken elkaar aan. Ze draait haar hoofd weg en doet alsof ze uit het raam kijkt. Weilanden. Een boerderij. Weilanden. De trein mindert vaart. Bij Halfweg stappen veel mensen uit. Als de trein verder rijdt, zijn haar vader en zij de enigen in de wagon. Ze springt op en met twee stappen staat ze naast hem en geeft hem een zoen. Hij glundert. 'Kind, hoe maak je het?'

Uit zijn binnenzak haalt hij een doosje tevoorschijn. 'Van Granny. Die heb ik al die tijd bij me gedragen.'

Emma kijkt naar de parel en de diamant, die samen Hoop en Liefde symboliseren. Als je een schelp opendoet *hoop* je dat er een parel in zit en een diamant krijg je doorgaans alleen van de *liefde* van je leven, zo redeneerde Granny. Een variant op Geloof, Hoop & Liefde die ze zelf had bedacht want *geloven*, dat deed haar oma niet. Als ze bij Granny langsging, mocht ze de ring altijd graag even omdoen, om te kijken of hij nog paste. Dan pakte Emma de ring voorzichtig aan en schoof hem om haar vinger. Eventjes, vijf minuten, volgde ze de gesprekken niet meer. Ze hoorde de vogels niet. De lepeltjes die kletterden in de koffiekopjes evenmin. Ze had Granny nog zoveel willen vragen, maar daar is nu geen tijd meer voor.

Ze pakt de ring uit het doosje en steekt haar linkerringvinger er moeiteloos doorheen. Een jaar geleden paste hij precies, maar nu is de ring veel te groot. Ze schuift hem om haar middelvinger. Ze wil haar vader zo graag vertellen waar ze logeren en waar ze nu naartoe gaat.

Ze tilt haar jurk een stukje op. Meneer Wiardi Beckman, die de jongens 'oom Stuuf' noemen, doet niet zelf de deur open. Emma heeft vaak over hem gehoord, maar hem nooit ontmoet. De jongeman die haar net heeft binnengelaten kijkt haar uitdagend aan. Ze wist dat ze hem met die beweging op het verkeerde been zou zetten. Ze reageert niet op zijn blik en vist onder zijn toeziend oog in een soepele beweging de brief onder haar jurk vandaan. Emma overhandigt hem het bericht en maakt aanstalten om weer te vertrekken. 'Oom Stuuf wil graag van uzelf vernemen hoe het jullie vergaat.' Aha. En betekent dit dat zij hem ook 'oom Stuuf' mag noemen?

Hij zit op zolder, in een comfortabele bruine lederen stoel onder het schuine dak. Zijn sigaretten liggen binnen handbereik. Hij steekt er een op en nodigt haar uit om te komen zitten. Ze vertelt hem over de afgelopen maanden, over het twintigtal adressen waar ze hebben gezeten. 'Alleraardigste mensen. Maar ze nemen risico's, voor ons, en daar voel ik me wel eens schuldig over.'

'Het is belangrijk dat je alert blijft. En vertrouw op je intuitie.' Hij laat een stilte vallen waardoor zijn opmerking in de ruimte blijft hangen. Zijn blik is zo overtuigend, zijn gezicht zo vol ervaring. En zijn houding, zo rustig, zo zelfverzekerd.

'En ik maak me zorgen om Willem,' zegt ze. 'Hij verveelt zich enorm en wordt daar absoluut niet vrolijker van, als u begrijpt wat ik bedoel.'

Oom Stuuf knikt. Ze hoopt dat hij ook inziet dat ze ergens anders naartoe moeten, weg uit Nederland. Hij pakt het boek dat naast zijn stoel ligt. 'Geef dit maar aan hem.'

Als ze terugkomt, zit Willem op het randje van het bed. Het lijkt wel of hij zich geen millimeter heeft verplaatst in de tijd dat zij op pad was. 'Wat was je lang weg!' Ze geeft hem het boek. Hij glundert, slaat het open en begint direct te lezen. Ze wil hem eigenlijk nog vertellen over haar vader en de ring.

Als ze later de kamer binnenloopt, zit hij nog steeds op het bed te lezen. Ze staat al een tijdje in de deuropening en hij kijkt niet eens op, dus besluit ze geluid te maken. 'Ik kwam mijn vader tegen in de trein vandaag.'

Geen reactie.

Op een andere toonhoogte probeert ze het nog eens. 'Ik kwam mijn váder tegen in de trein vandaag.' Willem draait langzaam zijn hoofd haar kant op. Emma laat de ring zien.

'Fantastisch. Dat is een mooi onderpand als we in geldproblemen komen,' zegt Willem nonchalant. Ze kan er niet om lachen. Ze zal straks eens het boek van oom Stuuf verstoppen, kijken of hij dát grappig vindt. Voor de ring moet ze ook een slimme opbergplek vinden, het is het enige wat ze van haar oma heeft. Maar, sieradenverstoppertje is voor later vandaag, ze ontmoet vader Brinkman over anderhalf uur en dus moet ze nu echt weg.

Zij kan er gaan werken! Emma fietst op de terugweg van de afspraak zo hard als ze kan en denkt maar aan één ding: Verzorgingshuis Mathenesserlaan. Zij zal het dienstmeisje zijn, Willem kan er studeren op zijn kamer en ze hebben een stabiele verbinding om berichten door te geven aan zijn vader. Drie dagen per week werkt er namelijk ene dr. Thijssen, een neef van vader Brinkman en het brein achter dit adres. Voor het eerst sinds maanden kan ze haar koffertje uitpakken, want ze kunnen er zo lang blijven als nodig is. Wie weet wonen ze wel tot het einde van de oorlog in Rotterdam, vader Brinkman denkt dat het over een paar maanden voorbij is.

Lopend de trap op beweegt ze haar heupen vloeiend van links naar rechts en knijpt ondertussen met haar duim en wijsvinger hard in haar eigen wangen, zodat ze rood kleuren. Emma haalt de speld uit haar haren. Ze heeft zin. En ze heeft een troef in handen, dus dat lijkt haar niet zo ingewikkeld om nu te regelen. 'Ik heb geld en een puik adres,' zegt ze. 'Dat lijkt me een beloning waard.'

9

Van het weekend in Amsterdam heeft Emma veel foto's gemaakt. In het hotel deed ze een fotorolletje van vierentwintig stuks in haar camera. Ze maakte kiekjes van de kransen op de Dam, van haar kleinkinderen, de tegeltjeswijsheid en het ontbijt in het Krasnapolsky.

'Hoe was het in 't Kras?' vraagt Gerard, de zoon van Piets beste vriend. Piet is een vaderfiguur voor hem, sinds zijn eigen vader twintig jaar geleden stierf. Gerard houdt de brochure van het hotel in zijn hand.

'Het is een verwennerij hoor, zo'n poepsjiek hotel, maar thuis hoef ik tenminste geen rekening te houden met de openingstijden van het zwembad.' Bovendien kan ze hier rustig in haar eigen tempo zwemmen, want er is geen omgevingsdruk om andere dames in te halen of te demonstreren dat ze de borstcrawl nog aardig beheerst.

'U zwemt nog steeds?'

'Jazeker. Maar in Amsterdam heb ik dus een paar dagen overgeslagen.' Thuis schoolslagt ze elke dag een halfuur, tegen de *jetstream* in. Zonder de dagelijkse dosis baantjes zwemmen zou zij niet meer kunnen. En haar spieren waarschijnlijk ook niet. Ze moet wel soepel in die Porsche kunnen stappen.

Als ze het botervlootje doorgeeft, zegt Gerard ineens dat hij een vriendin heeft. Piet begint te hoesten en loopt zelfs rood aan. Hij houdt zijn zakdoek voor zijn mond. Emma bekijkt hoe hij er de stukjes brood mee opvangt.

'Gaat het, pa?' vraagt Gerard.

Knikkend neemt Piet nog een hap.

'Breng haar de volgende keer maar gezellig mee,' zegt Emma. 'Piet en ik willen haar dolgraag ontmoeten.'

Zwijgend werken ze de zalm weg. Als alle borden leeg zijn, vraagt Gerard of hij nog moet helpen met de dvd-speler.

Het liefst zet ze die hele dvd-speler op Marktplaats. Dat ding staat nu boven op de videorecorder, een positie die hem de allure geeft dat hij hoger in rang is. De status-quo beviel haar uitstekend. De televisie, de knijper, de scartkabels en het hoopje draden aan de achterkant, de videorecorder en de videobanden, ze hebben allemaal een vaste plek, een eigen verdieping in het tv-flatgebouw, waar alle apparaten vreedzaam samenleven. Tien jaar geleden heeft ze het tv-meubel besteld. Tussen twee nieuwsuitzendingen in zapte ze van het ene kanaal naar het volgende en kwam terecht bij een soort winkelprogramma. *Home-shopping* heette het, of *Tele-shopping*, dat zou ook kunnen. Allerlei instructiefilmpjes vlogen voorbij en aan het eind zette een presentatrice in een nauwsluitend rood haltertopje alle voordelen nog eens op een rijtje. Het was duidelijk, dit ding kon ze niet laten lopen. Het tv-meubel werd vier weken later thuisbezorgd, in losse onderdelen, een teleurstelling. Maar dankzij de instructievideo is ze eruit gekomen, samen met Trudy, een vrolijke Amerikaanse die dingen zei als: '*Don't worry, we're going to get through this together*', en: '*If I can do it, you can do it*'. Van Trudy mocht ze de home-entertainmentkast naar eigen inzicht indelen: televisie boven en videorecorder onder of juist andersom. En de videobanden konden op alfabetische volgorde, het was maar een suggestie van Trudy. Daarna liet de Amerikaanse zien hoe eenvoudig het was om het kastje door de kamer te bewegen. Met één vinger schoof ze de tv-trolley in de hoek onder het raam, precies de plek waar ze op uitkijkt als ze op de bank zit. Sindsdien is ze tevreden over haar home-entertainmentsituatie en de komst van de dvd-speler voelt als een groep hangjongeren die de rust verstoort in haar tv-flatgebouw.

'Die videorecorder heb je straks helemaal niet meer nodig.'

Hij zegt het alsof ze daar blij mee moet zijn.

Met een kopje koffie in de hand kijkt Gerard naar het apparaat. 'Waar is de afstandsbediening?' vraagt hij.

'Afstandsbediening? Die heeft er nooit bij gezeten.'

'Nou,' zegt hij, 'die hebt u wel nodig om een film te bekijken.'

'Maar volgens Charlie hoef ik maar op één knopje te drukken.'

'Dat klopt, om hem aan te zetten ja. Maar op deze dvd zit een keuzemenu en om de film te starten, moet u met een afstandsbediening eerst in het menu de film selecteren. En dan kunt u bijvoorbeeld ook kiezen of u Engelse of Nederlandse ondertiteling wilt.'

'Mm, dus dat is het probleem. Een afstandsbediening. Ik vraag Charlie wel of ze die nog heeft, en anders rij ik even langs de elektronicawinkel, ik moet toch nog naar het dorp om het fotorolletje van het weekend weg te brengen.'

In de fotowinkel is het benauwd. Ze krijgt het rolletje niet uit haar toestel.

'Zal ik u even helpen, mevrouw?' De man achter de toonbank steekt zijn hand al uit.

'Nee hoor, het gaat wel. Ik geef u zo het rolletje.' Ze draait het wieltje nog een keer door. Zitten er soms twee extra foto's op? Was het een rolletje van 24 + 2? Emma klikt en draait nog een keer door. Normaal hoort ze het geluid van het filmpje dat terugspoelt en daarna mag ze het klepje openen. Ze klikt nog een keer, en draait weer door. Het tellertje staat nu op 30. Ze weet zeker dat ze er een rolletje van 24 in heeft gedaan. De man kijkt naar het toestel. Emma wil zeggen dat hij niet zomaar dat klepje mag openen, straks zijn alle foto's overbelicht. Als het klepje openspringt, kijkt ze naar de man. Zijn uitdrukking is droevig.

'Het spijt me, mevrouw. Er zit geen rolletje in.'

10

‘Emma, jij slaapt beneden. Ik run geen hotel. Je bent hier om te helpen.’

Duidelijk.

Het verzorgingstehuis aan de Mathenesserlaan is grijs. Een grijs gebouw, een grijze sfeer, oude bewoners en een grijze dame die de deur opendoet. De eigenaresse, mevrouw De Wit. Ze lopen achter haar aan, eerst naar de zolder voor Willem, een piepklein kamertje met een eenpersoonsmatras. Alleen in het midden van de kamer kan hij staan. De dames laten hem daar en lopen naar beneden.

In de kelder is het donker. Heel even fronst Emma haar wenkbrauwen, maar dan zet ze zich eroverheen, deze kamer is enkel om te slapen. Ze zal immers vooral bovengronds leven, helpen in de keuken, schoonmaken en de post verdelen.

In de keuken krijgt ze meteen een schort om. Dat dit haar aardappelschilontmaagding is, mogen ze niet doorhebben.

‘Wat doe jij nou?’ Maria staat ineens voor haar. Haar handen in de zij, haar ogen stormachtig zoals het kolkende water rondom het doucheputje. ‘Ik heb in zeventien jaar nog nooit iemand zo beroerd de aardappels zien schillen. Kom eens hier. Ik zal je laten zien hoe je dat doet.’ Maria pakt een aardappel uit de mand, zet het mesje schuin tegen het uiteinde en beweegt het mesje behendig de aardappel rond, in één keer van punt naar punt. Een prachtig gekrulde sliert valt op de grond. ‘Het is de bedoeling dat je zo min mogelijk aardappel eraf schilt. We hebben een heel huis te voeden.’

Willem ziet ze de hele dag niet. 's Avonds vertelt ze hem over haar inspanningen in de keuken. 'Na zesenzestig aardappels deed ik ze net zoals Maria.' Hij haalt zijn schouders op en Emma beseft dat zijn dag een stuk minder leerzaam is geweest. 'Je bent jaloers! Kom eens hier, ik zal jouw dag even goedmaken.'

Als Emma van hem af rolt is ze kapot. Hoe lang zal ze het volhouden om de hele dag te werken en 's avonds ook nog Willem op te vrolijken?

Maria wekt haar elke morgen. Vroeg. Ze heeft gehoord dat het tien dagen duurt voordat een lichaam gewend is geraakt aan een nieuw ritme. Haar rug en haar nek doen pijn en haar keel zit dicht. De combinatie van een oud matras en een vochtige koude kelder is blijkbaar niet bevorderlijk voor haar spieren.

In de keuken staat het water voor de aardappels al op en de bonen lekken uit in een vergiet zonder handvatten. Maria kneedt het deeg. 'Jij brengt vandaag het ontbijt. Begin maar met servetten, borden en bestek op ieder dienblad te leggen. Elke kamer heeft zijn eigen wensen, die leer je vanzelf. Meneer Kestor doet zelf de deur open,' zegt Maria. 'Het duurt alleen even.' Gisteren is Emma al op onderzoek uit gegaan. Ze wilde precies weten wie er allemaal in het verzorgingstehuis verbleven. Op de eerste verdieping woonde inderdaad een man, 'J. KESTOR' stond er op het plaatje naast zijn voordeur. Recht ertegenover verbleef een echtpaar. Op de tweede verdieping nog een stokoude dame, die kwam net de gang op toen Emma op verkenningstocht was. 'Dag. Ben jij soms het nieuwe dienstmeisje?'

Zij knikte en hield haar handen achter op haar rug. 'U woont op twee?'

De vrouw glimlachte. 'Al jaren. Ik zou je niet kunnen zeggen hoe lang. Ik ben de tel kwijtgeraakt. Tot nu toe heb ik iedereen hier overleefd. Op meneer Kestor na, die gaat ook al een poosje mee.' De vrouw probeerde te knipogen, maar kreeg haar oog maar half dicht omdat ze ook wilde lachen. Emma vervolgde haar route, blij dat er nog mensen waren die glimlachten. Die dame zal wel weinig mee krijgen van de werkelijkheid die zich buiten dit huis afspeelt.

'Ik doe het één keer voor.' Maria laat zien hoe groot de porties op de borden moeten zijn. Alles gaat 'op driekwart', zoals zij dat omschrijft. Driekwart van een normale portie, het glas melk driekwart vol, het brood wat dunner gesneden en de jam wat minder dik erop dan voor de oorlog. 'Tot nu toe heb ik nog geen klachten gehad,' zegt Maria.

Emma klopt aan bij meneer Kestor. Hij kijkt haar onderzoekend aan, maar laat haar toch binnen. 'Niet alleen omdat je eten bij je hebt. Kind, laat me eens naar je kijken. Jij bent de nieuwe. Elsja heet je, toch?'

Als laatste brengt ze Willem wat te eten en vertelt hem dat alle bewoners in het huis op de hoogte bleken van haar komst. 'Allemaal denken ze dat ik een echt dienstmeisje ben. Trouwens, volgens mij weet niemand dat jij hier zit. Laat staan dat we bij elkaar horen.' Willem neemt een hap en zwijgt.

'Meneer Kestor is de oudste bewoner van het huis. Maar nog steeds behoorlijk helder van geest. Hij wist al hoe ik word genoemd.' Willem reageert niet, hij knikt niet eens.

'Die oude man wil per se zelf de deur opendoen en het dienblad naar binnen dragen. Hij denkt dat hij daardoor fit blijft, zegt Maria.'

Geen reactie. 'Ach, dan zeg je toch gewoon niks, man, wees blij dat er nog iemand in je is geïnteresseerd en met je praat. Van de rest van het huis hoef je niks te verwachten, ik ben de enige die weet dat jij hier zit.'

Niks.

Terug in de keuken kan ze meteen beginnen aan de voorbereidingen voor de lunch én het avondeten. In aardappels schillen is ze al een stuk handiger geworden en ze doet het nu met plezier. Haar doel is om elke aardappel zonder onderbreking te schillen, zodat er steeds één lange sliert in haar schoot valt.

'Als je klaar bent met de aardappels, kun je het wasgoed opvouwen.' Als het aan Maria ligt, is er geen ruimte om met haar gedachten ergens anders te zijn dan bij haar taken.

Wendy helpt haar met de lakens. 'We zijn zo blij dat jij er bent. Nu komen Maria en ik tenminste aan ons werk toe.' Wendy buigt zich naar haar toe en vraagt op fluisterende toon: 'Heb je meneer Abrahams al ontmoet?' Emma knikt. 'Dat is haar vriendje.'

's Avonds laat ziet Emma hoe meneer Abrahams ertussenuit knijpt. In het donker loopt hij naar het grijze gebouw aan de overkant, het andere gedeelte van het verzorgingstehuis, waar mevrouw De Wit zelf ook woont. Voor het ontbijt keert meneer Abrahams weer terug naar zijn eigen kamer.

Alle roddels van Huize Mathenesserlaan hoort ze van Wendy. Zo is ze tijdens het scheiden van de witte en de gekleurde was te weten gekomen dat mevrouw De Wit nooit eens bij meneer Abrahams op de kamer komt, hij moet 's nachts altijd naar háár kamer lopen.

Als Wendy haar meer achterklap vertelt dan andersom, voelt Emma zich opgelaten. Daarom voedt ze Wendy ook zo veel mogelijk met sappige verhalen, de meeste echt waar, maar sommige vallen in een grijs gebied: Emma weet zo goed als zeker dat het waar is, ze gaat ervan uit dat de bevestiging snel zal volgen. Dat meneer Kestor chocolade achteroverdrukt bijvoorbeeld.

'Wie wonen er eigenlijk op de derde verdieping?' vraagt Emma. 'Ik moet van Maria het eten voor de deur zetten, drie keer kloppen en meteen weglopen. Gisteren wachtte ik met opzet een tijdje voordat ik wegliep. Voor het geval ik een smoes nodig had, deed ik alsof ik mijn schort opnieuw moest omknopen. Maar er gebeurde niets. Toen ben ik maar terug naar de keuken gegaan. Toen ik een halfuur later langsliep stond het dienblad alweer op de gang. Met lege borden.'

'Daar zit een joods echtpaar,' zegt Wendy. 'Onderduikers. Van mevrouw De Wit mogen ze onder geen beding naar buiten. Het liefst niet eens de kamer uit.'

Emma zou ook wel weer eens een dag op haar kelderkamer willen blijven. Een boek lezen. Uitslapen. En geen inspectie, niet dat gehijg in haar nek van de mevrouw, die bijna elke dag haar werk controleert. De ene keer zijn de bedden niet strak genoeg opgemaakt, dan weer is de puree te flauw. Wat maakt het uit? De bewoners hier zijn zo oud dat ze de kreukels in het laken toch niet meer zien en wat meer of minder zout niet eens proeven.

Mevrouw De Wit inspecteert vandaag haar taken in de keuken. Wat is het eigenlijk een lelijke vrouw. En dan die combinatie, met meneer Abrahams. Hij is anderhalve kop kleiner dan zij. Verder wil ze hun relatie niet visualiseren.

Aan Willem vertelt ze dat mevrouw De Wit tevreden is over haar werk. Hij haalt zijn schouders op. Voor de verandering. Misschien kan ze zijn aandacht trekken met haar nieuwste roddel.

'Mevrouw De Wit ontvangt elke avond een logé.' Emma wacht op een reactie. Hij heeft de hele dag niets te doen, je zou denken dat hij staat te springen om een boeiend verhaal.

'Zeg, ik kan er ook niets aan doen dat mijn dagen nu gevuld zijn. Dat is wel de reden dat we hier kunnen zitten, dat begrijp je toch zeker wel?'

Willem kijkt op. 'Ik, ik vind het hier gewoon zo verdomd saai!'

'Heb je er wel eens aan gedacht dat het niet gaat om wat jij vindt?! Jij zit hier maar, je doet niks, je kunt niks, dus je hebt ook even niks te vinden.'

Emma wil schreeuwen dat zíj het hier helemaal niet saai vindt. Dat ze blij is dat ze eindelijk wat te doen heeft. Maar ze houdt haar mond. Schreeuwen is niet haar stijl. Wat verwacht hij nou verdomme van haar?

Vanavond in elk geval geen schort, geen plat accent, geen Elsja. Want vandaag is haar vader jarig. En ze gaat hem persoonlijk feliciteren. Ze heeft Maria overgehaald om vanavond iets vroeger het avondeten te serveren, zodat Emma er op tijd tussenuit kan knijpen.

Fluitend dweilt ze de vloer. Als ze zich vooroverbuigt om de hoekjes te bereiken, kruipt haar truitje aan de achterkant een stukje omhoog. Ze voelt de tocht langs haar ontblote onderrug gaan. Haar kleding begint echt te kort te worden. Meneer Abrahams loopt de gang in. Elke voetstap laat een afdruk achter op de schone, natte vloer. Verdorie, nu moet ze dat stukje opnieuw doen. Met de zwabber wist ze zijn sporen uit en gaat verder met de rest van de gang. Als ze bijna klaar is, komt hij ineens weer om het hoekje kijken. De vloer is nog niet droog, moet hij er nou echt weer overheen? Op zijn tenen loopt hij achter haar langs. Iets te dicht achter haar langs. Maar prima, hij is tenminste weg.

Emma opent de voordeur voor de melkboer. Ze buigt haar hoofd schuin naar beneden en slaat haar wimpers op en probeert haar ogen zo groot mogelijk te maken. Zijn witte gezicht kleurt roze als hij haar ziet. Mooi. Daar gaat ze gebruik van maken. Ze heeft zin in een gebakken ei. 'Zeg, je hebt vast wel een eitje over vandaag.' Ze vraagt het met een zo Amsterdams mogelijk accent. 'Ik vind het zo enig dat ik een echte

Amsterdamse ken,' had hij een keer tegen haar gezegd. Hij was nog nooit in de stad geweest, maar vond het leuk dat hij al wel een Amsterdamse kennis had. Ze draait een pluk haar om haar vinger, om een pijpenkrul te maken. Dat werkt altijd.

Zachtjes sluit ze de voordeur en brengt de melk en de eieren naar de keuken. Het is nu halfzes. Uiterlijk om zeven uur moet ze weg zijn. Mevrouw De Wit loopt de keuken binnen. 'Morgen is meneer Abrahams jarig, dus ik verzoek jullie om vanavond na het eten een taart te bakken. Die kunnen we dan morgenochtend bij de koffie serveren. Ik dacht aan een appeltaart, maar het mag ook iets met abrikozen zijn. Ik wil de taart graag even zien als hij af is.'

Dit past niet binnen de planning. Maar mevrouw De Wit wacht niet op antwoord. Het was ook geen vraag, meer een mededeling. Emma laat haar schouders zakken. 'Daar gaat mijn uitstapje, Maria.'

'We verzinnen wel wat.'

11

Huilen doe je niet op je zesentachtigste. Emma heeft het hele weekend met een camera zónder rolletje achter de groep aan gelopen. Wat een afgang, zouden haar kleinkinderen zeggen.

Ze belt de oudste op, om uit te vogelen of een van hen toevallig foto's heeft gemaakt. Ze meent zich te herinneren dat Charlie af en toe iets met haar mobiel deed, maar of dat iets met foto's te maken had? Om te beginnen vertelt ze het nieuws van Gerard en zijn vriendin.

'Wat?!' roept Charlie. 'Sinds wanneer?'

Hij was tot voor kort getrouwd, misschien dat ze daarom zo verbaasd klinkt.

'Tja, hij mocht al jaren niet meer aan haar zitten, als je begrijpt wat ik bedoel. Dan krijg je dit soort dingen.' Zo, en nu eens even zien of Charlie háár ook iets kan bijbrengen.

'Zeg, kunnen jullie nou tegenwoordig ook foto's maken met die mobieltjes?'

'Ja,' zegt Charlie. 'Ik heb afgelopen weekend nog een groepsfoto van ons gemaakt, weet u nog?'

Bingo. 'Ah, zou je zo lief willen zijn om die naar me op te sturen?'

'Natuurlijk, geen probleem.'

'Ik ben er trouwens achter dat ik een afstandsbediening nodig heb om de dvd af te kunnen spelen. Ik krijg het apparaat nu wel aan, maar dan verschijnt er een soort menu en kan ik op het apparaat zelf wel op PLAY drukken, maar ik heb de afstandsbediening nodig om de juiste aflevering te selecteren. Heb jij die nog?'

'Nee, maar als u mij het modelnummer geeft, dan kan ik er eentje kopen.'

Het modelnummer? Ingewikkelde vraag. 'Ach, laat maar lieverd, dat hoef je niet te doen.' Emma wil deze taak graag aan haar eigen *to-do*-lijstje toevoegen. 'Ik ga zelf wel even naar de winkel.'

Op de terugweg van de elektronicazaak rijdt Emma langs de bibliotheek want daar schijnen dvd's te huur te zijn.

Op de muur achter de bakken met dvd's hangt een briefje. U KUNT MAXIMAAL 3 DVD'S PER KEER LENEN staat er. Het briefje is in een plastic hoesje gestoken en daarna met plakband op de muur geplakt. Nogal amateuristisch. Iemand heeft er WAT WEINIG bij geschreven. De letters zijn slordig en met een blauwe ballpoint op het plastic gekrast. Uit haar tas pakt ze een pen. VIND IK OOK zet ze eronder. Met de dvd-serie *In Europa* van Geert Mak en een drie uur durende documentaire over de geschiedenis van Engeland loopt ze naar boven.

'Dit zijn vier dvd's, mevrouw, u mag er maar drie per keer meenemen.'

Emma trekt haar wenkbrauwen op en bestudeert de dame. Deze kan ze hebben. Net zoals alle anderen die ten koste van haar de regels bepalen.

'Ach mevrouw, het lukt me niet om hier elke week naartoe te komen en ik zou zo graag beide series deze week bekijken.'

De vrouw haalt diep adem.

'En eigenlijk zijn het maar twee films, toch?' voegt Emma er snel aan toe. 'Alleen die serie van Geert Mak bestaat uit meerdere dvd's, maar daar kan ik ook niks aan doen. Ik wil er best twee van de drie meenemen, hoor. Dan laat ik de derde dvd hier achter en dan neem ik die de volgende keer mee. Kunt u hem dan bewaren?'

'Ik mag de series helaas niet scheiden, mevrouw. We hebben een maximum van drie dvd's gesteld, zodat er ook nog wat overblijft voor andere klanten. Maar goed, neemt u ze allemaal maar mee. Voor deze ene keer dan.'

Heel kort lift ze haar hielen van de grond. 'Dank u, dat is erg vriendelijk van u.'

'De film duurt drie uur, Piet, kun je dat aan?' Ze schuift *De geschiedenis van Groot-Brittannië, disk 1* de dvd-speler in.

'Als jij niet de behoefte krijgt om een sigaret op te steken, kan ik alles aan.'

Haar rechterhand glijdt in de gleuf tussen het kussen en de leuning. Haar pakje is binnen handbereik. Grote kans dat ze zich door bepaalde scènes heen moet roken, de documentaire doet haar denken aan Oranjehaven. Ze ontmoette er Erik Hazelhoff Roelfzema. Toen al een charmeur. Maar er was in Londen nog een andere jongen die haar interesse trok. Michiel. En die vond haar ook leuk, dat weet ze zeker. Ze heeft alleen nooit meer de kans gekregen om dat met hem te bespreken.

De eerste keer dat Emma aankwam op Oranjehaven, opende Michiel de deur voor haar. Ze weet nog precies hoe hij naar haar keek. Verlegen. Zelfs naar de grond toen hij haar een hand gaf. Daarna verdween hij, Emma stond in een verder lege gang. Toen ze haar jas uitdeed werd deze achter haar aangepakt door iemand die zei: 'Zo, en wat doet dit kleine meisje hier?'

Deze man vond zichzelf geweldig.

'Ik ben Engelandvaarster, dus ik mag hier zijn, hoor.'

'Ach, is dat zo? En wat kom je hier doen?

Ze zei dat ze dat nog niet precies wist, maar dat ze in elk geval wilde helpen. Helpen om de oorlog te winnen. Misschien ging ze wel terug naar Nederland, om informatie in te winnen voor de regering. Erik had haar een kamer in gesleurd, haar op een bureau gezet en gevraagd hoe ze dat van plan was. Als klein meisje. Daarmee was hij in herhaling vervallen en dat was niet nodig en bovendien deed het haar denken aan die gore Duitser bij de grens.

Erik bleef maar zeggen dat ze niet terug naar Nederland moest gaan. Dat er al een aantal agenten naar bezet gebied was gezonden, en dat ze allemaal waren opgepakt of gesneuveld. Emma had hem in eerste instantie een betweter gevonden, zij was hier ook in haar eentje gekomen en ze kon prima haar eigen keuzes maken, en mensen die zeiden wat zij wel en niet moest doen, waren doorgaans niet de leuksten.

Erik had gezegd: 'Wacht hier, ik ben zo terug', en had twee jongens gehaald om zijn verhaal kracht bij te zetten. Ze hadden zich voorgesteld als Chris en Peter en met zijn drieën hadden ze haar toen verteld over hun spionageacties, over hun vele pogingen om met een torpedoboot de Nederlandse kust te bereiken en zendapparatuur voor het verzet af te leveren. Erik wilde behalve apparatuur ook personen die de regering graag in Engeland had, mee terugnemen.

'Maar jíj gaat niet naar Nederland. Er zijn al te veel mensen opgeofferd.'

Het *Englandspiel* was op dat moment in volle gang en Erik, Peter en Chris hadden zich intussen al tig keer per boot laten afzetten op het strand van Scheveningen, om zendapparatuur te droppen en agenten op te halen. God, nou ja, de rest is geschiedenis. Een goed boek. Een film. En ze gaat binnenkort zelfs naar *Soldaat van Oranje, de musical.* De film week af van de werkelijkheid, ze is benieuwd in hoeverre dat bij de musical ook het geval is. En of Erik weer de enige held is in het verhaal. Dat zou onterecht zijn, want hij deed het niet in zijn eentje. Chris en Peter waren overal bij. En net zo heldhaftig. Maar die twee jongens waren te bescheiden om een heldendomstatus te claimen. Zij weet hoe het daadwerkelijk zit. Er zijn dríé Soldaten van Oranje.

Zij heeft ze alle drie goed gekend, van wie twee bijzonder goed. In Londen kreeg Emma een baan op het ministerie van Binnenlandse Zaken, waar ze buitengewoon saai werk deed want ze documenteerde allerlei burgerzaken, zoals huwelijken, geboortes en overlijdensberichten, met de hand. Zij had zo'n mooi handschrift hadden ze gezegd en zij dacht: prima, laat mij dat maar doen. Soms moest er iemand op de uitkijk voor vliegende bommen. Emma zei dan: 'Ik ga wel op het dak zitten', dan hoefde ze een dag niet te schrijven. Buiten las ze een boek en als ze een bom hoorde aankomen, moest ze op een knop drukken waardoor binnen het alarm afging en iedereen wist dat ze naar de kelder moesten.

Erik kwam haar regelmatig op kantoor opzoeken en dat vonden de anderen die bij haar op het ministerie werkten behoorlijk interessant. En zij ook wel, eerlijk is eerlijk. Ze mocht hem graag en hij was beeldschoon. Het werd iets tussen hen, daar hoefde zij helemaal geen moeite voor te doen. Tijdens hun eerste afspraakje had ze vooral naar hem geluisterd, hij vertelde over Nederland, zijn zus en zijn studentenleven in Leiden. En toen een paar keer over de torpedoboot, de golven, de eb- en vloedtijden aan de Scheveningse kust en de fles jonge jenever die hij over Peter heen had gegooid. Na de tweede ontmoeting had zij wat met Erik. Of Erik had wat met haar, het is maar net hoe je het noemen wilt. Ze had al snel door dat ze niet de enige was. Hij had op z'n minst nog één andere vriendin maar dat was prima, want Emma wist inmiddels in hoeverre je op mannen en hun woord kon rekenen en bovendien was ze zelf ook behoorlijk gecharmeerd van een ander.

Michiel was ook Engelandvaarder. En Leidenaar. En vliegenier bij het Dutch Squadron van de Royal Air Force. Hij nam haar mee uit en bracht haar keurig netjes thuis. Ze dansten op Oranjehaven. Soms dacht ze dat hij iets in haar oor wilde fluisteren, maar dat hij er dan toch maar weer van afzag. Ze maakten ook wandelingen door Londen. Hij woonde er al langer en vertelde haar allerlei weetjes, over de verschillende bouwstijlen in de stad, de geschiedenis van het Engelse koningshuis, dat de Britse dames hun biscuitjes het liefst compleet onderdompelen in de thee en dat hij fan was van de Britse humor. Als ze met hem door de stad liep, weg van Binnenlandse Zaken, de ministers en Oranjehaven, dan voelde ze zich even vrij. Ze leerde weer. Van hem. Van zijn verhalen. En dat gaf haar het gevoel dat ze leefde.

Hij vroeg of ze het Kruis van Verdienste had.

'Nee,' antwoordde Emma.

'Waarom heb jij in godsnaam geen Kruis van Verdienste?'

'Nou, toen ik hier aankwam hebben ze wel gevraagd of ik zo'n lintje wilde maar toen heb ik gezegd: "Wat moet ik met een lintje? We zijn onderweg door allerlei mensen geholpen en ik ben dolblij dat ik hier ben aangekomen, maar ik zou niet weten waarom ik daar een lintje voor zou moeten krijgen."'

'Dat is onzin. Iedereen die de tocht heeft ondernomen, verdient die onderscheiding. Dus jij ook. Die moet je gewoon hebben. Ik ga het voor je regelen. Ik ga daar werk van maken.'

Maar die belofte heeft hij niet meer kunnen waarmaken. Hij moest die dag vliegen. Toen hij terugkwam van de missie, moest hij op zijn beurt wachten om te mogen landen. Hij cirkelde boven de landingsbaan, net zoals de andere toestellen. En toen is hij tegen een ander vliegtuig op gevlogen. De vleugel brak en ze zijn allebei naar beneden gestort.

12

Maria heeft moeten zweren niet tegen Willem te zeggen dat ze pas zo laat is vertrokken, de laatste trein naar Heemstede heeft Emma maar net gehaald. Vanavond zal Maria in haar eentje de taart bakken, eerst het deeg maken, dan de appels schillen, en de rozijnen wellen. Dat wordt nachtwerk. Mevrouw De Wit komt rond acht uur zeker poolshoogte nemen, hopelijk gelooft ze de smoes.

Vanaf het station heeft Emma nog zeven minuten om naar huis te lopen. Er zijn twee routes mogelijk: via de Heemsteedsedreef, twaalf minuten, of achterom via de weilanden, veertien minuten maar wel veiliger na achten. Nee, ze heeft geen zin om een omweg te maken. Hoe eerder ze haar vader kan verrassen, hoe beter.

Met haar schoenen in de hand sluipt ze door de straten. De stenen onder haar blote voeten voelen koud aan. Een zwaar brommend geluid komt steeds dichterbij. Ze sprint een oprit op en duikt achter een pilaar. Een patrouillewagen, vier man in de laadbak en twee voorin. De wagen nadert en zij verbergt zich, de stralenbundel van het zoeklicht ontwijkend.

Ze ziet haar vader in de kamer zitten, hij slaat net een bladzijde om. Ze tikt tegen het raam. Het boek valt op zijn schoot. Hij kijkt om en dan komt de glimlach tevoorschijn.

'Gefeliciteerd, papa.'

Als ze de volgende dag terugkomt, staat Maria te ploeteren in de keuken. Het ontbijt en de koffie plus taart heeft ze in haar eentje gedaan. Emma is net op tijd om de lunch te serveren. Ze moet er weer even inkomen. Mevrouw De Wit vraagt of ze zich beter voelt en zegt dat ze vanmiddag, nadat ze de vloer heeft gedaan, maar langs meneer Thijssen moet gaan. Ze stort zich direct op haar dweilsessie.

Hoe presteert dat kleine mannetje het om altijd door de hal te moeten als zij net de vloer aan het dweilen is? 'Meneer Abrahams, zou u de gang willen mijden zolang de vloer nat is? Anders kan ik telkens opnieuw beginnen.' Hij knikt en loopt naar zijn kamer.

Na een paar minuten hoort ze hem de trap af komen. Het zal toch niet? Emma beweegt zich achteruit richting de trap, ervan uitgaand dat het signaal dan voldoende duidelijk is: de gang is tijdelijk *Sperrgebiet.*

Zíjn hand ligt op haar linkerbil.

Is hij nou helemaal gek geworden? Ze draait zich om, kijkt hem aan en barst in lachen uit. Hij staat op de onderste traptrede, maar ze kijken elkaar recht in de ogen.

'Dat is toch ongelofelijk?' zegt Emma als ze bij Willem op de zolder is. 'Die vrouw is bezig zijn leven te redden en dan gaat hij achter de dienstmeid aan!' Willem lacht. Dat had ze al in geen weken meer gezien.

'Die Abrahams beschouwt je blijkbaar wel als een echte dienstmeid.'

Ze is zo trots op haar blijkbaar overtuigende acteerwerk dat ze bijna vergeet om Willem het cadeau van zijn vader te geven. Een cadeau heeft hij weliswaar niet verdiend, maar toch geeft ze hem de concertplaat, die ze vanmiddag heeft opgehaald bij dr. Thijssen, in de hoop dat Willem vrolijk wordt van de nieuwe muziek. Dan heeft ze er zelf tenminste ook nog wat aan.

Ze hoort het van Maria. Het joodse stel van de tweede verdieping is naar buiten gegaan. Tegen alle regels in. Als mevrouw

De Wit dit hoort, zijn ze straks misschien hun kamer kwijt. Emma vraagt zich af waarom ze dat risico in godsnaam nemen. Maria denkt dat ze het niet meer aankonden. 'Ik zou ook gek worden van het binnen zitten.'

Er is wel eten voor ze gemaakt, het staat klaar in de keuken. Maria of Emma kan het zo opwarmen, ze zullen zo toch wel terugkomen?

Als de avondklok ingaat, zitten Emma, Maria en Wendy op de trap voor de deur van meneer Kestor, tegenover de deur van het joodse stel. 'Dit is mis,' zegt Maria. 'Dit is mis.' Emma wil graag zeggen dat ze vanavond vast ergens anders schuilen en dat ze morgen voor het ontbijt gewoon weer terug zijn. Meneer Kestor komt naar buiten en vraagt wat er gaande is. Maria vertelt hem over de situatie van zijn overburen.

Als Willem de trap af komt, zegt meneer Kestor: 'Waar komt die nou vandaan?'

Emma stelt de heren aan elkaar voor en legt de oude man uit hoe het zit. Hij lacht, voornamelijk om zichzelf, omdat hij nooit heeft gemerkt dat er een jongen op de zolder woonde. En omdat hij dacht dat zij een écht dienstmeisje was.

'Dat ben ik ook!'

'Maar toen ze net hier was nog niet, hoor,' zegt Maria. 'Die had nog nooit een aardappel geschild.' Alleen de mannen lachen.

'Dus als ik het goed begrijp, ben ik de enige die hier echt thuishoort,' zegt meneer Kestor.

Maria geeft hem een schouderklopje.

Emma draait zich naar Willem toe. 'Wij moeten hier weg. Als zij echt opgepakt zijn, staat hier binnen de kortste keren de SD voor de deur.'

Op de zolderkamer zegt Emma: 'Ze komen niet meer terug, Willem, dat voel ik. Ze hadden nooit naar buiten moeten gaan. Ze brengen niet alleen zichzelf, maar het hele huis in gevaar. Wat zullen ze vinden van een bejaardentehuis dat onderduikers huisvest?'

'Rustig blijven jij,' zegt Willem. 'Ja, we moeten weg, maar we kunnen vanavond niet meer over straat. Morgenvroeg kun jij meneer Thijssen om een adres vragen, hij weet vast wel iets voor een paar nachten.'

Emma knikt. 'Engeland is de beste optie, schat. We moeten een manier vinden om daar te komen.'

'Ik weet een route,' zegt Willem.

'Echt waar? Hoe lang al?'

'In elk geval tot Frankrijk. Maar ik heb wel wat tijd nodig om het goed voor te bereiden. En we hebben geld nodig. Ook buitenlands geld.'

Emma voelt weer een bezoekje aan de vader van Willem aankomen.

Via meneer Thijssen kunnen ze voor een paar dagen terecht bij mevrouw Viruly. Haar man is piloot bij de KLM. Het echtpaar heeft een prachtig huis, aan de gracht in Amsterdam. Mevrouw Viruly is hartelijk en loopt mee naar hun kamer. Zo smaakvol als de rest van het huis is ingericht, met overdadig behang, prachtige schilderijen en antieke meubels, zo leeg is de logeerkamer. 'Je mag het helemaal naar jouw smaak inrichten, Emma. Ik ben nog niet aan deze kamer toegekomen. Het lijkt mij een mooi project voor jou.' Prima idee. Ook al zijn ze niet van plan om lang te blijven, ze kan er in elk geval aan werken totdat ze naar Engeland gaan.

De volgende morgen is Willem niet te genieten, zij zorgt voor andere manieren om zichzelf te vermaken, zijn humeur zal haar reis naar Londen niet in de weg zitten. Emma stort zich op haar nieuwe beroep als interieurarchitect. Ze begint met de gordijnen. Er liggen allerlei resten stof en twee oude moltondekens, die zijn geschikt als voering. Mevrouw Viruly heeft een moderne naaimachine. Emma heeft het op een veel ouder model geleerd, maar toch komen haar lessen van de kunstnijverheidsschool van pas en de logeerkamer is binnen een dag omgebouwd tot naaiatelier. Willem struikelt over de garens. Hij pakt de schaar en smijt hem in een hoek. Emma registreert dat het beter is om scherpe voorwerpen voortaan uit zijn buurt te houden. Hopelijk heeft hij snel meer nieuws over hun vluchtroute. Hij is op dit moment extra gefrustreerd omdat hij geen boodschap heeft gevonden in het boek van oom Stuuf, dat hij nu voor de derde keer leest. Elke pagina is tegen het licht gehouden, de kaft is er al af geweest en de rug van het boek heeft hij ook geïnspecteerd.

'Tussen de regels door lezen, zei hij,' zegt Emma. 'Dat betekent waarschijnlijk dat je het bericht niet in de kaft zult vinden. Laat mij eens kijken.' Duidelijk met tegenzin overhandigt Willem haar het boek.

Voorin, op de eerste bladzijde, staat in sierlijke letters een gedicht.

Het regent in mijn hart.
Nu 296 dagen.
Ik mis je, mijn lieve Rachel.

'Wie is Rachel?'

Willem haalt zijn schouders op. 'Heb hem nooit over ene Rachel gehoord. Over dat soort dingen spraken wij niet.'

Regent. 'Regentesselaan?' Hart. 'Hartenstraat?' Het zegt Willem niks. Emma bladert naar hoofdstuk één. Ze kan haar aandacht er niet bij houden. Wat een droog verhaal. Over Karel de Grote. Waarom zou oom Stuuf nou juist in dit boek een bericht aan zijn geliefde schrijven? Dit is zulke saaie kost, daar knapt geen vrouw van op. Rachel. Zou ze bestaan? Of zit in dit woord juist de aanwijzing? Ze staart zich blind op de letters. R, A, C, H, E, L. Als ze de letters husselt staat er: LACH ER. Zou dat het zijn wat oom Stuuf aan Willem wil vertellen? Emma had hem natuurlijk wel duidelijk gemaakt dat Willem van het onderduiken niet vrolijker werd, maar ze betwijfelt of hij dat van zo'n boodschap wel wordt. 'Ik denk dat oom Stuuf vindt dat je meer moet lachen.' Ze laat Willem zien hoe ze tot deze conclusie is gekomen. 'Emma, dit is geen kinderspel. Hij zou nooit zoveel moeite doen voor zo'n onbenullige boodschap.'

Het regent in mijn hart.
Nu 296 dagen.
Ik mis je, mijn lieve Rachel.

'Schreef hij wel vaker gedichten?'

Willem vindt dat je dit geen gedicht kan noemen. 'Maar los daarvan, oom Stuuf was bezig met *Het Parool* en verbindingen tussen de verschillende verzetsgroepen. Hij had echt geen tijd om gedichten te schrijven. Laat staan voor een vriendin. Veel te gevaarlijk.'

Emma staart nog steeds naar de woorden. Ze leest ze los van elkaar. Sommige letters lijken wel iets dikker aangezet dan andere:

***He**t **re**ge**n**t in mijn hart.*
*Nu **296** da**g**en.*
*Ik mis je, mijn lieve **Rach**el.*

Alsof hij bij een aantal letters nog eens met de inkt eroverheen is gegaan. Als Emma de dikkere letters loshaalt en achter elkaar zet, staat er: HEREN296GRACH.

'Willem, kijk, kan het een adres zijn? Herengracht 296. Zegt dat jou iets?'

13

Erik had ze vanaf de eerste ontmoeting opwindend gevonden. Haar lijf zinderde als hij langsliep, alsof er een elektriciteitsdraadje verticaal door haar lichaam liep. Maar er was ook iets waar Emma onrustig van werd. Ze wist nooit wat ze kon verwachten met die jongen. Vier maanden later bereikte dat gevoel een hoogtepunt. Bij de post zat een grote envelop, aan haar geadresseerd en bezorgd bij haar huisje in Notting Hill Gate. Nou zaten er wel vaker briefjes bij haar in de bus, maar zo'n grote envelop had Emma nog nooit ontvangen. Verzonden met de luchtpost, uit Amerika bovendien. Spannend. Ze opende de envelop en haalde er een foto uit. Een levensgrote foto van Erik. Er zat een brief bij, waarin ze haar uitgebreid bedankten voor het toesturen van de foto van haar *fiancé* Erik Hazelhoff Roelfzema en haar suggestie om deze op de voorkant van *Time magazine* te plaatsen. Hoewel ze zeer onder de indruk waren van de prestaties van de heer Hazelhoff Roelfzema, hadden ze toch besloten om geen artikel aan hem te wijden en daarom deden ze haar de foto van hem weer toekomen. Want het was een prachtige foto, dus daar kon ze vast een mooie plek voor vinden.

Ze kreeg het warm. Heel warm.

Met háár werden geen spelletjes meer gespeeld.

Rechtsomkeert naar buiten. Hoe eerder Erik begreep dat ze niet gediend was van dit soort trucs, hoe beter. Ze wist dat ze hem zou vinden in het Dorcester Hotel, waar hij, waarschijnlijk op kosten van de regering, als een koning leefde. Ze was heel kalm gebleven. Maar wel duidelijk.

Hij was stomverbaasd. Emma dacht dat ze de enige vrouw was die hem ooit de bons had gegeven. Niet leuk om te doen, maar zo kon je niet met iemand omgaan. In elk geval niet met haar. Goed en kwaad. Zwart en wit. Dit was zwart. Dit was niet goed. En daar moest ze naar handelen.

Geen spelletjes. Punt.

Erik was een spannend figuur, maar zij zocht toch iemand die wat liever was. Op het eerste gezicht mocht hij stoer en stevig zijn, maar een klein hart leek Emma wel wat. Dat kon zij dan mooi opvullen en dan was er geen plek meer voor iemand anders. Ze wist al snel wie ze wilde hebben en richtte haar pijlen op Chris. Chris Krediet, die samen met Erik en Peter van Engeland naar Scheveningen was gezonden. En nu Spitfire-piloot was bij de RAF. En een goede vriend van Erik. Regelmatig zag ze hem op Oranjehaven en na twee keer dansen was het aan. Echt aan, want na een paar maanden trouwden ze. Min of meer met de handschoen. Aangezien hij piloot was, wist ze nooit zeker of hij na een missie thuis zou komen.

Chris en zij waren oprecht verliefd en echte maatjes. Maar niet tot de dood hen scheidde. Samen bleken ze geen kinderen te kunnen krijgen en na verloop van tijd sloeg dat een gat in hun relatie. Ze gingen naar de notaris om het huwelijk te beëindigen. Onderweg kregen ze nog de slappe lach terwijl ze bespraken hoe ze de bezittingen zouden verdelen. 'Bezittingen' was een groot woord voor de twee dingen die ze samen hadden: een kompas en een lamp. Hij wilde graag de kerosinelamp want die was tijdens de oorlog hun kostbaarste bezit geweest en ook daarna op de boot had hij er veel aan gehad. Het kompas heeft ze nog steeds. De notaris zei dat zij het leukste stel waren dat hij ooit had zien scheiden.

Emma leest iedere naam in de aftiteling. De telefoon gaat. Ze graait naar de afstandsbediening en zoekt het knopje met de twee streepjes erop.

'Hallo?'

'Omama, met Charlie.'

'Ha kind, wat leuk dat je belt. Ik zit een geweldige film te kijken. Een documentaire, over de geschiedenis van Engeland.'

'Aha, dat klinkt interessant.'

'Ik ben trouwens gebeld door een journalist, van het programma *Andere Tijden*. Ze willen me interviewen over mijn tocht naar Engeland.'

'Oh, wat leuk. En nu?' vraagt Charlie.

'Ik sta op de Google, heb ik gezegd, kijkt u daar maar. Dus dat gaat hij nu doen, denk ik.'

'Wilt u niet meewerken aan dat programma dan?'

'Jawel, maar je moet nooit meteen toegeven.'

'...'

'Als hij mij echt interessant vindt, belt hij nog wel een keer.'

'Met wie ben je aan het roddelen?' schreeuwt Piet van achter de computer.

'Met Charlie!' antwoordt Emma.

'Geloof niet alles wat ze zegt!' gilt Piet. Emma hoort Charlie lachen en balt haar vuist.

Ze heeft geen idee waar ze die man van tv naartoe verwijst en wat die dan precies over haar te weten komt. Maar goed, het klinkt wel modern.

Charlie zegt: 'Ik hoorde van papa dat jullie overwegen om te gaan verhuizen. Klopt dat?' De zonen van Emma kwamen twee weken geleden met z'n tweeën eten, onverwachts, dus dat was sowieso geen goed begin. Emma heeft een hekel aan onaangekondigd bezoek, het gooit haar dagindeling in de war. Bovendien werd dit onderwerp ter sprake gebracht.

Emma maakte direct duidelijk dat zij in dit huis blijven wonen zolang ze samen zijn. En dat haar zonen kunnen zeggen wat ze willen, maar dat zij het hier plezierig vinden en niet van plan zijn om weg te gaan. Elk weerwoord veegde ze van tafel. Piet en zij gaan hier niet weg.

Ze dacht dat ze helder was geweest, maar blijkbaar hebben haar jongens plan B ingeschakeld: de kleindochter. Alle argumenten over zorg, veiligheid en gemak ('Alles is lekker dichtbij') komen weer ter tafel maar dan beter verwoord. Emma besluit mee te spelen en doet alsof haar interesse is gewekt. Laat ze allemaal maar even in de waan.

Emma gaat nooit meer verhuizen, alleen al vanwege de helse klus die het zal zijn om al deze spullen uit te zoeken. Een paar weken geleden zijn ze wel begonnen met stickers plakken, voor de kinderen en de kleinkinderen. Samen met Piet heeft ze bij de boekhandel twee doosjes met kleine ronde stickertjes gekocht, blauwe voor hem en rode voor haar. Bij thuiskomst wurmden ze zich tegelijkertijd door de deuropening. Als Sjakie in de Chocoladefabriek gingen ze door hun eigen huis. Alles werd aangeraakt, opgetild en bekeken. Ze wisten van de meeste spullen wat van wie was en daarop plakten ze driftig de stickers, ieder in hun eigen kleur. Op de onderkant van een vaas, twaalf zilveren onderborden, de antieke kast in de gang en zelfs de Trinitron-beeldbuis. Emma plakte ook een rode sticker onder op de dvd-speler. Na anderhalf uur waren ze klaar, met de eerste ronde, want er waren nog een heleboel spullen over die van hen samen zijn. Samen gekocht of samen gekregen. Tijdens ronde twee zouden ze die gaan verdelen. En dat is vandaag. Haar maag knort, maar daar besteedt ze geen aandacht aan. Nu gaat het echte spel beginnen.

Ze heeft haar zinnen gezet op het gietijzeren beeldje dat zij en Piet hebben gekregen toen ze twintig jaar getrouwd waren. Een man en een vrouw samen onder een paraplu. De vrouw houdt de paraplu vast, ook al is de man bijna twee keer zo lang als zij. Het beeld staat in de tuin. Emma hoopt dat Piet het bestaan ervan vergeet en dan kan zij er vanmiddag of morgenochtend een rood stickertje op doen. Even het onkruid wieden en hup, snel opplakken als Piet aan het patiencen is. Ze verheugt zich er nu al op om haar moment te kiezen en toe te slaan.

Piet keert terug van het toilet. 'Emma,' zegt hij kalm, 'van alle gezamenlijke dingen mag jij als eerste kiezen.'

'Maar wat nu als ik iets kies wat jij ook heel graag wilt?'

'Liefke, daar kunnen we dan toch gewoon over praten? Daar komen we toch wel uit?' zegt Piet.

Charmante insteek, ze weet hoe dat kan gaan als mannen de regels bepalen en bovendien heeft ze helemaal geen zin om eindeloos te discussiëren over dat beeldje. Ze gokt op plan A: hij vergeet dat het beeldje onderdeel is van dit spel omdat het buitenshuis staat en zij moet straks nodig op het terras zijn om het onkruid tussen de tegels vandaan te trekken.

'Oké, dan kies ik het zilveren mandje,' begint Emma.

'Het broodmandje waar we elke ochtend de zachte bolletjes in doen?'

Ze knikt. 'Oh, en jij moet wel iets van gelijke waarde kiezen, want we gaan natuurlijk geen broodmandjes vergelijken met schilderijen.'

'Maar dat mandje, daar heb ik ook goede herinneringen aan.'

Zie je wel, daar heb je het gedonder al. Dat mandje interesseert hem niets, dit is een strategie. Maar zij is hier beter in, dat weet ze zeker. 'Oké, dan mag jij nu twee kleine dingen uitkiezen en daarna mag ik weer.'

Piet haalt zijn schouders op en glimlacht. Hij vindt het een prachtige deal, ziet Emma, want zijn ogen gingen iets wijder open. Maar voor haar is het nog beter! Hij kiest twee minidingen die zij toch niet wil hebben, en daarna mag zij weer en ze weet nu al wat ze dan neemt.

'Ik dacht dat je die brutale plantjes wel gezellig vond,' zegt Piet. Emma heeft net de kaart van het onkruid gespeeld. Ze gluurt over haar schouder het terras op. 'Het is hardnekkiger dan ooit, dit kan ik niet zomaar laten gebeuren. Op mijn eigen terras nota bene, wat denken die plantjes wel niet.' Emma dartelt naar buiten. Ze heeft goed gescoord bij de verdeling, zij is absoluut de winnaar van dit stickerspel.

Aan de rand van het terras begint ze aan het onkruid te plukken. Met haar blik op de studeerkamer van Piet gericht, trekt ze per ongeluk ook een paar lelietjes van dalen uit de grond. Die had ze nota bene zelf geplant. Al onkruid plukkend schuifelt ze naar het bankje. Piet is duidelijk geconcentreerd op zijn kaartspel want hij kijkt geen enkele keer naar haar om. Het rode plakkertje in de aanslag, tilt ze vlug het bankje op. De sticker drukt ze stevig aan, onder de linkervoorpoot. Met haar rechterhand tilt ze het zware beeldje verder omhoog en op haar knieën inspecteert ze de onderkant van het bankje. Hoe kan dit nou? Emma staart naar het blauwe plakkertje onder op de poot. Dat moet gebeurd zijn toen hij 'naar het toilet' ging en zij nog bezig was om haar vazen te merken. Met haar nagels pulkt ze het blauwe stipje eraf. Ervoor in de plaats plakt ze een rood exemplaar.

14

Aan zijn ogen ziet ze dat het haar is gelukt. Willem zegt dat het adres hem niet bekend voorkomt, maar dat de kans groot is dat oom Stuuf hem in contact wil brengen met iemand. Het lijkt hem een goed idee als Emma het adres verifieert.

Ze fietst de Herengracht op en neer, steeds hetzelfde rondje. Als ze langs nummer 296 komt, probeert ze te ontdekken of er iemand aanwezig is. Het is een smal pandje met vier verdiepingen. Op de begane grond zit een edelsmid. Dat lijkt haar wel een charmant beroep, voor later. Met haar fiets aan de hand loopt ze vier keer langs het pand. Heen en weer, heen en weer. Maar natuurlijk, de ring! De ring van Granny kan haar helpen, de parel en de diamant, Hoop en Liefde, kunnen haar alibi zijn. Ze zet haar fiets tegen de brug en steekt over naar het winkeltje. Er hangt een briefje op de deur: GAARNE AANBELLEN. Een kale man doet open.

'Waarmee kan ik u helpen, jongedame?'

'Van mijn grootmoeder heb ik een ring gekregen. Ik heb er een aantal vragen over en helaas kan ik die niet meer aan haarzelf stellen.' Ze kijkt naar haar schoenen, naar de grond. Het werkt, hij houdt de deur voor haar open. Binnen is het meer een werkplaats dan een winkel. In de vitrine liggen een paar juwelen: twee broches, vier kleine schakelarmbandjes met naamplaatjes en een gouden collier.

'Hebt u geen ringen?'

Hij kijkt haar onderzoekend aan. 'Wil je die van jou soms verkopen?'

'Nee meneer, helaas. Maar ik wil graag weten waar deze parel vandaan komt.' Emma steekt haar hand uit. 'Kunt u dat zien? En hoeveel karaat is de diamant?'

'Zo zo, je weet wel waar je het over hebt hè, jongedame. Laat mij eens even kijken.'

Aarzelend overhandigt Emma de ring. Hij haalt een vergrootglas tevoorschijn en steekt het lampje op de werktafel aan. Hij brengt de ring naar zijn mond. Bah. De parel tikt hij tegen zijn tanden.

'Het is in elk geval een echte, maar waar deze vandaan komt kan ik niet zeggen. Ik heb meer verstand van goud en diamanten. En wat dat betreft kan ik je verzekeren dat jouw grootmoeder een dure smaak had.' Hij knipoogt en zij schuift de ring weer om haar vinger en draait de steen naar de onderkant, zodat het lijkt alsof ze een simpel gouden ringetje om heeft.

'Zit u hier al lang?'

Hij knikt. 'Ik heb de zaak overgenomen van mijn vader. Een paar jaar geleden leek het hier op zaterdag wel een ijssalon, zo druk was het. Maar nu....'

Emma kijkt naar de lege vitrine.

'Ik heb bijna geen klanten meer. Heel soms is er nog vraag naar een verlovingsring of een armbandje voor een geboorte. Maar daar kan ik niet van leven. Als deze ellende nog lang duurt, vraag ik me af of ik het hoofd boven water houd.'

'Praat u wel eens met de bovenburen?'

'Ik woon zelf boven de winkel.'

'Dan hebt u een aardig gezin, als u drie verdiepingen bewoont.'

'Jij bent nieuwsgierig! Ik ben alleen en woon op de eerste verdieping. Die erboven zijn leeg.'

Ze gelooft hem niet. Hij moet er het fijne van weten, zeker als hij hier zelf woont én werkt én bijna niets te doen heeft op een dag, durft ze te wedden dat hij de boel in de gaten houdt.

'U kent uw eigen buren toch wel? Ik zag net een man voor het raam langslopen toen ik mijn fiets aan de kant zette.'

'Ene Frits houdt daar kantoor,' zegt ze tegen Willem, trots dat ze de informatie heeft losgepeuterd. 'Hij is er op zeer onregelmatige tijden en meestal is hij alleen. Af en toe ontvangt hij bezoek. Heren, die doorgaans een paar uur blijven.'

'Goed werk.' Willem kijkt haar wellustig aan. 'Je bent mijn eigen kleine spion. Kom eens hier jij.' Hij zoent haar en zakt omlaag, zijn tong cirkelt rond haar borsten. Die vindt hij het allermooist aan haar, dat weet ze. Ze sluit haar ogen en hoopt dat hij daar nog even blijft hangen. Missie geslaagd.

Ze probeert de gordijnen netjes om te zomen, maar de banen dreigen continu scheef te gaan. Willem is naar de Herengracht. Hij is al acht maanden nauwelijks over straat geweest, laat staan in zijn eentje. Wat als hij wordt aangehouden? Wat als dat adres wordt verlinkt?

Emma denkt zelden 'wat als?' Wat als ze toen dít had gedaan. Of: wat als dát toen niet was gebeurd. Behalve wanneer ze aan haar moeder denkt. Wat als Emma niet ziek was geworden? Wat als de verpleegster was gebleven? Ze trekt aan de gordijnstof. Soms wou ze dat het anders was gelopen, vooral voor haar vader.

Ze woonden op de Van Breestraat, de drie-eenheid. Zo noemde haar vader hen wel eens als Emma riep dat ze een broertje of zusje wilde. 'De drie musketiers waren ook met z'n drieën en moet je zien wat die allemaal voor elkaar hebben gekregen. Drie is een prachtig aantal.' Toen Emma zes werd, kreeg ze zware griep. Het virus sloeg over naar haar moeder. Terwijl Emma genas, werd haar moeder steeds zieker en ze kreeg ook nog eens longontsteking. Er kwam verpleging in huis. De dokter constateerde na een paar weken dat de ontsteking over het ergste punt heen was. Haar vader besloot samen met de arts dat de verpleegster niet meer nodig was. Een paar dagen later werd Emma midden in de nacht wakker van het geschreeuw. Ze rende naar de kamer van haar ouders. Haar vader zat op zijn knieën naast het bed en hing voorovergebogen over haar moeder heen. Hij aaide over haar gezicht en streek met zijn vingers door haar haren. Zijn gezicht was kletsnat. Het gezicht van haar moeder zat onder zijn tranen. Hij gilde dat hij de verpleegster nooit had moeten laten gaan. Emma bleef op de overloop staan. Ze wilde niet dat hij zich schuldig voelde want ze wist hoeveel pijn dat deed. Zij nam hem niks kwalijk. Dat had ze graag tegen hem willen zeggen.

'Ik heb een nieuwe opdracht.'

Willem is eerder terug dan ze had verwacht. En hij is vrolijk. 'Wat bedoel je met "opdracht"?'

'Frits is secretaris van het Groot-Burgercomité. Ik kan hem helpen met de administratie.'

Ze is geen voorstander van dit plan, maar laat het gaan want ze heeft hem in tijden niet zo levenslustig gezien. Die vastberadenheid en die wil om te strijden, daar is ze destijds op gevallen. Dit is de Willem waar ze al maanden naar terugverlangt. Maar goed, zij moet geconcentreerd blijven. Engeland is hun doel en ze houdt er niet van als mensen van hun plannen afwijken. Daar had haar vader ook een handje van. Dan beloofde hij bij het ontbijt dat ze die middag rozijnenbrood bij de bakker zouden gaan halen, maar dan kwam Tanti zogenaamd spontaan langs en dan was haar vader de hele middag niet meer te paaien voor een uitstapje naar het dorp. Daarom weet ze: sommige dingen moet je meteen doen, anders komt het er niet meer van. Dus: het Engelandplan moet worden uitgewerkt, hij moet de route uitstippelen, zij zorgt voor geld en papieren. Wat haar betreft kunnen ze elk moment vertrekken.

Angstzweet ruikt anders dan gewoon zweet. Die geur die vrijkomt als je een mondeling examen hebt of als je bij het station ineens staande wordt gehouden door een Duitser en je moet identificeren maar in je tas nergens je persoonsbewijs kunt vinden. Wat ze nu ruikt, is zenuwzweet. Willems geur verraadt dat hij niet op straat hoort te zijn. En als zij het ruikt, dan ruikt een passerende soldaat het ook.

Ze lopen door de Jordaan, dicht tegen elkaar. Emma probeert het tempo iets terug te schroeven en zet bij elke pas haar voet net iets later op de grond dan Willem. Om zich heen kijkend, ziet ze dat veel gordijnen dicht zijn. Het zonnetje schijnt, maar er spelen geen kinderen op straat. Verderop ziet Emma een gezin lopen dat haar doet denken aan de familie Abrahams. Een stel van rond de veertig, joods, ook twee kinderen. Een muzikaal gezin, hij gaf pianoles aan het Conservatorium in Amsterdam en zij vioolles aan de eerste, tweede en derde klas. Drie keer is ze samen met Willem bij hen thuis geweest om hun vlucht te bespreken. Op de tafel lag een Perzisch tapijt. Hun geld verstopten ze eronder en in de theepot. Emma en Willem legden uit wat de risico's waren van vluchten. En ook de risico's van blijven.

Het was amper een week daarvoor dat Emma die risico's voor het eerst met eigen ogen had gezien. Ze had tekenles in Amsterdam. Vanuit het leslokaal kon je half naar binnen kijken in de achterhuizen. Tijdens de lessen observeerde Emma de gezinnen, de moeders die wasten, kookten en schoonmaakten. Ze speelden spelletjes, schreven in een boekje en verschoonden de kinderen. Ze wist precies wie waar woonde en wat de gezinssamenstelling was, hoe laat de kindjes uit de middagslaap kwamen en wanneer de vrouw het eten klaarmaakte. Tijdens een van haar laatste tekenlessen klonken er plotseling mannenstemmen, hard, ruw. Gevolgd door gegil. Paniek van de vrouwen en onbegrip van de kindjes. De gezinnen werden uit de flat gesleept, de binnenplaats op. Ze werden opgelijnd en moesten stil zijn. De soldaten gilden tegen de kinderen die huilden en daarna gilden ze tegen de vrouwen dat ze ervoor moesten zorgen dat hun kinderen ophielden met dat gejank omdat ze er niet tegen konden, tegen dat gejammer. De hele klas stond met de neus tegen het raam gedrukt. Sommigen wilden wat doen, maar de leraar zei dat het geen zin had. Een voor een werden ze in de auto's geduwd. Emma dacht aan de mannen die 's avonds thuis zouden komen.

De laatste keer dat Emma en Willem het gezin Abrahams bezochten, waren de twee kinderen van elf en dertien ook aanwezig bij het gesprek. Het gezin had toen net bericht ontvangen van De Joodse Raad dat ze moesten verhuizen naar een klein appartement in een andere buurt in Amsterdam. 'Moeten we gaan of daarnaartoe verhuizen en het uitzitten tot de bevrijding?' vroegen ze Willem. 'Gaan,' antwoordde hij. 'Direct.' De zoon draaide op zijn stoel en stak zijn hand uit en liet hun een pil zien. Een gelige tablet. Willem wilde hem aanpakken, maar de jongen vouwde zijn vingers eroverheen en trok zijn hand snel terug. 'Nee meneer, deze mag ik aan niemand geven. Nooit. Deze pil beschermt mij. Mijn zusje heeft er ook een. Als het niet lukt om Zwitserland te bereiken is dit onze weg naar de hemel.' Voor zover Emma weet, is het gezin nooit gegaan.

Aan het eind van de Bloemgracht slaan ze links af. Een klein stukje over de Prinsengracht en dan meteen weer rechts, weet Emma, de Leliegracht op. Willem maakt korte maar snelle passen, zijn wenkbrauwen zijn naar elkaar toe getrokken en zijn ogen continu op de punten van zijn schoenen gericht. Ze vinden het huis van de vrienden van Willems ouders op nummer 110, op een steenworp afstand van het Centraal Station. Willem heeft zijn schouders opgetrokken, alsof hij last heeft van de wind en zijn oren wil bedekken met zijn schouderkoppen. De man in de deuropening heeft een vriendelijk gezicht, een klein rond brilletje en een snor en daar heeft ze een zwak voor. Hoe groter de snor, hoe groter de vent. Het aantrekkelijkst zijn die waarvan de uiteinden in een vrolijke krul zijn gedraaid.

Het is een patriciërshuis uit de zeventiende eeuw. Van de trotse eigenaar krijgen ze meteen een rondleiding. Boven de schouw hangt een schilderij van Pieter de Hooch, een tikkeltje scheef. Die zou ze graag waterpas hangen, maar ze houdt zich in. Vanaf de deurpost van de logeerkamer op de bovenste verdieping zou ze een mooie duikvlucht kunnen maken en midden op het bed belanden, maar ze denkt aan haar manieren en even voelt het alsof haar vader bij haar is, zoals vroeger, toen ze aan tafel zaten en Emma de kip het liefst van het botje afkloof en daarna de jus van haar vingers likte, maar omdat haar vader haar vanaf het hoofd van de tafel in de gaten hield, sneed ze beheerst het kippenvlees met mes en vork van het botje af.

Zodra het echtpaar de kamer verlaat, loopt Emma naar het bed. 'Wat een indrukwekkend huis, vind je niet?' Willem is aan het bureautje gaan zitten, zijn ellebogen op het tafelblad en zijn hoofd rustend in zijn handen. Het lijkt of hij heel ergens anders is.

Ze liggen in het donker naast elkaar onder de lakens, allebei op hun rug. Zo nu en dan wordt Emma verrast door haar eigen gedachten. Dan is het net alsof gedachten voeten hebben en zonder te kloppen haar hoofd binnensluipen.

Waarom blijf je bij hem?

Ze herinnert zich dat ze met potlood bezig was aan een tekening toen haar buurmeisje vroeg of ze buiten wilde spelen. 'Eerst de tekening afmaken,' zei haar moeder dan. 'Daarna mag je buiten gaan spelen. Altijd afmaken waar je aan begint Emma, altijd.'

Morgen vertrekken ze. Engeland is hun eindbestemming. Als ze daar zijn, ziet ze wel weer verder. Tot die tijd moet ze ervan genieten dat Willem 's nachts haar voeten warm houdt.

Emma hoort aan zijn ademhaling dat Willem naar het plafond ligt te staren. 'Zou je niet probéren te slapen?'

'Ik heb het gevoel dat ik mijn land verraad, Emma, als ik wegga. Ik weet niet of ik Nederland in de steek kan laten.'

'Doe je ogen maar dicht, morgen moeten we scherp zijn. Híér kunnen we niets doen, Willem, vanuit Engeland kunnen we tenminste nog wat betekenen.'

Ze schrikt wakker van een harde knal. Willem zit rechtop in bed. Ze hoort geknetter. Vlammen, maar hoe dichtbij? Het geluid van brandweersirenes nadert, lijkt even heel dichtbij. Rijden ze over de Prinsengracht misschien?

'Wat denk jij dat het is, Willem?'

'Geen idee, een aanslag? Of een bom misschien. Verdomme, dat zou wel eens heel slecht uit kunnen komen morgen. Overal *Polizei* en strengere controles, dat kunnen we niet gebruiken.'

Emma hoopt dat er geen staking van de spoorwegen is morgen. Soezen lukt niet meer, dus zodra het licht begint te worden staat Emma op. Ze wil gaan.

Buiten merken ze dat ze niet de enigen zijn die vroeg de straat op zijn gegaan. Op de Leliegracht ziet Emma groepjes mensen, allemaal druk in gesprek. De mannen lopen van het ene groepje naar het andere, sommige vrouwen staan met hun hand voor de mond. Emma en Willem horen van de buren dat een Amerikaanse bommenwerper vannacht is neergestort, boven op het Carlton Hotel. 'Dat is minder dan een kilometer hiervandaan,' zegt de buurman. Ze bedanken hem voor de informatie en beginnen aan de wandeling naar het station. Hoe dichter ze bij het station komen, hoe groter de chaos.

Als de trein in beweging komt, ziet ze de vlekken in zijn nek. Hij lijkt zijn ogen niet te kunnen focussen, ze schieten alle kanten op. De paniek mag nu niet toeslaan. Ze raakt zijn hand aan, ze wil hem steunen maar hij schrikt ervan en er verschijnen bultjes op zijn armen, alsof er een koud briesje langskomt. Zijn moeder is vandaag jarig. Het is voor het eerst in veertien jaar dat Willem er niet bij is, zegt hij.

'Even tanden op elkaar. En blijven lachen,' zegt ze zachtjes.

In Breda stappen ze uit de trein. Ze gaan met de bus verder naar het zuiden, bij Wernhout moeten ze eruit.

Vlak bij de grens is het klooster waarover Willem haar heeft verteld. De broeders dragen bruine pijen en zijn duidelijk blij om hem te zien. Willem geeft ze een stevige handdruk en krijgt een bemoedigende schouderklop ervoor terug. De ene man zegt dat ze van de bisschop mensen niet meer mogen assisteren bij het oversteken van de grens. Hij kijkt er serieus bij. Even lijkt het erop dat het hier, bij de eerste grensovergang, al stopt.

'Maar een oude bekende helpen valt buiten het verbod.' De linkerman knipoogt. 'En je kent immers de weg.'

'Sterker nog, ik ben de grondlegger,' lacht Willem.

Trots loopt Emma achter de mannen aan. Als ze een pauw was, zou ze nu haar veren tentoonspreiden. Dan zou ze wel een mannetjespauw willen zijn, want de vrouwtjes hebben geen kleurrijke veren om mee te pochen.

Binnen eten ze een warme maaltijd. Er is ook wijn. Veel wijn. Emma luistert naar de instructies die de mannen geven over hoe ze zich aan de andere kant van de grens moeten gedragen. En welk vervoer ze in België het beste kunnen nemen.

Ze verlaten het klooster aan de achterzijde. Willem loopt vlak voor haar, samen met een van de monniken. Ze is blij dat het gebied dunbebost is en dat er weinig laaghangende takken zijn of andere obstakels, want ze merkt dat ze zich moet concentreren om in een rechte lijn te lopen. Terwijl ze haar aandacht bij de losliggende takken houdt, neemt ze zichzelf voor om zich niet meer te laten leiden door het drinktempo van de mannen.

Het lopen stopt, de broeder knikt en draait zich om en loopt in tegengestelde richting weer terug. Willem kijkt haar aan. 'We zijn in België.'

15

'Charlie, wat heerlijk dat je er bent!' Emma pakt de bloemen en de roze-witte muisjes aan. Drie pakken! Haar kleindochter loopt achter haar aan naar de keuken en pakt een vaas voor de bloemen. Zo gaat dat altijd. Charlie doet graag zelf de lelies in het water omdat ze weet dat Emma niet de moeite neemt om ze schuin af te snijden.

'Ik overweeg om van het huisje in de tuin een logeerkamer te maken. En dan noem ik het De Aap.' Haar mondhoeken willen omhoog, alsof ze een marionet is in het poppentheater en er iemand van bovenaf aan de touwtjes trekt. Charlie kijkt op en schiet na even nadenken in de lach.

Piet loopt de keuken in. 'Zeg Charlie, zou jij eens aan je grootmoeder willen uitleggen hoe ze de tweede aflevering van een dvd kan afspelen?'

Emma knijpt haar ogen samen. Dit hadden ze niet afgesproken. Het is een kleinigheidje, maar toch kan ze er niet tegen als mannen zich niet aan de afspraken houden. De rilling die er dan over haar rug loopt, die wil ze nooit meer voelen.

'Wij kijken namelijk naar een serie van Geert Mak, we hebben drie dvd's met in totaal twaalf afleveringen en het lukt je grootmoeder niet om de tweede aflevering van een dvd op te starten, dus nu moet ik steeds de eerste uitzending van elk schijfje dubbel bekijken!'

'Ach Piet, dat is toch leerzaam, dan blijft het allemaal wat beter hangen,' sputtert Emma tegen. Piet moet zich niet met de zaken rond haar tv-trolley bemoeien. Tevergeefs, Charlie is al onderweg naar de zitkamer en Piet grijnst: 'Tsja, dan moet je maar niet van die oude grappen maken.'

De man van *Andere Tijden* laat haar tijdens het voorgesprek een foto zien. Of ze zichzelf even wil aanwijzen. Het lijkt een eenvoudige vraag maar er staan honderden gezichten op het plaatje, misschien wel meer dan duizend. Voornamelijk mannen. Allemaal Engelandvaarders. Het is een foto van een reünie en Emma kan wél aanwijzen wie er allemaal niet meer leven. 'Dood en begraven,' zou haar zoon zeggen. Als Emma wil, kan ze elke week wel naar een begrafenis.

Emma is nu de laatste vrouwelijke Engelandvaarder die nog leeft.

'Dat is niet zo'n prestatie hoor, want van de 1648 die Engeland bereikten, waren er slechts 48 vrouw.' Waarvan zij dus nu de *last woman standing* is.

Op de foto zoekt ze Willem, maar die ziet ze ook niet een-twee-drie staan. Grote kans dat hij er niet was. Als hij wel kwam, zei hij haar altijd netjes gedag, maar verder zochten ze elkaar tijdens zo'n reünie niet op. Aan het einde van de avond liep Emma naar hem toe en maakten ze een praatje. Daar werden dan pijnlijke kwesties aangeroerd, ingewikkelde levensvragen gesteld en geen emoties getoond. Ze heeft hem nog één keer giftig gezien. Dat was na de oorlog, toen ze in Engeland waren voor een onderzoek naar het Englandspiel. Alle Engelandvaarders die bereid waren om mee te werken aan het onderzoek, werden ondergebracht in een chic hotel. De hele ontbijtzaal zat vol bekende gezichten. Emma ging naast een jongen zitten die ze kende, Daniël. Willem zat samen met zijn vrouw ook aan die tafel. Het gesprek ging over de aanpak van het onderzoek en over het Englandspiel zelf, de in hun ogen incapabele regering destijds, de majesteit die op zo'n stomme wijze solidair was met haar volk en over de ministers die, als je op bezoek ging bij Wilhelmina, je verzochten om niet aan de majesteit te vertellen dat een heel gezin in bezet gebied moest leven van een half brood per week, want dan zou de koningin ook gaan teren op een half brood per week.

Ze dronken thee, koffie en verse jus en aten zoete broodjes met jam, toen Daniël zei: 'Dat verzetsherdenkingskruis is natuurlijk een onderscheiding van niks. Dat kan iedereen aanvragen.'

Emma zei: 'Ja, daar heb je gelijk in.'

De kleur in het gezicht van Willem was ineens weg en Emma zag in zijn nek een paar rode vlekken opkomen die zich razendsnel verspreidden, net als wanneer je de inkt van een vulpen in een servet zou laten lopen. De vrouw van Willem schoot overeind. 'Dat kruis is hartstikke belangrijk, hoor!'

Lief dat ze voor haar man opkwam, dat hoor je ook te doen als vrouw. Maar Daniël had gelijk, dat kruis stelde niets voor. Waarom zouden ze beloond worden? Voor haar was het de normaalste zaak van de wereld dat ze zich had verzet. Wat er toen gebeurde, kon je toch niet gewoon over je heen laten komen? Emma liet zich niet bezetten. Of bezitten. Door niemand. Nog steeds niet. Maar daar hoefde ze geen lintje voor.

Ze wijst een figuur op de foto aan. 'Ik denk dat ik dit ben.' Het gezicht van een jong meisje, donker haar, opgestoken, en een hoedje op. Emma is dol op hoedjes, toen ook al. Voor de zekerheid benadrukt ze wel dat ze het niet zeker weet. Mag ze de foto anders hier houden? Dan kan ze hem nog eens goed bestuderen en als ze dan over twee weken terugkomen voor de opnames, dan wijst ze hopelijk het juiste gezicht aan de presentator aan. Die man draagt trouwens altijd bijzonder lelijke truien, dat zal ze hem ook vertellen als hij hier komt, zodat hij in de aflevering waarin zij te zien is niet met zo'n blokkenschema op de buis verschijnt. En als ze dan het verkeerde meisje aanduidt, zal dat wel loslopen. Geen van de dames op de foto leeft nog.

Ze laat de heren uit en die laten haar achter met de foto. En met vragen. Ze legt de foto op de koffietafel, in eerste instantie omgekeerd, met het beeld naar het tafelblad, maar in het kwartier dat de mannen nu weg zijn heeft zij de foto al minstens twaalf keer omgedraaid. Ze voelde het tijdens het voorgesprek al: het koppies kijken maakt iets los. En de vragen van de redacteur ook. Dat eindeloze doorvragen. Het typeert een goede journalist, dat begrijpt zij ook wel, hij wil een 'diepgaand interview'. Maar misschien wil zij wel niet dat het interview diep gaat. Zal het haar wel lukken om de controle over het gesprek te houden? En over haar antwoorden? Nu denkt iedereen nog dat zij vrij spel heeft gehad in '40-'45.

Ze belt met de redactie van *Andere Tijden* en meldt dat ze onverwachts is verhinderd volgende week dinsdag. Ze kan die dag een proefrit maken in een nieuwe Volkswagen, dat vertelt ze er niet bij, maar hun afspraak moet dus even verplaatst worden. De jongen aan de telefoon zegt dat de uitzending volgende week donderdag is en dat de opnames verzetten geen optie is omdat ze met een strak uitzendschema zitten. In de dagen voor de uitzending worden alle interviews gefilmd, daarna worden de beelden gemonteerd, presentatiepraatje erbij en dan wordt het uitgezonden. Emma verontschuldigt zich, zegt dat ze even gaat kijken wat ze kan regelen. Ze zal hem nog terugbellen.

'Wilt u soms van het interview afzien, mevrouw? Dat hoop ik natuurlijk niet maar als dat de reden is dat u verhinderd bent, dan hoor ik dat liever nu dan volgende week. Als we volgende week ineens met een gat zitten, heb ik een probleem.'

Een gat in de planning, daar zou zij ook van in paniek

kunnen raken. Ze zegt dat ze niet van plan is om af te haken, maar dat er iets ongelukkigs tussen is gekomen en ze haar best gaat doen om het op te lossen, en dat ze nog even terugbelt om het te bevestigen.

Ze hangt op en draait meteen het nummer van de garage.

'U kunt de afspraak niet op zo'n korte termijn afzeggen, mevrouw, wij hebben ook onze planning,' zegt de monteur.

'Ik kom op de televisie meneer, ze komen die dag voor de opnames.'

'Aha, op welke zender, mevrouw, dan ga ik zeker kijken!'

Dit gaat de goede kant op. Ze zegt dat het op Nederland 3 is, om halftien 's avonds en dat de uitzending 'De ware Soldaten van Oranje' heet.

En dat zijn Peter en Chris. Dit verhaal hoeft helemaal niet over haar te gaan, zij kan over hén vertellen. Ze heeft wel eens gehoord dat je een interview zo kunt voorbereiden dat je van tevoren bedenkt welke twee dingen je sowieso gezegd wil hebben en dan, tijdens het gesprek, moet je goed naar de vragen luisteren en dan het juiste moment kiezen om jouw verhaal in het antwoord op een van de vragen te weven. Zo gaan we het spelen, *Mister.*

Dinsdag. Ze heeft een appeltaart gebakken. En in huis een geschikte plek uitgezocht waar het allemaal kan gaan gebeuren. Ze heeft een grote comfortabele stoel voor zichzelf neergezet in de hoek van het houten huis, het aangebouwde stuk. Een prima plek om gefilmd te worden, de boekenkast op de achtergrond geeft een knusse uitstraling. In de spiegel checkt ze nog een keer of ze haar tanden niet geraakt heeft met de lippenstift.

De presentator van *Andere Tijden* komt niet zelf langs voor het interview. 'Daar hebben we een redactie voor, mevrouw,' zegt de dame die in de deuropening staat. Matig. Ze had het wel spannend gevonden om die man te ontmoeten en bovendien voelt ze zich nu toch wat minder belangrijk. En dat van die afzichtelijke truien zal ze dan wel aan de afgevaardigde van de redactie zeggen.

Zodra ze weg zijn, belt Emma de kinderen en de kleinkinderen en nog een paar vriendinnen, om ze eraan te helpen herinneren dat ze donderdag om halftien voor de televisie zitten.

Emma en Charlie zitten om tien over negen klaar. Samen op de bank, met borrelnoten. Door te knabbelen houdt ze haar energie een beetje in toom.

'Charlie, kijk jij nog eens wat er precies in de televisiegids staat.' Haar kleindochter bladert terwijl Emma een paar keer heen en weer zapt tussen Nederland 1, 2 en 3. De telefoon gaat, maar daar heeft ze nu even geen tijd voor.

'Ah, hier, halftien inderdaad, omama. Op Nederland 3. De uitzending heet "De ware soldaten van Oranje". Wow, het is toch wel cool dat ze u daarvoor hebben gevraagd.'

Emma neemt nog een nootje. De presentator heeft haar kledingadvies duidelijk naast zich neergelegd. Hij begint met een minicollege Verzet en legt uit dat Nederland vooral bekend is met één Soldaat van Oranje, één icoon van het Nederlandse verzet, Erik Hazelhoff Roelfzema.

'Hij was echt niet de enige, hoor,' mompelt Emma.

'Maar er waren er natuurlijk meer,' gaat de presentator verder.

'Ja!' Emma veert op van de bank en de eerste ware soldaat komt in beeld. De meeste van de geïnterviewden kent ze persoonlijk.

'Zonder camera's zijn de meningen veel ongenuanceerder.'

'Ja, het is wel duidelijk dat jullie allemaal niet het achterste van je tong laten zien,' zegt Charlie.

Dat klopt, zelf heeft ze zich ook ingehouden, zoals gepland, en niet verteld wat ze heeft moeten doorstaan om in Engeland te komen. De misverstanden rondom Erik en Chris en Peter heeft ze wél rechtgezet, door te benadrukken dat ze het met z'n drieën deden, dat Chris en Peter net zo heldhaftig zijn geweest maar daar ná de oorlog niet mee te koop liepen. In het boek van Erik klopte het verhaal nog enigszins, maar sinds de film is het verdraaid. Ze had talloze voorbeelden van zijn ijdelheid kunnen noemen, bijvoorbeeld het akkefietje met *Time magazine* of wat pikante details, maar wat dat betreft is ze inderdaad bescheiden geweest.

Over sommige dingen wil ze geen boekje meer opendoen.

Ze trakteert zichzelf op een ijsje, omdat ze het interview toch heeft doorgezet. Van Piet mag ze geen ijsjes eten op straat. 'Dat is ordinair,' fluistert hij dan. En sinds een paar jaar voegt hij daar graag aan toe: 'En slecht voor je suiker.' Hij denkt waarschijnlijk dat hij haar inmiddels heeft overtuigd. Ha, nou, het is maar goed dat hij niet meegaat met boodschappen doen. Tijdens de zomermaanden staat er vlak bij de supermarkt een ijscomannetje met een snoezig karretje met drie wielen, een overeenkomstig aantal smaken en een verrassend slank postuur. Als Emma aan komt lopen, begroet hij haar. Ze kiest altijd een hoorntje, nooit een bakje; een ijsje is het lekkerst als je het oplikt.

Met het ijsje in haar linkerhand, zoekt ze met de andere naar haar portemonnee. De rechterzak is leeg. Het lukt niet om met haar rechterhand in haar linkerjaszak te voelen, dus ze kijkt omhoog en zoekt naar iets om haar ijsje in te parkeren. Verdorie, waarom heeft hij niet zo'n ijzeren hoorntjeshouder? 'Kunt u mijn ijsje even vasthouden, meneer, ik kan zo gauw mijn portefeuille niet vinden.' De man knikt en houdt het hoorntje vast terwijl Emma verder zoekt. Links, rechts, binnenzak. Ze kijkt op en ziet dat het bolletje vanille begint te smelten en is vals benieuwd hoe hij daarop reageert. Hij kan moeilijk aan haar ijsje gaan likken om het lekken tegen te gaan.

Op het politiebureau wordt ze verzocht om even plaats te nemen. Ze had gehoopt dat er allerlei signalementen van criminelen aan de muur zouden hangen en dat ze er dan eentje herkent uit de supermarkt. Maar de wachtruimte is verrassend saai. Bij de huisarts en de tandarts liggen tenminste nog tijdschriften. En in een ziekenhuis is zoveel wandelend entertainment dat ze geen lectuur nodig heeft. Ze kan zich goed vermaken door alle artsen die in zo'n polikliniek voorbijlopen te bestuderen. Het is gemakkelijk te zien welke dokter zichzelf het allerknapst en het allerbelangrijkst vindt. Door het loopje. Het loopje van een arts zegt alles over zijn plek in de hiërarchie.

Maar goed, de politie denkt wat dat betreft dus minder mee met de wachtende bezoekers. Geen tijdschriften, geen glazen wanden in de verhoorkamers, geen kaart aan de muur met punaises erin en geen uitgescheurde krantenberichten met foto's van mogelijke daders erbij. Twintig minuten wacht ze nu toch zeker al, een beetje vermaak was wel op zijn plaats geweest.

'Komt u verder, mevrouw.'

Ze gaat tegenover de agent zitten. Hij is een jaar of dertig, schat ze. Hij draagt een donkerblauwe trui met epauletten op de schouders. Zijn politiepet ligt op het bureau. Hij draagt een smalle gouden ring om zijn vinger.

'Voor- en achternaam, alstublieft.'

Ze geeft antwoord.

'Kunt u de achternaam even spellen?'

Maar natuurlijk.

‘Geboortedatum?’

Er zijn vrouwen die dat liever niet geven.

‘Adres?’

Al veertig jaar hetzelfde.

Dan moet ze uitleggen wat er precies is gebeurd. Wist ze het maar. Ze heeft echt geen idee, maar ze moet gerold zijn tussen de kassa van de supermarkt en de driewieler van de ijscoman. Emma probeert zich te herinneren of er bij de kassa buitenlanders in haar buurt stonden. Zij rekende af terwijl een jongen van een jaar of veertien haar boodschappen in plastic tasjes deed. Een van de vele voordelen van Belgische supermarkten trouwens, ten opzichte van Nederlandse. Zou die scholier...? Nee, dat kan haast niet, dan zou de supermarkt wel meer klachten hebben gehad.

‘Het moet na het afrekenen en inpakken van de boodschappen zijn gebeurd, terwijl ik met de tassen naar de parkeerplaats liep.’ Tijdens het intypen van haar verklaring werpt de agent af en toe een blik op zijn pet. Hij print de verklaring uit en Emma zet vijf keer haar handtekening en nog een zootje parafen. Ze krijgt een folder mee waarin de politie adviseert om alle passen te blokkeren en goed na te denken welke instellingen ze allemaal moet benaderen voor een nieuwe kaart. De jongen, van wie de pet veilig op het bureau ligt, noemt haar zorgverzekering nog als voorbeeld. De ploert. Emma plaatst hem in het hokje ‘Onbetrouwbare figuren in uniform’.

16

Heeft ze alles nog? En met alles bedoelt ze de ring van Granny. Aan de binnenkant van de zwarte jurk heeft ze een klein zakje genaaid waar de ring precies in past. Met een driehoekig flapje, een klein knoopje en een lusje kan ze het zakje afsluiten. Dezelfde techniek als een envelop, maar haar variant lijkt op kabouterpost.

De rit naar Antwerpen duurt een uur, precies genoeg om zich op te laden voor het laatste stukje van de reis vandaag, en dat is nodig want lopen van Antwerpen naar Hoboken is een 'pittig stukkie', zeiden de mannen in het klooster.

Willem heeft flink de pas erin. En het valt haar op dat hij niet aarzelt bij de kruispunten. Ze lopen arm in arm en zij laat zich leiden. Het is alsof ze dansen, de manier waarop hij haar door de straten begeleidt. Zijn schouder tegen die van haar. Soms neemt de druk tegen haar bovenarm lichtjes toe en dan weet ze dat ze naar links moet. Of er ontstaat een gat tussen hen in, dan gaan ze rechtsaf. Ze heeft geen idee hoe vaak hij hier precies is geweest. Zo nu en dan was hij een paar dagen weg, maar over de inhoud van zijn reisjes vertelde Willem weinig. Pas sinds een paar weken, sinds ze besloten om samen te vluchten, kwamen er verhalen los. Waarschijnlijk om haar toch enigszins voor te bereiden op hun route en de mensen die hen onderweg zouden helpen.

De dans eindigt abrupt. Ze staan stil voor een huis met een gele deur en een bordje TE KOOP erop. Willem draait hen honderdtachtig graden, zijn blik gericht op een huis schuin aan de overkant. Een blauwe voordeur. Eveneens een bordje TE KOOP. Emma wordt meegetrokken, ze lopen de straat uit, slaan links af en bellen aan bij een statig huis. De dame herkent Willem, zucht diep maar laat hen dan toch binnen. Emma gaat zitten op de bank, Willem ook. De vrouw niet. Ze blijft voor hen staan, loopt naar de keuken, loopt weer terug. 'Willen jullie misschien iets drinken?'

Ruim tien minuten later verschijnt ze met twee glazen water en zegt: 'Willem, die vent met wie mijn man samenwerkte, is gearresteerd. Sindsdien is hij voorzichtiger geworden. De verbinding met Zwitserland is instabiel.'

Willem balt zijn vuisten.

'Ik kan u het adres geven van kennissen van ons in Brussel. Die kunnen jullie wellicht beter helpen dan mijn man op dit ogenblik. Vannacht kunnen jullie wel hier blijven.'

'Dat is erg vriendelijk van u, maar dan denk ik dat wij beter verder kunnen gaan, naar Brussel.' Willem staat op en wil de vrouw een hand geven.

'Wacht,' zegt ze. Door de zachte klanken van het Belgische accent klinkt alles vriendelijker. De vrouw loopt de kamer uit en komt terug met een reep pure chocolade die ze aan Willem overhandigt. 'Voor onderweg.'

Ze bereiken Brussel rond etenstijd. Het is een flatgebouw, Emma telt zeker acht verdiepingen en wijst naar de conciërge. Willem noemt hem de naam die ze van het chocoladevrouwtje in Hoboken hebben gekregen, waarop de conciërge naar voren buigt en sist: 'Wegwezen!'

Willem pakt haar hand en samen sjokken ze naar een park in de buurt. Emma ploft neer op het eerste bankje dat ze ziet.

'Dit was geen goed idee,' zegt Willem. 'We moeten terug. Ik weet geen andere oplossing.'

Ze haat het als hij zo snel opgeeft. 'Laten we even rustig nadenken.'

‘Ik kan niet meer nadenken! En ik heb ook ontzettende honger.’

Emma klopt haar rok uit en wappert lucht onder haar hemd want onder haar oksels is het nattig, en dat zet haar aan het denken. ‘Ik heb hier een tante wonen.’

In het café vraagt Emma naar het telefoonboek. Binnen een paar minuten vindt ze het adres van tante Gerda. ‘Maasstraat 28,’ zegt ze tegen Willem. ‘Enig idee waar die is?’

‘Wilt u naar de Maasstraat?’ vraagt de man achter de bar. ‘Ik kan u wel even tonen hoe u daar gemakkelijk komt.’

Maasstraat 28 blijkt onderdeel van een rij deftige flats, slechts drie verdiepingen hoog en aan de voorkant een prachtige tuin. De portier heeft een uniform aan. Emma vertelt hem voor wie ze komen.

Tante Gerda klapt van opwinding in haar handen. ‘Kind, wat goed je te zien! Kom verder. Ik heb maar één extra slaapkamer, wel met twee bedden erin.’ Tante knipoogt en Emma knijpt in Willems hand. Ze weet dat hij haar dankbaar zal zijn voor deze ingeving en toch vindt ze het onhandig van zichzelf dat ze niet eerder aan deze vrouw heeft gedacht. Als klein meisje is ze hier zó vaak op bezoek geweest. Het enige wat ze zich nog goed herinnert is dat tante Gerda de keurigste vrouw is die ze kent. Na de lunch kreeg zij altijd een stuk fruit toe en dat moest ze dan met mes en vork eten. Een peer, met mes en vork, wie verzint zoiets? De blik in haar vaders ogen was duidelijk: ze was te gast dus moest ze zich aanpassen. Dankzij tante Gerda kan ze nu een peer eten zonder die met haar vingers aan te raken.

De dagen bij tante Gerda duren lang. Willem wil alleen maar slapen en áls hij wakker is, blijft hij maar herhalen dat ze op een dood spoor zitten. Emma zou haar tante graag om raad willen vragen, wellicht heeft zij een goed contact, maar Willem denkt dat het zinloos is. 'Het is een aardig mens hoor, maar ze kan alleen maar bridgen en roddelen. Bovendien doet ze er tot nu toe alles aan om ons voor eeuwig hier te houden. Hoeveel cursussen heeft ze jou al aangeboden?' Hij heeft gelijk, tante Gerda is veel te gelukkig met hun aanwezigheid. Ze hangt uren boven de pannen, elke avond komen er verrukkelijke gerechten tevoorschijn plus een dozijn suggesties voor opleidingen waaraan ze zouden kunnen beginnen om de tijd te doden. 'Frans misschien? Of een andere taal?'

Twee keer per week hebben Emma en Willem even een pauze van tante, want dan zijn de bridgevriendinnen op bezoek. Zij brengen de middag met zijn tweetjes door op de logeerkamer en moeten hun best doen om geen geluid te maken. Als de laatste vriendin is vertrokken, schuift tante Gerda de gordijnen aan de voorkant dicht en komt ze naar boven. 'Ik ga vanavond op reis en zie jullie weer over een paar dagen.' Emma wil graag vragen waar ze naartoe gaat, maar ten eerste is haar tante al de kamer uit en ten tweede beseft ze dat zij hun ook nooit vraagt naar de details van hun vluchtplan.

Drie dagen later, net op tijd voor haar volgende bridgepartij, keert tante Gerda terug. 'Je krijgt veel liefs van je vader,' zegt ze tegen Emma.

Had ze dat maar geweten, dat tante naar haar vader ging! Dan had ze een brief mee kunnen geven. 'Waarom hebt u niets gezegd?' vraagt ze, en ze ziet een glinstering in de ogen van haar tante, alsof ze net de kachel heeft aangemaakt met een stapel *Vo Va's*.

'Ik had jullie graag eerder ingelicht, maar ik moest eerst het een en ander regelen. Verifiëren, zeg maar.'

Wat een vage omschrijving.

Tante Gerda richt zich tot haar: 'Ik ben dus naar Nederland geweest. De grens over was trouwens nog niet zo eenvoudig, maar daar weten jullie natuurlijk alles van. Hoe dan ook, het leek me mijn plicht om jouw vader persoonlijk te vertellen dat jullie bij mij in goede handen zijn.'

Emma gelooft niet dat dit de enige reden was om op en neer naar Nederland te gaan.

Haar tante pakt het bruine leren reiskoffertje erbij, ritst een van de vakken open en trekt twee papieren eruit.

'Een kopie van je arrestatiebevel, Willem.'

Hij vraagt haar hoe ze dat voor elkaar heeft gekregen.

'De dochter van een van mijn bridgevriendinnen, Jolie heet ze, is verliefd op een Engelse communist,' zegt tante Gerda, op een toon alsof ze een sprookje voorleest aan een zevenjarige. 'Een ielig mannetje, kapper van beroep, met een dun snorretje en gladgestreken haren tegen zijn hoofd aan geplakt. Niet om aan te zien, maar goed, dat terzijde.'

Emma hangt aan haar lippen.

'Jolie ontmoette hem in een café en was direct van hem gecharmeerd. Het was wederzijds en vanaf dat moment bracht hij veel tijd door in haar appartement. Jolie heeft met bridgen een paar keer ingevallen voor haar moeder. We speelden een keer bij haar thuis en toen ben ik wat langer gebleven. Tijdens een glas rode wijn raakte ik met het ielige mannetje in gesprek en ontdekte dat hij voor MI-9 werkt. Zijn communistische overtuiging en zijn kapsel, tenminste dat hoop ik, zijn slechts een dekmantel.'

Goh, de MI-9, dé ontsnappingsorganisatie van de Engelse geheime dienst. Klinkt goed. Emma ziet dat Willem dat ook vindt, want hij wrijft zijn handen in elkaar en dan zegt tante Gerda: 'Ik ben vanochtend bij hem langs geweest. Hij heeft contact gemaakt met Londen.'

De ogen van haar tante fonkelen. Als ze omlaag kijkt, naar de papieren in haar rechterhand, en weer opkijkt, is de schittering ineens verdwenen.

'Willem, jij mag gebruikmaken van de vluchtroute via Spanje naar Engeland,' zegt ze.

Emma draait met een ruk haar hoofd om en kijkt van haar tante naar Willem en weer terug naar haar tante. 'Dat is geweldig nieuws! Eindelijk Willem, ons geduld wordt beloond.'

Willem reageert niet zoals Emma verwacht. En tante is nog niet klaar.

'Hij heeft nog een paar keer geprobeerd ze te overtuigen, maar het lukte niet, Emma. Ze gingen niet akkoord.'

'Ik mag niet mee?'

'De *operator* in Londen heeft het overlegd, maar zijn superieuren vinden dat jij niet in gevaar bent en daarom niet in aanmerking komt. Daarvoor is de reis te gevaarlijk.'

'Maar dat is belachelijk,' schreeuwt Willem. 'Emma weet veel te veel! Waar moet ze dan naartoe? Ze kan niet terug naar Nederland.'

'Emma kan zolang bij mij blijven.'

Zeg, mag zij er zelf ook nog wat van vinden?

Als Emma de volgende ochtend wakker wordt, heeft ze nog steeds het gevoel alsof ze levend is begraven. Willem gaat naar Engeland. Zonder haar. Hij heeft weliswaar beloofd om de Engelsen ter plekke te overtuigen haar alsnog op te halen, desnoods zou hij de majesteit erbij betrekken, maar Emma gaat ervan uit dat de regering belangrijker zaken heeft om zich over te ontfermen. Willem vertrekt overmorgen al naar Frankrijk, daarna gaat hij volgens tante Gerda door naar Spanje en van daaruit waarschijnlijk met een schip naar Engeland.

Ze ontbijten met zijn drieën aan de keukentafel. Het is duidelijk dat haar tante wel een idee heeft hoe Emma zich de komende tijd kan vermaken. 'Ik heb een vriendin, haar echtgenoot geeft cursussen kunstgeschiedenis. Is dat niet wat voor jou, Emma?'

‘Prima,’ antwoordt ze en ze probeert er een vriendelijk lachje bij te produceren.

‘En ik kan je leren bridgen, dan kun je invallen als een van de dames weer eens niet kan.’

‘Ik hou niet zo van kaartspelletjes, tante.’ Emma zou graag nog even alleen zijn met Willem. Dit ontbijt is al een soort galgenmaal en haar altijd opgewekte tante maakt het nog ondragelijker. Vriendelijk bedoeld hoor, al die ideeën, maar ze heeft helemaal geen zin om de komende maanden bridgend door te brengen met een stel oude taarten.

Emma omhelst Willem in de gang. Haar tante staat erbij.

‘Ik zorg dat we snel weer bij elkaar zijn, liefste Emma,’ fluistert hij in haar oor. Mentaal bereidt ze zich voor op een tijdje wonen in Brussel. Ze hoopt dat Willem het redt zonder haar naar Engeland. Zij kan prima voor zichzelf zorgen, maar zijn mensenkennis is te vergelijken met die van een cavia.

Vroeg in de ochtend heeft Emma niet eens tijd om te wennen aan het felle licht want ze voelt een golf van misselijkheid opkomen. Ze slaat de dekens van zich af. Geen tijd om naar de wc te rennen. Emma grijpt naar de prullenmand. De rieten prullenmand, een betere oplossing is nu niet voorhanden. Oh, wat heeft ze hier een hekel aan. Jakkes. Bibberend schuifelt ze terug naar het bed. Wat een ellende.

Als tante Gerda haar een paar uur later wekt, voelt ze zich stukken beter. ‘Kind, wat zie je bleekjes, je moet er echt even uit,’ zegt haar tante. ‘We gaan vanmiddag naar de stad.’

Sinds haar verblijf hier is Emma nog niet in het centrum van Brussel geweest. Overal net geklede dames, met mooie hoeden en getailleerde colberts. De etalages zijn goed gevuld en de restaurants hebben keurig uitgestalde menukaarten. Nergens strepen door twee derde van de gerechten. Hoe kan het leven hier zo anders zijn dan in Nederland?

De favoriete patisserie van tante is een snoepwinkel voor volwassenen. Ze nemen plaats aan een rond tafeltje vlak bij de ingang. Emma draait haar stoel ietsjes meer in de richting van de deur want zo kan ze alle mensen die binnenkomen goed bekijken. Ze bestellen koffie. 'Neemt u gerust een kijkje in de vitrine. Wellicht ziet u iets lekkers voor erbij,' zegt de ober. Emma kijkt naar haar tante en die knikt bemoedigend. Ze staat direct op en loopt naar de toonbank. Het lijkt of het jaren geleden is dat Emma zulk mooi gebak heeft gezien, met zoveel zorg bereid. Ze kiest een rond taartje met chocoladekrullen erop en is stiekem blij dat ze hem met niemand hoeft te delen.

Om de tijd te doden en haar tante tevreden te stellen gaat Emma uiteindelijk overstag. Ze meldt zich aan voor een cursus kunstgeschiedenis, aan een instituut in het centrum van Brussel. Vanaf nu is ze drie dagen per week onder de pannen en ze doet haar best om dat van de positieve kant te bekijken: ze besteedt haar tijd hier tenminste nuttig. Bovendien is het een perfecte dekmantel, nu heeft ze tenminste een zinnig antwoord als mensen haar vragen wat zij als Hollandse in Brussel doet. Daarnaast krijgt ze een dag per week Franse les van tante Gerda. Door de bedrijvigheid lukt het haar om haar zorgen even weg te stoppen, alsof ze zorgen kan opvouwen en in een reiskoffer stopt. Op een gegeven moment moet de koffer weer open, als ze een schoon hemd nodig heeft of een stuk stof om haar rok wat langer te maken. Maar zolang de koffer dicht is, zijn veel vragen in haar hoofd ook op vakantie. Hoe zou het met haar vader zijn? Heeft hij genoeg te eten, groeien er nog kool en rapen in zijn moestuin? Geven zijn bijen hem nog voldoende verse honing? En Willem, zou hij al in Spanje zijn?

Al vanaf les één kijkt Emma vooral om zich heen en probeert ze haar medecursisten te analyseren. Bij elke persoon schetst ze een plaatje van het karakter, zonder ooit een woord met diegene te hebben gewisseld. De uitdaging is om eerst zelf het verhaal te bedenken en later na te gaan of het klopt. De dame vooraan bijvoorbeeld. Louise heet ze. Louise praat weinig en aan de hoeveelheid aantekeningen te zien, neemt ze de cursus extreem serieus. Ze maakt weinig contact met de anderen. Vlak voor het einde van de les liggen boek en schrift keurig dichtgeklapt in het midden van haar tafeltje met haar potlood erbovenop, klaar om in haar tas te schuiven zodra de leraar aangeeft dat de les ten einde is. Ze is vast bang dat mensen haar aantekeningen willen overschrijven. Emma voelt de behoefte om het starre ritme van Louise te doorbreken.

Er is nog een intrigerende figuur in de klas. Christian. Ze heeft deze jongen nog niet kunnen betrappen op het maken van één notitie. Hij heeft niet eens een geslepen potlood. Dus er zijn twee opties: of hij is geniaal en onthoudt elk woord dat de leraar zegt, of deze cursus is voor Christian ook een dekmantel. Ze weet niet welke van de twee mogelijkheden ze spannender vindt. In het lokaal zit hij meestal schuin achter haar, aan het een-na-laatste tafeltje in de rij. De manier waarop hij op die stoel hangt, is dubieus. Altijd achterovergeleund, met beide benen op de grond en zijn armen over elkaar gekruist voor zijn borst. Zijn borstkas en zijn armen bewegen langzaam op en neer. Emma kijkt steeds zo onopvallend mogelijk over haar linkerschouder. Inmiddels weet ze precies hoe ver ze haar hoofd naar links moet draaien om hem vanuit haar ooghoek te kunnen bekijken. Het lijkt of hij toch wel oplet want hij kijkt de leraar sporadisch aan en volgt de bewegingen van het krijtje als de docent iets op het bord schrijft, maar hij maakt dus geen aantekeningen en stelt geen vragen. Emma probeert of het lukt om de tekst van het bord over te nemen, terwijl ze tegelijkertijd naar links kijkt. Ze wil niet dat Christian merkt dat hij haar belangstelling trekt, dat gunt ze hem niet want het zal haar niks verbazen als dat precies is wat hij met zijn nonchalante houding wil bereiken. Ze spiekt even achterom en per ongeluk kijkt ze hem recht in de ogen. Zijn borstkas lijkt in die paar seconden iets vaker op en neer te gaan. Emma draait snel haar hoofd nog iets verder naar links en maakt oogcontact met het meisje naast Christian. Ze kijken elkaar aan alsof ze al jaren vriendinnen zijn.

Als Emma aan het einde van de lesdag terugkomt, vraagt haar tante hoe het was op de cursus. Alles wil ze weten. Soms wil Emma voorstellen dat tante zelf de cursus gaat volgen, maar dat zegt ze dan toch niet want straks brengt ze haar nog op ideeën en zit ze volgende week ineens naast haar in het klaslokaal. In plaats daarvan probeert ze tijdens het eten van de aardappelsoep de lessen van meneer Vanderstappen levendig na te vertellen, inclusief accent. Sommige stukken slaat ze over. Dat zijn de stukken die ze heeft gemist omdat ze achterom heeft zitten gluren.

Emma neemt net haar laatste hap als tante aankondigt dat ze haar dit weekend meeneemt naar een concours hippique. Klinkt heel chic en volgens haar tante is dat het ook.

'Maar ik heb helemaal geen gepaste kleding.'

'Geen zorgen kind, daar heb ik aan gedacht. Ik heb een vriendin die heel handig is met de naaimachine. We kunnen morgen bij haar langs. Zij stelde voor om een extra strook langs de bovenkant van je rokken te bevestigen. Dan zitten ze weer goed in je taille en als je jouw witte blouse in de rok stopt en dan een beetje over de rand heen trekt, kun je zo mee naar het concours.'

17

De laatste keer dat ze is bestolen, was ze achttien. Aan die ring denkt ze nog elke dag. De man die hem heeft afgepakt ziet ze niet meer voor zich, zijn gezicht is een zwarte vlek. Wel herinnert ze zich dat hij kaal was, of nou ja, zo goed als kaal, dwars door zijn dunne nattige haren was rood glimmend vel zichtbaar. Zijn stem hoort ze ook nog. En het gevoel dat hij haar gaf, voelt ze zo nu en dan nog steeds. Het sluipt over haar rug.

Ze gaat samen met Piet en zonder portemonnee naar een kleine antiekbeurs bij hen in het dorp. Eens per jaar wordt die georganiseerd, Emma zag de datum op het prikbord in de supermarkt staan. En op de lantaarnpalen rond de parkeerplaats hangen ook posters. Piet kan er uren rondlopen en wil het complete aanbod driemaal bekijken. Het liefst maakt hij eerst een algemene ronde: samen lopen ze dan in een heel rustig tempo midden over het pad, zodat ze de kraampjes links en rechts op hun gemak kunnen bekijken. De tweede ronde gaat langs die kraampjes waar Piet tijdens de eerste wandeling iets interessants denkt te hebben gezien. Hij loopt dan traag langs een kraam met potentie en komt ietsje dichter bij de uitgestalde spullen dan de eerste keer. Hier en daar blijft hij kort stilstaan, maar zodra de verkoper hem opmerkt loopt Piet snel weer verder. Ondertussen kijkt Emma niet naar de spullen, maar naar de mensen. De verkopers, de bezoekers. De kleding, de gelaatsuitdrukkingen, de taal en de handgebaren. Als ze mazzel heeft, loopt ze ergens langs waar een verkoopgesprek gaande is, dan kan ze meeluisteren met de mensen in onderhandeling. Een verhitte discussie is fase vier van het spel, haar favoriete onderdeel; koortsachtige gesprekken volgt ze maar al te graag.

De derde ronde maakt Piet hier en daar een praatje, wijst dingen aan en pakt soms iets op om van dichterbij te bekijken. Een enkele keer koopt hij iets, maar uit ervaring weet Emma dat de omstandigheden dan wel aan een aantal specifieke eisen moeten voldoen: één, de verkoper mag niet meer kennis van zilver hebben dan Piet. Twee, hij moet op afstand blijven. Hem nooit aanraken. En drie, Piet altijd laten uitpraten, lachen om zijn grapjes en pas echt ter zake komen als er specifiek naar wordt gevraagd. Emma kijkt eerst van een afstandje toe en gaat na ongeveer tien minuten, als het onderhandelen begint, maar eens een praatje maken aan de overkant. Een kwartier later loopt ze terug naar het kraampje waar ze Piet heeft achtergelaten. De antiquair laat hem nu allerlei alternatieven zien, die in aanmerking komen voor het bedrag dat Piet waarschijnlijk inmiddels heeft genoemd, maar spullen zijn waar Piet helemaal niet in is geïnteresseerd. Emma stelt voor dat ze koffie gaan drinken, dan kunnen ze er even over nadenken. Dit is hét signaal voor de antiquair, die weet dat hij ze niet moet laten gaan omdat de kans groot is dat ze dan niet meer terugkomen. Het toegeven van de verkoper begint, hij zakt voor het eerst met zijn prijs en komt steeds dichter bij het bedrag van Piet, maar zal nooit zo laag gaan. Denkt hij. Piet trekt hem steeds verder naar beneden en na een klein uur wordt de aankoop in een papiertje gewikkeld. De verkoper blijft lachen. En Emma weet dat ze naar huis kunnen, want er wordt nooit meer dan één aankoop gedaan.

Tijdens de tweede ronde van vandaag wijst Piet naar een

zilveren beeldje. Het is een bankje, zoals die in het park staan, met een man en een vrouw erop. Ze zitten naast elkaar, niet precies in het midden maar dicht tegen elkaar aan op de linkerhelft van het bankje. 'Dat zijn wij,' fluistert Piet, bang dat de verkoper hem anders hoort. Ze schuifelen richting het kraampje, zij bekijkt de uitgestalde borden en Piet begint te praten over de decembermaand, de feestperiode, de kou en het optuigen van de kerstboom. Emma loopt intussen naar de naastgelegen kramen, maar kan nergens een verhit gesprek ontdekken. Zelf heeft ze maar één ronde nodig om te ontdekken of er iets interessants bij zit. Haar zoektocht is vrij eenduidig want er is maar één ding dat ze ooit nog hoopt terug te vinden tussen alle antieke spullen.

Ze draait zich om en loopt terug naar Piet. Het gesprek gaat inmiddels over het zilveren bankje met het echtpaar erop, de derde ronde is begonnen. Het liefst zou Emma voorstellen dat zij alvast de auto gaat halen, dat versnelt het proces aanzienlijk.

Piet heeft een leuk idee voor de uitnodiging die ze aan de familie willen sturen, voor de high-tea op Nieuwjaarsdag. Ja, het moest weer anders dan de vorige keer, dus dit jaar geen kerstfeest maar een nieuwjaarspartij. 'Waarom fotograferen we niet het zilveren bankje met het stelletje erop?' vroeg hij op de terugweg van de antiekmarkt. 'Die foto plakken we dan op de voorkant van de kaart en dan maken we ook een foto van ons op een bankje en plakken die aan de binnenkant van de kaart.' Normaal bedenkt zij het concept voor de uitnodiging, maar dit is toch best een aardig idee.

'Hoe komen we aan een foto van ons op een bankje, Piet?'

'Misschien zit er wel een zelfontspanner op ons fototoestel,' oppert hij.

Emma stort zich op het *high-tea*-thema, ze wil allerhande kleine taartjes, sandwiches zonder korst en cupcakes want die zijn hip in Amerika en net zoals met het loungy kerstfeest wil ze dit jaar indruk maken met deze trend. Ze heeft in Amsterdam een adresje gevonden waar ze cupcakes kan bestellen en zoekt nu een manier om ze in stijl te presenteren, net als in Amerika, op een schaal met drie verschillende lagen. In een interieurwinkel zag ze een mooie etagère staan, maar het is zo zonde om die aan te schaffen voor één keer. In een tijdschrift las ze een geweldige tip: door verschillende maten borden en kopjes op elkaar te plaatsen, kan ze zelf een 'pronkschaal' maken met meerdere niveaus. Emma oefent in de keuken, het grootste bord onderop, dan een kopje omkeren en in het midden plaatsen en vervolgens een iets kleiner bord daar opgestapeld, weer een omgekeerd kopje en dan het kleinste bordje bovenop. In een handomdraai een etagère, geheel passend bij het thema.

Piet zet het vuilnis buiten en komt terug met de buurman. Wat komt die nou doen?

'Pak je hoed,' zegt Piet, 'die leuke grijze.' Zelf loopt hij naar de kapstok en pakt ook zijn beste hoed, die alleen voor speciale gelegenheden is, dus ze is benieuwd wat er nu dan zo bijzonder is. Hij duwt haar met zijn rechterhand door de achterdeur naar buiten. In zijn linkerhand houdt hij iets vast, het voorwerp precies zo tegen zijn been dat zij net niet kan zien wat het is. Piet navigeert haar over het terras, richting het kleine bankje dat naast de rozenstruik tegen het huis aan staat. In de ochtend is dit het enige plekje met zon, nu vangen alleen de bovenste rozen een straaltje van het winterse licht. De buurman pakt de camera aan die Piet hem aanreikt. Emma klemt haar bovenlip en haar onderlip op elkaar, hier had ze op voorbereid willen zijn. De buurman schuift het klepje van de lens af en Piet legt uit op welk knopje hij moet drukken. Zij recht haar rug, Piet gaat naast haar zitten. De poppetjes op het zilveren bankje zitten andersom, weet Emma, het mannetje links en het vrouwtje rechts, maar ze zegt er niets van.

In de boekhandel koopt ze blanco kaarten van mooi stevig papier. De dubbelgevouwen variant met in totaal vier zijdes. Ze knipt met een nagelschaartje de foto's op het juiste formaat, een stuk kleiner dan de kaart zodat er om de foto heen een witte rand zichtbaar is, een soort passe-partout. Op de voorkant plakt ze de foto van het stel op het zilveren bankje. Aan de binnenkant op de linkerpagina de foto van hen samen op het bankje naast de rozenstruik. Rechts is ruimte voor de tekst. Die heeft ze eerst proefgeschreven op een ander blaadje. Ze heeft precies genoeg kaarten gekocht dus het moet in één keer goed gaan, anders heeft ze een uitnodiging te weinig. Emma houdt ervan om de druk op te voeren, ook bij zichzelf. In haar netste handschrift schrijft ze de zinnen over van het papiertje op de kaart en is bijzonder tevreden met het resultaat. In de werkkamer van Piet laat ze hem de kaart zien. Hij zit achter de computer en speelt patience. Natuurlijk, ze had het kunnen weten.

'Dit is de kaart geworden, goed zo toch?'

Piet kijkt op. Er komt veel licht van het beeldscherm. Het groene kleed waar de kaarten op liggen geeft een soort groenige glans over zijn gezicht.

'Hartstikke mooi,' zegt hij, en legt een schoppenboer op een schoppenvrouw.

Ze zijn zo op elkaar ingespeeld. Op dit soort momenten houdt ze veel van hem en dat zijn ook haar kwetsbare momenten, want het zijn de momenten waarop ze alles met hem wil delen.

Zal ze het toch vertellen?

18

Spiegels zijn voor onzekere mensen.

Vandaag neemt ze het risico, het is maanden geleden dat ze de tijd heeft genomen om rustig naar zichzelf te kijken en voordat ze haar intrede maakt in de deftige kringen van haar tante, is ze benieuwd of de rok goed valt en haar opgestoken knot netjes zit. Ze is niet blij met de losse plukken die langs haar gezicht hangen en zet de knot met nog een paar spelden stevig vast. Met haar duim en wijsvinger knijpt ze in haar wangen. Expres hard, zodat haar gezicht rozerood kleurt. Ze ademt diep in door haar neus, houdt haar adem even vast en ritst de rits aan de achterkant van de rok omhoog. Door de uitademing trekt de band strak en ze concludeert dat de vermaakte rok haar figuur mooi accentueert. Emma loopt naar voren. In de spiegel maakt het totaalplaatje plaats voor enkel haar gezicht. Haar ogen zijn eigenlijk iets te groot voor de vorm van haar gelaat en dan staan ze ook nog eens altijd wijd open waardoor ze continu verrast lijkt, of extreem opgewekt, of vol in het zonlicht lijkt te kijken. Of simpelweg aan het loeren is, wat dan weer wel regelmatig het geval is. Haar jukbeenderen zijn goed zichtbaar, haar lippen zijn zuinig, twee smalle streepjes en zonder het inhammetje in het midden van de bovenlip wat sommige mensen aan een hartje doet denken. Ze trekt aan de schouders van de blouse en de stof beweegt gemakkelijk om haar middel waardoor het weliswaar goed zichtbaar is hoeveel ruimte er over is, maar gelukkig niet op zo'n manier dat het aantal ribben telbaar is.

Op het concours lijkt iedereen vrolijk. Emma wordt voorgesteld aan alle vrienden, kennissen en vage bekenden van haar tante. Ze vertelt aan iedereen hetzelfde verhaal, steeds weer opnieuw. Het verhaal wordt bij elke ontmoeting iets korter want ze ontdekt dat hoe meer ze vertelt, hoe meer de mensen zich met haar leven willen bemoeien. Dat ze een vervolgcursus moet doen. Dat ze vooral dit boek moet kopen. Dat ze nog wel iemand kennen die in kunst handelt, of ze daar eens mee wil praten. Allemaal goed bedoeld, maar helemaal niet nodig want ze is op weg naar Engeland, dus het heeft niet zoveel zin om zich in de mensen hier te verdiepen.

In de verte ziet ze een ruiter met zijn dressuurpaard. Hij zit uiterst rechtop, billen stevig in het zadel, handen losjes om de teugels. Nummer negen lijkt haar wel de moeite om eens van dichtbij te bekijken. Ze excuseert zich en loopt met versnelde pas naar de zandbak. Het donkere paard springt over de eerste drie balken. Alsof ze samen één zijn, beweegt de ruiter mee met het lichaam van het paard. Als het paard springt en zijn voorste benen helemaal uitstrekt en zijn achterbenen hoog optrekt, ligt de man ver voorovergebogen, zijn rug zo lang mogelijk, zijn wervels maximaal uit elkaar getrokken. Emma probeert te ontdekken of ze in de ogen van het paard een spoortje van opluchting ziet op het moment dat hij na een hindernis weer met vier benen op de grond belandt zonder een van de balken te raken. Alle obstakels zijn ongeveer even hoog, maar door de kleur, breedte en het materiaal lijkt het of het om tien compleet verschillende hindernissen gaat. Zou het paard dat doorhebben? Terwijl ze steeds dichter bij de bak komt, volgt Emma met haar ogen de contouren van het paard, de gracieuze enkels, de spieren in zijn dijen, de strakke huid rond het zadel. De dikke manen met knotjes en wel honderd elastiekjes. De smetteloze witte broek van de ruiter. De aangespannen benen en de stevige billen. Trotse houding. Die typische trotse houding, die komt haar bekend voor. De laatste sprong is vlak voor haar neus en ook foutloos. Hij komt met zijn gehele bovenlichaam overeind, recht zijn rug, knikt naar de jury en zwaait naar het publiek.

Christian.

Emma loopt buitenom. Ze kijkt een paar keer over haar linkerschouder en concludeert dat niemand haar in de gaten heeft. 'Alleen de ruiters zijn toegestaan in de stallen,' had tante gezegd toen ze vanochtend vertrokken. 'Bovendien is het geen plek voor een nette jongedame. Je kleren zullen er vuil van worden en je haar zal naar mest en stro gaan ruiken.' Haar tante had geen woord gelogen over de geur, maar Emma vindt het niet stinken. Integendeel juist. Deze aparte geur, een combinatie van nat gras, mest, haver en zweet, is opzwepend. Dit is het terrein van de stoere man. Een knecht is de water- en voederbakken aan het bijvullen en kijkt op als zij binnenkomt. Ze maakt oogcontact en geeft een klein knikje om de indruk te wekken dat het prima is dat zij hierbinnen is. Terwijl ze loopt, kijkt ze links en rechts de lege stallen in. Ze hoort hoeven klakken op de koude stenen vloer en achterin herkent ze het paard, aan de knotjes, vastgebonden met witte touwtjes. Hij wordt geborsteld, alle haren dezelfde kant op. Het borstelen gebeurt heel systematisch, het lijkt wel of er geen enkel haartje gemist mag worden. Zijn bewegingen zijn zorgvuldig en Emma gaat er harder van lopen.

'Dat ging best aardig, hè?'

Het borstelen stopt en Christian draait zich om. 'Ja, maar toch denk ik dat we tweede worden, ik had haar nooit Silver moeten noemen.' Hij aait het paard nu over zijn snuit. 'Wat brengt jou hier?'

Jij, wil Emma het liefste zeggen. 'Mijn tante is uitgenodigd en die vindt het gezellig als ik haar vergezel. Ik dacht dat het hier een saaie bedoening zou zijn, maar daar heb ik me duidelijk in vergist.' Ze draait haar rechterbeen ietsje naar binnen, knikt lichtjes haar knie en ademt door haar borst. Christian zet een stapje naar voren en komt iets dichter bij haar staan.

'Volgende week hebben we een toets. Zou ik op jouw blaadje mogen kijken?' vraagt hij.

Wat is dit voor een onbeschofte vraag? Maar ergens vindt ze het ook wel vleiend. Ze klemt haar armen strak tegen haar lichaam, zo komen haar borsten beter uit.

Als ze 'ja' zegt, heeft zij iets wat hij wil hebben. Dat is altijd goed.

'Door het concours heb ik geen tijd gehad om te leren,' voegt hij er nog aan toe.

Daar gelooft ze niks van. Ze weet toch dat hij geen aantekeningen maakt, dus hij is waarschijnlijk ook nooit van plan geweest om het boek door te lezen. Dit is vast zo'n type dat zijn hele leven al zijn examens haalt op zijn charmes.

'Prima,' zegt Emma. 'Op één voorwaarde.'

Ze loopt door het gras terug naar de tent. Via de zijingang glipt ze naar binnen. In de verte ziet ze tante staan, omringd door haar keurige vriendinnen. Een ober komt langs met een schaal pasteitjes. Beleefd slaan tante Gerda en haar vriendinnen de hapjes af. Emma heeft wel zin en voert het tempo van haar stappen op, en net als het meisje met het dienblad de groep dames wil verlaten, sluit Emma haar in. Dezelfde tactiek als toen ze nog tikkertje speelde, ze was er goed in om het jongetje uit haar straat een doodlopende steeg in te drijven en als hij zich dan omdraaide om het straatje weer uit te rennen, kon hij geen kant meer op. Tikkie. Ze pakt een pasteitje en een servetje van de schaal. Eigenlijk wil ze er twee. Het groepje van tante Gerda let niet op haar, dus ze stopt het pasteitje in haar mond en pakt een verse van de schaal. Het meisje kijkt haar geërgerd aan. Emma lacht en knikt om haar te bedanken en de mond te snoeren. Zolang ze hier in België is, zullen de pasteitjes haar smaken. Willem en zij hebben tijdens hun onderduik wel eens minder te eten gehad.

Willem.

Ze realiseert zich dat ze al dagen niet aan hem heeft gedacht. Waar zou hij uithangen? Hij kende een veilige route naar Frankrijk, dat heeft hij haar de avond voor zijn vertrek zelf verteld. In bed begon Willem ineens te praten over het werk dat hij samen met Dirk had gedaan voordat zij moesten vluchten. Verrek, dat deed hij natuurlijk voor het geval er iets mis zou gaan, dan kon zíj het tenminste nog navertellen. Willem praatte die nacht over de familie Levison. Meneer en mevrouw Levison sr. maakten zich zorgen om hun zoon, die samen met zijn vrouw verderop in de straat woonde. Zij waren oud, maar hun zoon had nog een heel leven voor zich, die wilden ze tot het einde van de oorlog in veiligheid brengen. Ze vroegen aan Willem om bij hun zoon langs te gaan en met hem een uitweg naar Frankrijk of Zwitserland te bespreken. Het maakte niet uit wat het zou kosten, maar Willem sloeg het geld en de sieraden die ze boden af. Hij liep naar het huis van Levison jr. en belde aan. Een vrouw opende de deur, de ketting stond op spanning. Willem vroeg naar de heer Levison, maar zij zei geen Levison te kennen en gooide de deur dicht. Willem controleerde het huisnummer. Het adres klopte. Hij liep terug naar senior en samen deden ze nog een poging. Dezelfde dame opende de deur, haar gezicht angstig en met dikke tranen in haar hals. 'Wat is er aan de hand?' vroeg senior. Sharon, die de deur had opengedaan, bleek de vrouw van Levison jr. te zijn. Willem vertelde Emma hoe onsamenhangend Sharon probeerde uit te leggen wat er was gebeurd. Nadat senior had gebeld om de komst van Willem aan te kondigen, liep iedereen naar het raam. Ze ontdekten een Duitse arrestantenwagen aan het einde van de straat. Vlak daarna belde Willem aan en toen was junior in paniek geraakt. Hij was ervan overtuigd dat de Gestapo hem kwam halen en sjeesde naar de bovenste verdieping, klom uit het raam en probeerde, hangend aan de dakgoot, het buurhuis te bereiken. Zijn vrouw zag hoe zijn benen zes verdiepingen boven de grond bungelden en kon dit niet aan. Ze zei dat hij terug moest komen, junior werd zenuwachtig, raakte uit balans en toen viel hij. Sharon durfde niet te schreeuwen, bang om de Duitsers in de straat te alarmeren. Ze beet het vlees aan de binnenkant van haar wangen helemaal kapot, dat liet ze aan Willem zien. Levison jr. raakte met zijn benen het balkonnetje van vier hoog, greep het raamkozijn van de onderburen en was daar blijven liggen. Willem rende terug naar de voordeur en belde aan bij de buren. Geen reactie. Senior riep hem terug en Willem liep naar de vijfde verdieping, waar senior de balkondeuren had geopend; het was duidelijk wat er van hem werd verwacht. Hij zwaaide zijn benen over de reling en liet zich zakken tot het balkon van de vierde verdieping. Hij bewoog het hoofd van junior van links naar rechts, voelde aan zijn pols en trok zijn oogleden omhoog. Hij leek verward en begon direct hevig te trillen. Het lukte Willem om junior in zijn eigen flat te krijgen. Er kwam een joodse arts die constateerde dat junior op vijftien plaatsen kneuzingen had. Niets gebroken, helaas, want botbreuken schenen sneller te genezen dan een kneuzing. Hij moest eerst herstellen en pas drie maanden later kon Willem met hem de plannen van zijn vlucht bespreken. In de tussentijd vroeg hij Dirk alvast persoonsbewijzen te maken, en vier maanden na de val gingen zij met z'n vieren naar de grensovergang bij het klooster waar hij ook met Emma was geweest. Willem zou Levison jr. en zijn vrouw begeleiden tot ver in Frankrijk,

Dirk zou meegaan tot de grens en dan met de twee valse persoonsbewijzen terugkeren want die kon hij opnieuw gebruiken.

Willem zuchtte en ging toen verder met zijn verhaal. Ze klopten aan bij de paters. Daar aten ze wat en aan het begin van de middag verlieten ze het klooster. Na zo'n anderhalve kilometer was Willem gestopt bij de onzichtbare grenslijn om Dirk gedag te zeggen. De 'Jakobsen' gaven hun persoonsbewijzen terug aan Dirk en bedankten hem. Dirk besloot om toch nog een stuk mee te gaan, begroef de valse persoonsbewijzen, bedekte ze met een laag zand en wat bladeren en met z'n vieren gingen ze verder.

'Halt,' hoorden ze. Van achter een dikke struik kwam een Duitse soldaat tevoorschijn, met zijn geweer op Dirk gericht. Willem vertelde Emma dat hij verstijfde. De reactie van Dirk was compleet het tegenovergestelde en Emma merkte dat ze hem daarom steeds interessanter begon te vinden. In perfect Duits had Dirk gezegd: '*Guten Tag.* Prachtig weer voor een wandeling, vindt u niet?' De soldaat liet zijn geweer zakken en vroeg om hun papieren. Willem vertelde Emma dat de soldaat een slome en onvoorspelbare indruk op hem maakte en dat hij daar bloednerveus van werd. Het was de eerste keer dat Willem opbiechtte dat hij zenuwachtig was en het maakte hem niet aantrekkelijker maar wel eerlijk en dat was dan wel weer charmant. Terwijl Willem zijn verhaal vervolgde, probeerde Emma zich te herinneren wanneer zijzelf voor het laatst nerveus was geweest. Dat kon ze zo gauw niet bedenken. Ze pakte de draad weer op bij het gedeelte waar de soldaat Dirk om zijn persoonsbewijs vroeg. Dirk voelde in zijn zakken, trok rustig zijn identiteitsbewijs eruit en overhandigde deze aan de soldaat. De man vouwde het persoonsbewijs open en bestudeerde het document dusdanig dat het leek alsof hij nog nooit eerder een Nederlands persoonsbewijs had gezien. De soldaat leek in eerste instantie de papieren terug te gaan geven aan Dirk, maar bedacht zich en stopte ze in zijn zak. Daarna vroeg hij Willem om zijn persoonsbewijs. De man keek naar het vod, dat omgekrulde hoeken had. Van de transpiratie, dacht Emma, want Willem bewaarde het document in zijn borstzak. De soldaat pakte die van Dirk erbij en vergeleek ze met elkaar. Toen vroeg hij Levison om zich te identificeren; die voelde in zijn broekzakken en deed daarna alsof hij het document in een van zijn jaszakken zou kunnen vinden. Langzaam schudde hij zijn hoofd. Hij sprak geen Duits, dus Dirk zei: 'Hun persoonsbewijzen hebben ze niet bij zich.'

De ogen van de soldaat werden donkerder. Onzeker. 'Wij hebben instructies gekregen dat alle Nederlanders te allen tijde hun persoonsbewijs moeten kunnen tonen.'

Levison verstond het natuurlijk niet, maar snapte wat de soldaat zei en antwoordde: 'Daar weet ik niks van. En waarom moet dat eigenlijk? We lopen toch gewoon op Nederlands grondgebied?'

Dirk vertaalde dit, maar de soldaat kapte de discussie af. Hij stopte de persoonsbewijzen van Dirk en Willem in zijn jaszak, pakte zijn geweer op en zei dat ze allemaal mee moesten lopen naar de commandopost. Hij wilde de sergeant laten beslissen hoe deze situatie moest worden aangepakt.

'Onzin.' Dirk keek de man recht in de ogen en vervolgde in het Duits: 'Ik ben hier in mijn eigen land. En mijn vrienden ook. Waarom kunnen wij geen wandeling maken over ons eigen terrein?' En in het Nederlands: 'Ik ga mijn middag niet door een buitenlander laten verpesten.'

De oude soldaat probeerde zijn standpunt nog eens uit te leggen: 'U loopt hier vlak bij de grens, dus daarom heb ik uw papieren nodig.'

Ze reageerden alle vier zo verbaasd mogelijk en begonnen

in het Duits en Nederlands door elkaar heen te praten. Het werd een chaotisch geheel. Ze bleven in twee talen herhalen dat ze echt niet wisten dat ze hun persoonsbewijs mee moesten nemen als ze een boswandeling gingen maken. Dirk maakte met zijn armen en handen drukke bewegingen; zoals een dirigent zijn orkest begeleidt, dirigeerde hij de discussie. Emma zag het helemaal voor zich. Willem hoopte dat de 'tactiek van de chaos' zou werken en dat de man geen zin had om met vier druk discussiërende personen bij zijn baas aan te komen want dat zou aantonen dat hij ongeschikt was voor de baan, dat hij de groep niet aankon en bovendien geen beslissingen durfde te nemen. De man liet zich verleiden tot de discussie, schoot continu in de verdediging en vertelde zelfs details over zijn leven. Hij vocht voorheen aan het front in Rusland en was op dit moment met verlof. Om bij te komen van de gevechten, bewaakte hij nu dit stuk grens tussen Nederland en België. Rusland was verschrikkelijk, vertelde hij. Koud, somber en uitzichtloos. Van de ene op de andere dag werd hij door de legerleiding overgeplaatst, van het front naar deze grenspost. Hij werd direct op deze positie geplaatst zonder eerst langs zijn vrouw en vijf kinderen te mogen.

De man was onzeker, kwaad op zijn superieuren en ongelukkig met de taak die hij nu had gekregen. Die bitterheid werkte in hun voordeel, want na veertig minuten discussie reikte de soldaat eindelijk Willem en Dirk de persoonsbewijzen aan. De hand van Dirk schoot gretig zijn richting uit en die snelle beweging was waarschijnlijk de reden dat de soldaat zich toch weer bedacht.

'*Nein*. Jullie gaan mee.'

Mevrouw Levison had al die tijd niets gezegd, maar begon nu geluid te maken. Ze huilde. Eerst zachtjes, maar al snel steeds heftiger en zelfs lichtelijk hysterisch. Het was alsof ze alle sluizen openzette, zoveel tranen vloeiden er, zei Willem.

Haar voorgevel schokte hevig op en neer en net toen Willem haar de mond wilde snoeren, zag hij dat het schokken van de borst de aandacht trok van de soldaat, die zich naar haar toe boog. 'Stil maar dame, gaat u even zitten. Wees niet zo bedroefd.' Ze kalmeerde voor geen meter en zakte door haar knieën. Als een gewond dier zat ze daar in het bos. Op de grond, omringd door struiken en bomen. De soldaat wilde haar helpen om weer op te staan en toen vielen haar tranen op zijn hand. Hij trok haar omhoog en vroeg om een zoen. Mevrouw Levison aarzelde geen moment en gaf hem de zoen, twee zelfs, op elke wang één. Willem vertelde dat hij het moeilijk vond om zijn lachen in te houden en dat kon Emma zich voorstellen, toneelspelen was niet zijn sterkste kwaliteit.

En toen gaf ze de soldaat ook nog een zoen op de mond. Vol op dat Duitse smoel. Haar lippen lieten los en hij zei dat ze haar burgemeester snel om een persoonsbewijs moest vragen. 'En maak geen wandelingen meer zo dicht langs de grens.' Mevrouw Levison antwoordde dat ze hoopte dat hij zijn vrouw en kinderen spoedig zou zien. Toen zijn ze terug naar het klooster gelopen en heeft Dirk onderweg de persoonsbewijzen opgegraven.

Dit soort belevenissen van Willem had ze graag meer gehoord, zulke spannende verhalen had hij haar nog nooit verteld. En van de aanpak van die mevrouw Levison kan ze ook wat opsteken.

Kwetsbare mannen zijn zo makkelijk te overtuigen. Als je een vrouw bent, heb je geen wapens nodig.

19

Het zou een opluchting zijn om het er gewoon uit te gooien en Piet alles te vertellen. Die ring was van haar en voor zover zij wist mocht ze zelf beslissen wat ze met haar eigendommen deed, maar die Duitser had daar niks mee te maken, zei hij. Het leek of hij er plezier in had want hij gniffelde, wat Emma niet snapte want zij vond er niks leuks aan. Ze had toch gedaan wat hij zei, of niet soms? Maar nee, hij wilde nog iets van échte waarde, zo zei hij dat, want wat er net was gebeurd, daar kon hij nu niks meer mee, dat moest zij toch ook begrijpen. Hij was degene die zich niet aan de afspraak had gehouden, niet zij! Het is haar schuld niet. Maar als ze dat nu aan Piet vertelt, is het zwijgen al die jaren voor niets geweest. Waar je aan begint, dat maak je af.

Met de tanden in een beschuit met muisjes, haar favoriete moment van de dag. Of eigenlijk, van de week.

'Emma!' roept Piet. 'Charlie aan de telefoon.'

Oh, dit moment onderbreekt ze liever niet. Ze gunt zichzelf deze lekkernij drie keer per week en voor Piet bakt ze dan een kaaskroketje. Terwijl de olie in het pannetje opwarmt, eet zij haar beschuitje. Als ze op zo'n beschuitjesdag 's ochtends opstaat, verheugt ze zich al op het moment dat ze die middag haar eerste hap zal nemen. Als ze het tenminste tot de middag volhoudt. Sommige dagen kan ze niet zo lang wachten, maar vóór elf uur mag ze van zichzelf in elk geval niet toegeven aan het verlangen, anders wordt het vroeger en vroeger en voor ze het weet, ontbijt ze met beschuit met muisjes en dat is echt niet de bedoeling. Ze geniet iedere keer opnieuw van de smaak, ook al heeft ze dit al duizenden keren geproefd. Eerst voelt ze het harde randje van de muisjes, dan de koude zachte roomboter en dan het droge van de beschuit. Die combinatie is onweerstaanbaar. En de smaak en de structuur van de ietwat vreemde kern van de muisjes, dat donkere anijskruidje, is toch elke keer weer een verrassing. *The icing on the cake*, zoals ze de Engelsen dat graag hoort zeggen. Het liefst likt ze het bordje af waar dan een enkele beschuitkruimel op ligt en heel soms één muisje. In- en inslecht voor haar suikerziekte, maar uitstekend voor haar humeur.

Ze loopt naar de plank die boven het aanrecht hangt en zet het bordje boven op een stapel kookboeken. In andere huishoudens wordt gegeten en gebeld tegelijkertijd want tegenwoordig heeft iedereen een looptelefoon, zo'n ding zonder draad; dan kun je bellen en tegelijkertijd een paar overhemden strijken of de badkamer poetsen. Of de ramen lappen. Geen gek idee, behoorlijk efficiënt maar niet voor Emma. Het was al wennen toen ze een toestel kreeg dat niet meer aan de muur hing maar op tafel stond, eentje met een ronde schijf waarmee ze de getallen van het nummer draaide. Ze moest wachten op de zoemtoon, eerst kwam het geloei in de oorschelp en pas daarna mocht ze het nummer samenstellen. Later is een nog moderner tafelmodel gekomen waarbij ze alleen maar op het groene knopje hoeft te drukken en dan mag ze het nummer al intoetsen. Die staat er nog, met een luie stoel ernaast waardoor bellen een uitje is in haar eigen huis, zo comfortabel. Alleen jammer dat die nieuwe telefoons geen hoorn en haak hebben, zodat ze de hoorn echt óp kan gooien. Dat werkt soms zo bevrijdend.

'Dag, lief kind. Alles goed?'

'Ja hoor, omama, gaat goed.'

Ze kletsen over de verkiezingen, over WikiLeaks, over haar broer Harm, over de aanleg van de Noord-Zuidlijn en over werk en privé gescheiden houden. Iets wat Emma onzin vindt.

'Charlie, met los haar en flink wat mascara op krijg je die promotie nou eenmaal sneller dan wanneer je met een blotebillengezicht naar je werk gaat. Oh, en je nagels lakken, vuurrood, mannen zijn dol op verzorgde handen.'

Zeker een half uur telefoneren ze. Emma geniet van de kantooranekdotes, de verhalen over mensen die tegenwoordig business uit hun 'netwerk' halen, over vriendschap op het werk of juist frictie met collega's, daar laat Emma graag haar licht over schijnen. Advies geven over hoe je met mensen moet omgaan, heerlijk.

Ze ruikt een vreemde geur, een lucht die ze niet kan plaatsen.

'Kind, ik moet ophangen, ik moet even wat van het vuur af halen, anders gaat het mis. Ik zie je overmorgen, toch?'

'Jazeker! Ik ben rond lunchtijd bij jul...'

Emma hangt op en rent richting de keuken. In de hal is de lucht dik en grijs. Ze houdt haar adem in en knijpt met haar ogen om in de verte de keukendeur te kunnen zien. Met haar Uggs geeft ze de deur een zetje. De grijze wolk dringt haar voorbij en vult in één ogenblik de hele gang. Ze kijkt de keuken rond, op zoek naar vuur, maar dat ziet ze niet. Op de keramische kookplaat staat een koekenpan. Verdomme. Het is het pannetje met olie dat ze op het vuur had gezet om het kroketje in te bakken. Piet komt binnenlopen en hoest. Hij loopt meteen door naar de ramen en zet ze zo wijd mogelijk open. Driftig drukt ze op de tiptoetsen van de kookplaat. Het tellertje loopt terug. Ze wuift met haar handen voor haar gezicht, een poging om meer frisse lucht haar kant op te sturen. Piet houdt zijn armen in de lucht en kijkt haar vragend en tegelijkertijd beschuldigend aan. Met haar vingertoppen betast ze de tegels achter het fornuis, dan de deur van de ijskast, de oven, de prullenbak, de theedoeken aan het clipje aan de muur. Alles plakt. De hele keuken is bedekt met een dun laagje grijze kleverige substantie. Piet opent de deur van de antieke servieskast.

'Zelfs de borden plakken, Emma, hoe krijg je het voor elkaar? Dat wordt een heel weekend poetsen. Het servies is 24-delig,' bromt hij erachteraan. '24 grote borden, 24 kleine borden, 24 taartbordjes, 24 kommetjes, 24 diepe borden, 24 messen, vierentwi...'

'Ik weet het, poes, ik weet het. Daar zijn we wel even zoet mee. En wat dacht je van de rest van de keuken? Alle planken, boeken, kruidenpotjes en pannen, overal moet een doekje langs.' Ze baalt nog het meest van het verpeste beschuitje op de boekenplank. Door het open raam vult de keuken zich met frisse lucht. Ze kijkt naar het pannetje dat ze naar de zijkant van de kookplaat heeft geschoven. Dat zo'n klein beetje olie zoveel schade kan aanrichten, ongelofelijk. 'Piet, het lijkt me beter als we de kinderen niets vertellen hierover.'

'Dat lijkt mij ook, ze grijpen tegenwoordig elk "incident" aan om ons ervan te overtuigen dat we samen in een verzorgingsflat moeten gaan wonen. Nou, niks daarvan! Wij blijven lekker hier.' Piet pakt een geel doekje uit het kastje onder de gootsteen. 'Dreft dan maar? Of schuurmiddel?' Hij lacht.

'Dreft,' zegt ze. 'Dat ontvet.' Ze reikt hem het flesje aan. 'Zondag komt Charlie trouwens. We hebben dus twee dagen.'

Sporen uitwissen doet Emma al jaren. Het begon toen ze een jaar of vijf was en in de zomer een paar weken bij oom Johan en tante Jet logeerde. Briefopener, vulpotlood en perforator lagen altijd in een strakke lijn op het bureau, waar ze eindeloos rondjes omheen rende of zich onder verstopte als haar oom niet thuis was. Het bureau stond in de kamer waar kleine meisjes niet welkom waren. Als er iets ook maar één millimeter was verschoven, wist hij dat er iemand in zijn werkkamer was geweest. Emma en haar nichtjes werden uit de tuin getrokken en in de gang naast elkaar opgelijnd. Emma bleef strak naar haar schoenen kijken als hij zei: 'Wie van jullie was het? Zeg op! Het was een meisje, dat ruik ik...' schreeuwde hij dan.

Iets later, toen ze zes was en net geen moeder meer had en haar vader haar in zijn eentje probeerde op te voeden, logeerde ze regelmatig bij Granny want wanneer hij het ook maar even niet aankon, bracht hij haar naar zijn moeder. Bij Granny was het veel netter dan thuis. De borden stonden in de kast, geen vuile koffiekopjes op het aanrecht, en zodra Emma haar laatste slok limonade nam, stond haar oma al klaar om de beker af te spoelen. Elke avond legde ze een schoon kleed op de tafel. Tijdens het eten was Emma altijd bang om te morsen maar als ze dat deed, zei Granny: 'Geeft niks kind, ik vind het veel te leuk dat je er bent.' Later ontdekte Emma de kracht van groene zeep. Met koud water en een borsteltje boende ze een vlek er zo uit.

Bij Willem thuis speelde ze ook een spelletje waarbij haar sporenuitwiskwaliteiten van pas kwamen. Emma vond het een sport om iets in de kamer te verplaatsen en dan te kijken wanneer het door de moeder van Willem weer was teruggezet. Ze was begonnen in Willems kamer, waar zijn moeder alle boeken op kleur en grootte had gesorteerd en het bed altijd strak opmaakte. Emma verschoof het beeldje van de bronzen dikke dame die dienstdeed als boekensteun, het tinnen pennenbakje, het pincet waarmee Willem de postzegels van de envelop haalde nadat hij ze had losgeweekt, zijn reserveveters, de waterbeker en zijn eerste schoolrapport. Soms stond het al na een paar uur weer op de vertrouwde plek, een enkele keer pas na een paar dagen. Ze verplaatste elke dag één object, zo subtiel mogelijk, en werd steeds beter in haar zelfverzonnen spel. Toen de geodriehoek na een week nog steeds in de boekenkast lag in plaats van tussen de passer en de liniaal rechts op het bureaublad, werd het tijd om haar grenzen te verleggen. Naar de zitkamer en de keuken, kopjes, schoteltjes, nootmuskaatrasp.

Na de lunch rijdt Charlie terug naar Amsterdam. Emma en Piet staan in de deuropening en zwaaien totdat ze de hoek om is. 'Wat zijn kaaskroketjes lekker,' mompelt Piet, 'vooral als ze gaar zijn.' De deur gaat op slot en in haar hoofd gaat Emma haar lijstje af van wat er nog moet gebeuren vandaag. Er staan vier dingen op haar 'In en om het huis-lijstje'. Ze zet mentaal een vinkje bij 'Charlie' en loopt naar het washok annex rookhok. Ze wil net een Vogue aansteken en een bonte was in de machine gooien als de bel gaat. Harm staat op de stoep. Onaangekondigd. Dat doet hij twee keer per jaar, dus dat is twee keer te veel. Voor zijn werk is hij dan 'toevallig' in de buurt. Flauwekul. Hij werkt voor een softwarebedrijf en voor zover zij weet zit hij de hele dag achter de computer en aan de telefoon. Een BlackBerry. Of in zijn geval: zijn 'zwarte bes'. Onbegrijpelijk dat een man zo liefkozend over zijn mobiel praat. En allesbehalve sexy, maar goed, dat zal ook een van de redenen zijn dat ze nooit iets over een leuk meisje hoort. Stakker. Voor zover zij weet, is hij van de hele familie het minst succesvol wat betreft harten veroveren. Daarin is hij echt een kind van zijn moeder, haar schoondochter, want deze genen kan hij onmogelijk van haar zoon hebben gekregen. Háár jongens zijn goed met de meisjes. Net zoals Emma altijd goed lag bij de mannen. Op dat vlak stelde Charlie haar laatst een geinige vraag.

'Omama,' zei ze, 'hoe vaak bent u eigenlijk ten huwelijk gevraagd?'

'Ach, zo vaak mijn kind.'

'Echt?' vroeg Charlie. 'Is het nog op twee handen te tellen?'

'Oh nee, zeker niet. Ik heb minimaal elf huwelijksaanzoeken gehad. Misschien wel meer. Eens even denken. De eerste was een joodse jongen, uit mijn klas op de kunstnijverheidsschool. Hij was erg van mij gecharmeerd. En hij was erg klein, maar goed, dat terzijde. Na school ging ik bij hem huiswerk maken. Zijn moeder was ook altijd thuis. Na een paar opdrachten voor het vak technisch tekenen vroeg hij om mijn hand. Waar zijn moeder bij was!'

Charlie lachte. 'Hoe reageerde u, vond u het ongemakkelijk?'

'Welnee, ik heb een beetje lacherig gedaan. En toen was het over.'

'En wie waren er dan nog meer?'

Emma hoefde niet eens te graven naar de informatie. Ze had alle namen paraat, alsof haar geheugen een kantoor met een goed geordend archief is en ze naar aanleiding van een specifieke vraag zo een map met antwoorden uit de kast kan trekken.

'Willem natuurlijk, maar dat verhaal ken je. En een keer een Surinamer in Londen. Toen was ik nota bene verloofd met Chris! En dat wist hij, want hij kende Chris goed. Dat was wel een moeilijke situatie.'

'Ja, dat kan ik me voorstellen,' zei Charlie. 'Dat lijkt me niet echt bevorderlijk voor de vriendschap tussen die twee.'

'Oh nee, dat bedoelde ik niet. Ik vond het moeilijk om nee tegen hem te zeggen.'

Charlie boog iets naar voren.

'Want hij vroeg namelijk waarom niet.' Ze keek Charlie aan en probeerde te ontdekken of haar kleindochter begreep wat ze bedoelde, dan hoefde ze het niet verder uit te leggen.

'Wat was de reden dan precies?'

'Ik wil geen negerbloed in mijn familie.'

Charlie sloeg haar ogen neer, maar Emma bleef recht vooruitkijken.

'Dat kunt u toch niet zo tegen iemand zeggen?'

'Maar ik kan toch ook niet tegen hem liegen? Hij vroeg mij om eerlijk te zijn, dan mag hij ook een eerlijk antwoord verwachten.'

'Dat snap ik, maar ik had hem toch gespaard,' zei Charlie. 'U had toch ook kunnen zeggen dat u verliefd was op Chris en met hem ging trouwen. Dan was het toch ook goed geweest?'

'Hij is me eeuwig dankbaar. Er was nog nooit iemand geweest die dat eerlijk tegen hem had gezegd.'

Uiteindelijk heeft ze drie keer het jawoord gegeven. Wat dat betreft heeft haar vader gelijk gekregen. 'Studeren is niets voor jou,' zei hij. 'Jij gaat toch trouwen.' Achteraf gezien heeft ze dat advies misschien iets te letterlijk opgevolgd.

Maar goed, Harm dus. Weliswaar de broer van Charlie maar toch een compleet ander kind met wie ze bijvoorbeeld nooit zulke gesprekken heeft. Hij is niet geïnteresseerd in het verleden, of gewoon niet geïnteresseerd in het verleden van zijn grootmoeder, dat zou ook kunnen.

Het gesprek gaat over internet, voor zover Emma weet het enige onderwerp waar Harm uitgebreid over kan praten. Hij wil haar graag laten zien hoe ze kan internetbankieren. 'Dan hoeft u er de deur niet meer voor uit,' zegt hij.

Elektronisch haar rekeningen betalen klinkt wel modern. 'Oh, dat kan je toch even internetbankieren?' Ze hoort het zichzelf al zeggen als ze de lunch voorschiet voor een van haar vriendinnen.

'Ik zal het u leren,' zegt Harm.

Emma ziet hoe hij in de balk boven in het computerscherm het adres intypt van haar bank. Hij vraagt haar om haar pinpas dus ze loopt de kamer uit, door de hal, de trap op naar haar slaapkamer. Elke avond neemt ze haar tas mee naar boven. Ze zakt door haar knieën en trekt aan het hengsel dat een klein stukje onder het bed uitsteekt en pakt uit het zijvakje van haar tas de bankpas. Een nieuwe portemonnee kopen is er nog steeds niet van gekomen.

Harm heeft een vreemd apparaatje in zijn hand. 'Deze moet u aanvragen bij uw bank, het heet een Random Reader.'

Emma knikt en maakt in gedachten een aantekening.

Harm steekt haar pas in het apparaatje. 'Dan drukt u op de I, de knop linksboven. Wat is uw pincode?'

'Laat me die zelf maar even intoetsen,' zegt Emma.

Op het scherm verschijnen al haar gegevens.

'Oké, stel u wilt vijfhonderd euro aan mij overmaken,' zegt Harm.

'Waarom geen vijftig euro?' vraagt ze.

'Nee, stel we doen vijfhonderd euro. Dan vult u hier het rekeningnummer van de begunstigde in.'

Hij typt negen cijfers in.

'En de naam. En het bedrag en dan drukt u op Verzenden.'

Er verschijnt een nieuw scherm. Goed opletten nu.

'U drukt op de knop rechtsboven, op de S en toetst weer uw pincode in.' Hij overhandigt haar het apparaatje. Ze tikt haar viercijferige code in.

'De code die dan in het scherm van het apparaatje verschijnt, vult u in op de computer.'

Emma probeert te doen alsof ze het net zo logisch vindt als hij.

'En dan klikt u op ENTER, op "oké" zeg maar, en dan staat er dat uw opdracht wordt verwerkt. Simpel toch? Vanaf nu kunt u op deze manier al uw rekeningen betalen. Hoeft u niet meer voor naar de bank.'

Charmant hoor, dat internetbankieren, maar Emma ziet niet in wat er mis is met een ritje naar de bank, daar plant ze met plezier veertig minuten voor in.

20

Misselijk. Zo misselijk. Op het damestoilet kijkt ze in de spiegel boven de wasbak naar haar gezicht. Ze voelt aan haar borsten die gevoelig zijn en denkt aan Willem. Hij is nu veertien dagen weg. Wanneer hebben ze ook alweer voor het laatst gevreeën? Oh ja, natuurlijk, de avond voordat hij vertrok. Ze pakt haar kalendertje erbij. Bij de 16e staat een rood stipje. Dan is ze nu al drie dagen over tijd.

Ze rekent elke maand haar vruchtbare dagen uit volgens een methode van twee bekende artsen. Dat heeft ze van een meisje op school geleerd. En die had het van haar moeder. Volgens Ogino-Knaus sprong haar ei vorige maand tussen de 1e en de 4e. Op die dagen moest Emma dan extra voorzichtig zijn, maar ze had al snel manieren ontdekt waarop ze wel plezier kon hebben, maar minder gevaar liep. Haar grijze gebied, noemt ze dat. *Sperrgebiet* is het bij haar nooit.

Willem en zij waren, net als ieder ander stel, begonnen met kapotjes. Zij waste die dan uit met zeep en legde ze te drogen op de verwarming. Maar sinds ze onderdoken en om de paar dagen bij iemand anders logeerden, was ze hiermee gestopt want je kon die dingen moeilijk op andermans kachel leggen. Tot grote vreugde van Willem, hij vond die kapotjes helemaal niks. Zij vond zijn houding onverantwoordelijk en dwong hem om op bepaalde dagen behoedzaam te zijn. Dus als zij zei dat hij zich moest terugtrekken, deed hij dat.

Maar hoe ze het vorige maand tussen de 1e en de 4e precies hebben aangepakt, weet ze niet meer.

Terug in het leslokaal gaat ze rustig zitten. Christian kijkt haar bezorgd aan. Moet-ie niet doen, hij heeft belangrijkere dingen om zich zorgen over te maken: eind deze week hebben ze examen, dus dat betekent dat zij nog iets van hem krijgt. Dat was de afspraak. Die uitdrukking op zijn gezicht, toen zij vertelde op welke voorwaarde ze mee zou werken aan zijn plan! Het zal haar benieuwen of hij nog op de proppen komt met de complete samenvatting van het lesboek, geschreven door niemand minder dan Louise. In de pauze gaat ze hem maar eens vragen hoe het er voor staat. Als ze het gevoel krijgt dat hij verzaakt, heeft ze vanaf vandaag nog vier dagen om het hele boek door te nemen. Dat lukt wel, maar ze heeft liever dat uittreksel.

Christian verlaat als laatste het klaslokaal, Emma is de een-na-laatste. Op de gang haalt hij haar in, gaat schuin voor haar lopen en als ze langs de toiletten komen, wenkt hij haar. Een klein knikje met zijn hoofd naar rechts. Emma kijkt achterom. Er is verder niemand in de hal, dus glipt ze achter hem aan het herentoilet in. Christian doet het deurtje van de eerste wc open en het scharnier piept. Ze realiseert zich dat ze nog niet eerder op een herentoilet is geweest. Als ze vroeger naar het toilet moest terwijl ze met haar vader bijvoorbeeld in een museum was, nam hij haar niet mee naar het herentoilet maar duwde haar naar binnen bij de dames. Daar moest ze het dan verder zelf uitzoeken. Ze had een keer aan een mevrouw gevraagd of die even voor de deur wilde wachten omdat zij liever niet plaste met de deur op slot en de mevrouw had 'ja' gezegd maar toen Emma net aan het afvegen was, ging de deur open en hoorde ze iemand met een hoge stem zeggen: 'Oh mijn hemel, neem me niet kwalijk, ik wist niet dat deze bezet was.' Sindsdien vermeed ze openbare toiletten en deed ze wedstrijdjes met zichzelf, met als resultaat dat ze ruim acht uur haar plas kan ophouden.

In dit herentoilet hebben de deuren voor de zit-wc's geen slot en het zijn eenvoudige klapdeurtjes, die niet eens tot de grond komen, dus als er nú iemand het toilet binnenkomt, ziet diegene vier voeten in één hokje. Waarvan twee met damessokjes. Goed, laten we dit vlug doen, want hier wil ze niet gezien worden. Ze gaat op de bril staan, leunend met haar rug tegen de witte pijp aan de muur en met haar hoofd tegen het waterreservoir. Haar knieën zijn ongeveer negentig graden gebogen, alsof ze op een stoel van lucht zit.

'Wat doe jij nou?'

Lachend houdt ze haar handen op. 'Voor de dag ermee. Heb je de samenvatting?'

Christian trekt een stapel papieren onder zijn trui vandaan.

Ze is verbaasd. De opdracht was bijna onmogelijk.

Ze raakt zijn hand aan als ze de papieren pakt. Expres. Ze houdt haar blik op het papier gericht en begint te lezen. Christian staat gewoon met zijn voeten op de grond. Door het niveauverschil heeft ze ineens het gevoel dat ze hem machtig is, hetzelfde gevoel als wanneer ze haar paard naar voren schuift en haar vader schaakmat zet.

De pagina's leest ze vluchtig door. Voor- en achterkant zijn helemaal volgeschreven. Dit is dé samenvatting van alle hoofdstukken.

'Hoe heb je dit in hemelsnaam voor elkaar gekregen?'

Christian grist de papieren uit haar handen en houdt ze achter zijn rug. 'Zoals afgesproken,' zegt hij, 'krijg ik één kusje en dan krijg jij de samenvatting der samenvattingen en kun je zestig pagina's uit je hoofd gaan leren. Voor ons.'

Deze prestatie verdient een rijkelijke beloning, ze had nooit verwacht dat het hem zou lukken. Ze kijkt hem aan, probeert haar ogen te laten glinsteren en zakt iets door haar knieën. Zittend op haar hurken, met haar hoofd ter hoogte van zijn buikspieren, schuift ze zijn trui omhoog.

Sinds ze hem op het paard zag, wil ze die strakke buik al van dichtbij bekijken. Hij kijkt haar vragend aan.

'Wáár ik de zoen zou geven, hadden we niet afgesproken.'

Emma verlaat als eerste het toilet, met het stapeltje papieren voelt het als een overwinning. De gang stroomt langzaam vol met klasgenoten. Die hebben tijdens de pauze waarschijnlijk twintig minuten lang gespeculeerd over de mogelijke examenvragen, zo gaat het altijd de week voorafgaand aan een toets. De conversaties gaan nergens anders meer over. Iedereen zegt wat hij denkt dat een vraag zou kunnen zijn, maar niemand weet het zeker en dát stoort haar. Waarom eindeloos bespreken wat de inhoud van de toets zou kúnnen zijn? Zonde van de tijd.

Als ze 's middags thuiskomt zit tante Gerda op het puntje van haar stoel. Ze wrijft met haar handen over het keukentafelblad en daar krijgt Emma een onrustig gevoel van. Ze was van plan om direct door te lopen naar boven om te studeren, met de samenvatting.

'Emma, ik heb nieuws. Van die minnaar van Jolie. Hij heeft bericht gekregen van de Engelse geheime dienst.'

'En? Tante, vertel het nou! Willem is toch niets overkomen?'

'Nee, lieverd. Het is goed nieuws. Jij mag ook naar Frankrijk. Je mag gebruikmaken van dezelfde route. Vrijdag vertrek je.'

Emma is blij, gelooft ze. Nee, ze moet blij zijn. Wat er vanmiddag is gebeurd, verandert niets. Ze is op doorreis. Engeland is haar eindbestemming.

'Dat is mooi, dan hoef ik mijn examen niet meer te maken.'

21

Haar pistool bewaart ze in haar nachtkastje.

Of, nou ja, háár pistool. Ja, het is nu van haar. Het pistool wás van haar tweede man. Nadat hij was overleden kwam ze tijdens het opruimen de *gun* tegen en die heeft ze meteen achterovergedrukt. Verstopt. Ze wilde niet dat de rest van de familie zich ermee ging bemoeien. Want hier in België moet je zo'n ding opgeven aan de politie en de familie zou haar waarschijnlijk verplichten om dat te doen. Op zich leek het haar best geinig om naar het politiebureau te rijden en tegen de dienstdoende agent te zeggen dat ze een wapen bezit. Maar dat heeft ze natuurlijk nooit gedaan, het pistool kon nog wel eens goed van pas komen, dacht ze toen, alleen en zonder man in huis. Ze heeft een keer gecheckt of het geladen was. Het handzame ding zou makkelijk in een klein damestasje passen. Ze moet lachen om het idee dat ze uit zou gaan en het pistooltje in haar avondtasje zou doen, naast haar pakje Vogue-sigaretten en de rode lippenstift. Als iemand op de dansvloer dan in haar billen zou knijpen, zou ze echt de juiste munitie hebben om hem goed te laten schrikken. Maar zover is het nooit gekomen.

Ze moet hem maar weer eens in het vet zetten.

Ze weet niet of het pistool wel eens is gebruikt. Afgevuurd. Toen ze het wapen vond, was haar man niet meer in de gelegenheid om die vraag te beantwoorden. Ze wist dat hij het pistool in de oorlog had, maar niet dat hij het altijd heeft bewaard. Hij was een bijzonder type, haar tweede man. Rustig en lief, maar ook stoer. Als het buiten vroor, maakte hij eerst zijn handen nat voordat hij op de fiets stapte. Dan kreeg hij rode ruwe handen. Dat vond hij mooi. En in de oorlog werkte hij bij een boer en had zich een halfjaar niet gewassen. Mannen zijn zelfreinigend, zei hij altijd. Maar hij was ook zwijgzaam. Hij vond het zonde van zijn energie om te praten over dingen die hij niet interessant vond. Hij kon uren zwijgen. Ha, nou, dat er een pistool bij hen in huis lag, vond hij blijkbaar niet boeiend genoeg om haar te vertellen.

Ze heeft trouwens ook nog een ploertendoder. Eveneens verboden in Nederland en België. Zelf gekocht, ongeveer veertig jaar geleden. De naam van het voorwerp sprak haar aan. Het woord ploert gebruikt ze graag en ze vindt het dan ook teleurstellend dat ze het verder zo weinig hoort. Men heeft het liever over een schoft, een hufter of simpelweg een patjakker. Zelf noemt ze de ploertendoder bij voorkeur een ploertenpijniger want ze heeft niet de intentie om er iemand mee om te leggen, maar met één druk op de loden knop kan ze tuig in huis wel serieus beschadigen. Ze wou dat ze toen, in 1943, al eigenaar van het pistool was geweest. Had ze het dan durven gebruiken?

'Onderduikers helpen was het vrijwilligerswerk van toen,' zegt Emma en Piet knikt terwijl hij kauwt. De jongste kleindochter is net naar Afrika vertrokken. Om een school te bouwen voor zielige kindjes in Ghana. Bij een weeshuis. Of het ook echt wezen zijn, is nog maar de vraag. En buiten dat is het een raadsel waarom jonge blanke meisjes zoals Eva nodig zijn in Ghana om een school te bouwen, terwijl daar een heleboel sterke jongemannen rondlopen die een steentje kunnen bijdragen.

'Het is gewoon een mode-ding,' zegt Emma. 'Net zoals met de onderduik toen. Op een gegeven moment was het *bon ton* om onderduikers in huis te hebben. Tijdens het bridgen vertelden de dames dat dan vol trots aan elkaar. Of ze belden elkaar op om het nieuwtje te melden.' Mensen wilden graag laten zien dat ze goed waren en dat ze er ook bij hoorden. Bij het verzet. Op zich vrij onschuldig, maar dat er zoveel over werd gepraat, was juist levensgevaarlijk.

Piet slaat zijn ogen neer. 'Joden werden verraden voor zeven gulden. Zeven gulden.'

Telkens als ze tijdens zo'n gesprek bij het 'detail' van de zeven gulden aankomen, verliezen ze beiden hun eetlust. Na een paar minuten staat Emma op en haalt de bordjes af. Twee halve boterhammen schuift ze de vuilnisbak in.

Het gesprek van de lunch speelt 's middags nog een paar keer door haar hoofd. In de krant leest ze over een terroristische aanslag. De zoveelste deze maand. Steeds weer een handjevol doden. Onschuldigen. Mannen en vrouwen die op het marktplein onderhandelden over een pond gedroogde vijgen. De zelfmoordterroristen van nu doen haar denken aan de oorlog van toen. De Tweede Wereldoorlog. Haar oorlog.

Maar huidige oorlogen, *The War on Terror* en de jacht van Bush op Saddam Hoessein en Osama bin Laden houden Charlie bezig. En Charlie houdt Emma bezig. Of eigenlijk houdt de gedachte dat volgens Bush alles geoorloofd is in de strijd tegen het terrorisme haar bezig. Amerika tegen het terrorisme. Tegen Het Kwaad. Maar Emma weet dat je kwaad niet met kwaad moet bestrijden. Dat gaat mis.

'Al die mensen die zo fanatiek zijn in een geloof, hebben oogkleppen op,' zegt Emma. 'Ze zijn bezeten van een geloof, een ideaal. Dat geldt voor de terroristen, maar ook voor Bush. En in zekere zin hadden wij, degenen die zich verzetten, dat toen ook.' Emma probeert haar kleindochter via de telefoon uit te leggen waarom ze deze vergelijking maakt. 'Wij waren ook gefascineerd door doelen die zo belangrijk waren dat je andere mensen indien nodig zelfs zou schaden om die doelen te bereiken. Foute mensen, maar ook onschuldige mensen. Bijvoorbeeld voor je eigen levensbehoud. Mensen die ons onderdak gaven, liepen door ons gevaar. En dat wisten we.'

Iedereen wilde erbij horen. Bij het verzet. Een goeie club, dacht men. Maar zo goed georganiseerd was het allemaal niet.

'Een stel amateurs bij elkaar eigenlijk. Zeker in het begin van de oorlog. Padvinders.'

Aan de andere kant van de lijn blijft het opvallend stil.

'Ik vond mezelf geen padvinder hoor,' zegt Emma. 'Maar we waren wel jong en idealistisch, in onze afweer tegen de bezetter. Wij waren ook een soort terroristen.'

22

Ze trekt zo veel mogelijk kledingstukken over elkaar aan, zodat ze zonder koffer toch nog wat kleding kan meenemen. In principe zou ze geen broek onder haar zwarte jurk dragen, maar ze wil ze allebei mee. De versleten vestjes laat ze achter op de kamer van haar tante, evenals de wollen jas die toch behoorlijk begon te kriebelen. Zonde, want wat ontwerp betreft was Emma secuur te werk gegaan: de zoom en de stiksels heeft ze op oer-Hollandse wijze gemaakt, het naaiwerk mocht niet de indruk wekken dat het in een ander land was gefabriceerd. Jammer dat ze haar vernieuwde rode japon niet mee kan nemen, want ook die had ze net zelf gemaakt en nog niet gedragen. Het kostte haar dagen achter de naaimachine om van twee oude jurken één nieuwe te maken, ze voelde zich net een modeontwerpster. Ze mocht een oude jurk van haar tante vermaken en van de buurvrouw ontving ze een paar vodden die in principe niet meer geschikt waren om te dragen, maar nog net niet voddig genoeg om dienst te doen als poetslap. Ze combineerde de donkerrode katoenen overgooier van haar tante met een rood ruitje van het vod en dat was toch aardig gelukt. De effen rode stof als basis voor de japon, de kraag, mouwtjes en steekzakken op de voorkant van de ruit. Van de restjes maakte ze een lint, waarmee ze de jurk kon tailleren. Met de strik op haar rug was hij meer dan geschikt voor een avond uit.

Ze vouwt hem op en legt hem op het bed, met een briefje erbij. VOOR EEN SPECIAAL MEISJE. Haar tante kent vast iemand die ze er blij mee kan maken. Verder gaan haar kousen mee; de handschoenen die ze gebruikt om de kousen ladderloos aan te trekken, laat ze hier.

Ene Martin zal haar naar de grens brengen. De bridgevriendin van tante stelt hen aan elkaar voor en geeft Emma wat geld en zo'n gehaakt visnet-achtig ding waar ze in België de boodschappen in doen. De dames hier vinden het de uitvinding van de eeuw, maar Emma ziet weinig voordelen. Ja, je kan hem in elkaar proppen tot een klein balletje en zo in je zak stoppen als je naar de kruidenier gaat, maar op de terugweg kan iedereen precies zien wat je hebt gekocht.

De bridgevriendin zegt: 'Geef dit aan de mevrouw waar je onderweg logeert en dan weet zij dat het goed is. Dat je via ons komt.'

Emma knikt.

'En vergeet niet je sokjes omlaag te doen. Ik weet dat het in Nederland in de mode is om ze juist niet om te slaan, hier in België komt die trend ook langzaam door, maar in Frankrijk valt dat echt op. Dus dubbel omslaan als je de grens over gaat. Het geld kun je dan ertussen verstoppen.' Martin spoort de dames aan om afscheid te nemen en Emma houdt het kort, want in afscheid nemen is ze nog steeds niet goed.

Hij begeleidt haar naar het station en zijn moedertaal blijkt Frans te zijn. Hij spreekt ook wel Nederlands, zegt hij, maar Emma wil juist nu alvast Frans spreken omdat Frankrijk immers haar volgende bestemming is. Hoe zou Willem dat onderweg hebben aangepakt? Vlak voordat hij vertrok, probeerde Emma zijn uitspraak nog een beetje bij te sturen. Doe mij maar na: '*Oui*,' articuleerde ze.

'Wie,' zei hij dan.

'*Bien sûr*' deed ze ook een aantal keer voor, maar hij bleef 'Ben zuur' zeggen en daar moest zij telkens zo om lachen dat

Willem zich niet serieus genomen voelde en de Franse les acuut beëindigde.

'Zie je dit platgetrapte gras? Volg dat pad, bij het slootje ga je naar links, loop een klein stukje langs het water en ter hoogte van de wilgenstruik kun je het slootje oversteken, daar is het ondiep. Doe je sokken en schoenen uit, want als je daarna iemand tegenkomt, is het een beetje gek als een meisje met doorweekte schoenen door het bos loopt. '

Ze kijkt langs Martin het bos in om een inschatting te maken van hoe dicht ze bij de grens zijn en hoe ver ze dan precies in haar eentje moet lopen, maar ze ziet geen slootje.

'Als je aan de overkant bent loop je verder via het paadje, of nou ja, paadje, je ziet daar vanzelf wel waar de anderen hebben gelopen. Die route kun je gewoon volgen. Uiteindelijk kom je uit bij het dorp Wattrelos. Op het dorpspleintje is een fontein met een bankje. Ga daarop zitten en haal je boodschappentasje tevoorschijn. Een mevrouw pikt je op, zal wat te eten voor je verzorgen en je morgenochtend verder brengen. Dit geld geef je aan haar.'

Ze pakt het geld aan en kijkt naar de knopen op zijn regenjas, die allemaal anders zijn. Uit nood geboren natuurlijk, maar het staat eigenlijk best.

'Doe op het bankje niet alsof je opgelucht bent, want dan ben je er nog niet.'

De sporen in het gras, de takken die geknakt zijn en het groen dat op sommige plekken bruin is, verraden inderdaad de stappen van haar voorgangers. Hoeveel mensen zouden exact dit pad hebben gelopen?

Ze herkent de oversteekstruik langs het watertje direct. Ze kijkt om zich heen en trekt dan haar schoenen en sokken uit. De linkersok met het briefgeld gaat in de linkerschoen en de rechtersok propt ze in de rechterschoen. Ze stopt de espadrilles in de zakken van haar jurk en rolt haar broekspijpen zo hoog mogelijk op. Verder dan haar knieën gaat het niet. Voordat ze zich aan de oversteek waagt, voelt ze nog even aan haar linkerborst om er zeker van te zijn dat de ring van Granny stevig onder het elastiek van de bustehouder zit geklemd. Stel dat ze wordt gefouilleerd, dan zit hij daar veiliger dan in het verstopvakje in haar jurk. Ze loopt het water in en probeert zo min mogelijk geluid te maken. Achter zich hoort ze het geritsel van takken. Als ze omkijkt, vliegt er een vogel weg. Ze kiest een herkenningspunt aan de overkant van het water en dwingt zichzelf om alleen nog maar te focussen op die kei, ze wil niet meer worden opgejaagd door natuurgeluiden. Het water raakt haar enkels en dan haar kuiten en komt inmiddels in de buurt van haar knieën. Als ze op de helft van het riviertje is, moet ze op haar tenen lopen om haar broekspijpen te ontzien. Bij elke nieuwe stap verkent ze eerst de ondergrond en beoordeelt of ze haar voet daar wel kan plaatsen. Ze houdt haar jurk omhoog, de stof bij elkaar gepropt in haar rechterhand. Als ze de overkant bereikt, wil ze eigenlijk even op de oever gaan zitten, maar bedenkt zich. Iets verderop begint het bos, daar zoekt ze een plekje om haar schoenen weer aan te trekken en haar jurk te fatsoeneren.

Een kerel loopt op haar af.

Dit is niet best, denkt Emma, want hij heeft een donkergroene rijbroek aan, een overjas in dezelfde kleur met een dubbele rij knopen, een pet en hoge bruine lederen laarzen. De broek zit in zijn schoenen gestopt, alsof hij ook regelmatig door het water loopt. Die laarzen zijn onaangenaam. Ronduit eng. Het zijn de laarzen van een soldaat, of iemand hoger in rang. Ze kijkt om zich heen, vluchten lijkt haar niet slim, dat zou alleen maar betekenen dat ze toegeeft dat ze iets doet wat niet mag. Hij is niet eng, hij is niet eng, herhaalt ze in haar hoofd. Hij. Is. Niet. Eng. Hij heeft dan wel soldatenkleren aan, maar in wezen is het een gewone boerenjongen. Je wordt niet anders door wat je aanhebt, riep haar vader altijd. Als hij in zijn bruine overall en met klompen aan naar het dorp ging om bloembollen te halen, zakte Tanti door de grond. Bang voor haar eigen reputatie, waarschijnlijk. Maar dat kon haar vader niets schelen.

Je wordt niet anders door wat je aanhebt. Dat geldt voor iedereen. Dus ook voor deze soldaat.

'*Guten Tag*. Wat doet dit kleine meisje hier in het donkere bos?'

In de papieren die Emma heeft meegekregen staat dat ze Française is en daarom besluit ze te antwoorden in het Duits met een zwaar Frans accent, dat past het best bij haar aangenomen personage.

'Ik wilde even gaan zwemmen, maar het water is toch wat aan de koude kant, dus nu wilde ik net mijn schoenen weer aantrekken en naar het dorp lopen om brood te halen voor de familie waar ik op de kinderen pas.' Ze denkt aan het boodschappennetje en trekt dat snel uit haar zak om haar argument kracht bij te zetten.

'Aha, een boodschappentas uit België, die zie je hier niet zoveel. De Fransen steken een baguette gewoon onder de arm.'

Ze beseft dat haar boodschappentas in plaats van haar alibi, een motief is geworden.

'Loop jij maar even mee, dame, dan kunnen mijn collega's bij de grenspost je papieren inspecteren.'

Kan ze nu beter doen alsof ze niets te vrezen heeft en gewoon met hem meelopen? Ze denkt aan het verhaal van Willem, waarin ze met man en macht probeerden die oude soldaat te overtuigen, omdat ze wisten dat ze de discussie met zijn superieuren zouden verliezen.

De soldaat onderbreekt haar gedachten. 'We kunnen het

ook hier even regelen, maar dan zul je toch met iets meer dan alleen je identiteitsbewijs over de brug moeten komen.'

Optie één is dat ze volhoudt dat ze aan het pootjebaden was en het dus geen probleem vindt om mee te lopen naar de controlepost. Maar in hoeverre kan ze vertrouwen op die papieren die ze heeft meegekregen? En op haar Frans? Hier heeft ze te maken met een Duitser, maar bij de grenspost staan misschien wel Franse nazi's. Optie twee is het hier ter plekke proberen te regelen, zoals de man voorstelt, met het risico dat ze vanavond geen geld heeft om haar onderduik te betalen. Daar vindt ze dan wel een oplossing voor. Emma neigt naar optie twee, maar twijfelt omdat het nu op een akkoordje willen gooien natuurlijk min of meer impliceert dat haar verhaal niet klopt.

'Ik heb niet veel geld bij me, als dat is wat u bedoelt. Ik heb net genoeg om een stokbrood te halen. Wilt u dat hebben?' Ze leegt haar zakken en laat zien dat er slechts een paar espadrilles in zitten en een paar munten. Francs. In de sokjes zit het briefgeld, dus hopelijk heeft hij geen behoefte om in haar vieze sokken te kijken.

'Domme meid, je hebt toch wel iets van waarde bij je? Je dacht toch niet dat je zomaar de grens over kunt?'

De ring van Granny prikt tegen haar huid en Emma schudt nee.

Hij schudt haar door elkaar, alsof ze een tas is met allemaal vakjes waar misschien nog een briefje van honderd francs uit kan vallen.

'Ik herinner me ineens dat ik nog wat geld in mijn schoen heb gestopt toen ik ging pootjebaden.' Ze vist het uit haar sok. 'Kijk hier, alstublieft. Mag ik nu verder?'

Hij zegt dat die paar briefjes niet voldoende zijn en dat ze maar moet bewijzen verder niks bij zich te hebben.

Emma gelooft dat ze hem niet goed begrijpt.

'Uit!' schreeuwt hij. 'Uit die kleren.'

Wat is dit voor een dwaas? 'Je moet me maar geloven. Ik ga het zeker niet aan je laten zien.'

'Jazeker wel, kleine rotmeid. Ik maak hier de dienst uit. Jij laat zien dat je verder niks bij je hebt en dan bepaal ik of ik je laat gaan.' Hij trekt aan haar jurk en de stof scheurt. 'Als jij het zelf niet doet, doe ik het.'

Emma maakt de knoop van haar jurk los, laat hem op de grond vallen en stapt erop zodat ze hem binnen handbereik houdt.

'Hemd ook. Ik wil er zeker van zijn dat je daar niks onder hebt zitten.'

Emma kijkt hem aan alsof ze 'Vindt u dit echt nodig?' wil zeggen, maar klemt haar lippen op elkaar.

'Je wilt niet weten waar ik de gouden kettingen allemaal vandaan heb getrokken, ik weet wel waar jullie dames het liefst jullie waardevolle spullen verstoppen.'

Haar hemd gaat uit, over haar hoofd, waardoor ze de man heel even niet in beeld heeft en dat maakt haar bang.

Hij zet een stap dichterbij en fluistert heel dicht bij haar oor: 'Ik zou maar gehoorzamen als ik jou was', en hij raakt met het puntje van zijn tong heel even haar oorlel aan.

Er gaat een rilling door haar lijf waardoor haar schouders een schokkerige beweging maken, wat de soldaat boos maakt. 'Vind je me soms niet aantrekkelijk? Knapper dan dit kun jij niet krijgen, hoor. Je mag blij zijn dat ik naar je wil kijken!'

'Kijken doe je met je ogen,' zegt ze.

'Ik kijk hoe ik wil kijken, begrepen? En als jij nog kans wilt maken om deze grens te passeren, zou ik me maar gedeisd houden. Omdraaien en bukken, nu!'

Hij draait haar om en duwt haar voorover met zijn rechterhand vlak op haar rug. Hij zegt dat ze op handen en knieen moet, zoals een paard. En dat hij paardrijden leuk vindt. En dat ze al rijdend misschien de grens passeren. Als zij een lief paard is.

Emma gilt.

'Je kunt schreeuwen wat je wilt, meisje, maar daar word ik alleen maar opgewondener van.'

Hij trekt de riem uit zijn broek en slaat deze om haar middel heen, waardoor ze in een soort houdgreep staat. De riem schuurt tegen haar navel aan. Hoe kan ze straks die striemen verklaren? Hij heeft de uiteinden vast alsof het teugels zijn en daardoor moet ze denken aan die keer dat ze Christian op zijn paard zag rijden, maar ze wil nu niet denken aan Christian want Christian was leuk.

Het lijkt wel of ze buiten haar eigen lichaam treedt, alsof zij toekijkt hoe hij tekeergaat op een lijf dat op dat van haar lijkt maar niet van haar is. Alsof zij eens in dat lijf heeft gewoond maar nu niet thuis is. Even begrijpt ze niet waarnaar ze zit te kijken, het meisje draagt alleen ondergoed en de man heeft al zijn kleren nog aan. Hij doet het lichaam pijn met de riem want de ogen van het meisje zijn samengeknepen. Haar handen zijn gebald tot vuisten, maar die kunnen nergens op slaan want ze dragen het gewicht van de man op haar rug. Ze wil de beelden stopzetten.

'Ik heb nog een ring.' Ze fluistert het.

'Wat zeg je?'

'Ik heb misschien nog een ring. Laat u me dan gaan?'

De teugels vieren. Hij draait haar om maar houdt haar wel in zijn greep.

'Als ik het niet dacht. Wat een beetje paardrijden al niet in de meisjes naar boven brengt.'

Zijn ogen gaan eerst richting haar borsten, zijn handen volgen. Hij duwt de stof van haar beha opzij. 'Aha, zie je wel, je hebt dus toch iets bij je.' Hij houdt de ring omhoog, in het licht van de zon. 'Mooi, die zal mijn vrouw mooi vinden.'

Ze moet kotsen. Ze voelt het zuur opkomen, maar houdt het tegen in haar keel.

'Heb ik dan genoeg betaald? In ruil voor de ring mag ik gaan, is dat de afspraak?'

'Afspraak? Ik maak geen afspraken met meisjes. En al helemaal niet met meisjes die liegen. Je mag nooit liegen, heeft je moeder je dat niet geleerd?'

De tranen stromen over haar wangen, maar ze maakt er geen geluid bij. Haar moeder heeft haar in die zes jaar meer bijgebracht dan deze klootzak haar ooit zal kunnen leren.

'Onthoud dat goed. Nooit meer liegen. Afgesproken?'

Ze knikt en stelt zich voor hoe het eruit zou zien als deze vent in de fik zou staan.

'Ik ben blij dat ik je nog wat heb kunnen bijbrengen. Je zult nog veel hebben aan deze wijze les, neem dat maar van mij aan.'

'Kom op, sta op en kleed je aan. Of wil je terug de grens over?'

Bij de fontein in Wattrelos wordt ze opgepikt door een mevrouw, die vrolijk vertelt dat ze Willem ook te logeren heeft gehad en het enig vindt om zijn verloofde te ontmoeten. Het woord 'verloofde' stijgt naar haar hoofd, alsof er alcohol in zit en ze vraagt zich af wat voor leugens Willem nog meer heeft verteld aan deze vrouw, maar daar gaat ze nu geen punt van maken.

'Voorspoedige reis gehad, madame?'

Emma knikt en strijkt met haar handen over haar buik, op de plek waar ze steeds zo misselijk was en waar nu ook de afdrukken van de riem zitten. Striemen.

23

Emma is dol op bewaren en ze is er behoorlijk goed in. Iets te goed, als je het Piet vraagt. En soms moet ze hem gelijk geven want, jemig, wat kan een mens toch veel verzamelen. Stel dat ze ooit dit huis moeten verlaten, ze wil er niet aan denken hoeveel tijd het kost om alles uit te zoeken. In de badkamer trekt ze een paar lades onder de wastafel open. Hier kijkt ze zelden in want op de rand van de wastafel staan alle 'actieve' toiletartikelen. Op het stukje marmer tussen de twee wasbakken staan tandpasta, één tandenborstel, twee washandjes en een doosje met wattenstokjes, want die delen ze en verder ook de grote borstel en een kam, met de tanden in elkaar geklemd. Aan de linkerkant, háár kant, liggen een pincet en een schaartje, een lippenstift en wat spelden om haar lange grijze haren mee op te steken. Alles wat ze dagelijks gebruikt, behalve haar voetschimmelzalfje. Die ligt in het laatje van haar nachtkastje, naast het pistool. Ze gaat elke avond voordat ze gaat slapen op de rand van het bed zitten, trekt met de rug naar Piet toe zachtjes het laatje open, haalt het tubetje eruit en smeert de witte crème op haar grote teennagels. En dan snel haar voeten onder de dekens want Piet mag niet weten dat ze schimmelnagels heeft. Hoogst onaantrekkelijk.

Aan de kant van Piet staan nog scheerschuim, een kwast in een zilveren houder en een scheermes. In het kastje naast de wastafel ligt de oude toilettas gevuld met proefmonsters. Heel veel proefmonstertjes. Die krijgt ze van de drogist of mag ze uitkiezen uit een bakje bij de kassa van de apotheek.

Maar het merendeel haalt ze uit tijdschriften. De glossy's zitten tegenwoordig vol met kleine verpakkingen shampoo, crèmespoeling en dagmake-up, vastgeplakt op de advertentiepagina met een soort doorzichtige kauwgom, een gek spulletje dat vaak op de pagina achterblijft nadat ze het proefmonster eraf heeft getrokken. Als Emma het overgebleven plakspul vervolgens van de pagina frummelt, blijft er een donkere vettige vlek achter op het papier, maar vreemd genoeg plakken de bladzijden daarna niet aan elkaar vast. Ze maakt van het plaksel met plezier een balletje, dat ze dan tussen duim en wijsvinger rolt terwijl ze verder leest over de nieuwe vlam van George Clooney.

Ze bestudeert de inhoud van de zwarte plastic toilettas. Een indrukwekkende verzameling die alleen maar groeit, omdat Emma dus vergeet om de proefmonsters daadwerkelijk te gebruiken. Achter de toilettas ligt een zootje lippenstiften. Een voor een trekt ze de dopjes eraf. Allemaal ongeveer dezelfde kleur, de ene wat meer gebruikt dan de andere. Van twee lippenstiften is de schuine vorm van het topje nog zo goed als intact. Ze veegt met een zakdoekje voorzichtig over het schuine oppervlak. *Voilà.* Zo zien ze er in de winkel ook uit. Ze schuift de dop erop en kijkt aan de onderkant op het prijsstickertje. Negen vijfennegentig. Guldens. Ze pulkt de stickers eraf en legt de twee lippenstiften op het kastje in de gang, bij de andere spullen die ze weg wil geven. Ze maakt Charlie er vast blij mee.

Emma is uitgenodigd om langs te komen bij de bank. De ING. In Breda. Waar ze al jaren klant is, maar waar ze nog nooit een-op-een aandacht aan haar hebben besteed. Ze willen met haar praten over haar aandelen, zei de jongen aan de telefoon. Ze vroeg hem wie hij precies was, of eigenlijk zei ze: 'Wat is jouw rol bij de bank?' Hij was accountmanager, maar die functienaam zei Emma niks. Toch liet ze zich overtuigen om bij de accountmanager langs te komen. Hij vroeg wanneer ze tijd had. Deze week heeft ze het een beetje druk, zei ze, en ze stelde voor om volgende week af te spreken.

Ze haalt diep adem als ze de grens over rijdt en ademt uit als ze het bordje DOUANE is gepasseerd.

Ze meldt zich aan de balie bij een vrouw met een halve koptelefoon op. Er loopt een microfoontje van het linkeroor tot halverwege haar wang, het komt bij lange na niet in de buurt van haar mond. De vrouw neemt Emma's jas aan en vraagt of ze een kopje thee wil.

'Hebben jullie ook koffie?'

De dame brengt haar naar vergaderkamer 1A en Emma is benieuwd wat er gebeurt als nu de telefoon zou gaan.

'Neemt u plaats. Uw accountmanager is zo bij u.'

Om haar heen hangen vitrages, verschrikkelijk. Gordijnen waar je half doorheen kunt kijken, wat een onzinnige uitvinding.

'Goedemiddag, mevrouw Flamer. Wat fijn dat u bent gekomen.'

Hij zegt het alsof er een mogelijkheid was dat ze niet zou komen. Dacht hij dat soms te kunnen concluderen uit haar geboortedatum? Dat moet hij dan afleren. De accountmanager geeft haar een stevige hand, wat zijn misser van net enigszins goedmaakt. Een man met een laffe handdruk is als een beschuit met muisjes zonder anijskern. De accountmanager heet David, gaat tegenover haar zitten en slaat een grote lederen map open. Linksboven een vakje met visitekaartjes, daaronder een vak met een kladblok erin gestoken, in het midden een vulpen en aan de rechterkant een aantal folders van de bank. Ze hoopt voor David dat hij zich goed heeft voorbereid. Dit is haar middag. Ze is hier helemaal naartoe gereden, ze is er nota bene de grens voor overgegaan. Ze is van plan om er een vermakelijk bezoekje van te maken. Althans voor zichzelf.

'Wij hebben u hier uitgenodigd om uw aandelenportefeuille te bespreken.'

Waarom heeft hij het over 'wij'?

David gaat verder. 'U hebt jaren geleden geïnvesteerd in een aantal fondsen. U hebt destijds bewust gekozen voor een portefeuille met weinig risico, maar door de crisis is de waarde van uw aandelen behoorlijk gedaald. Sinds een jaar zien wij weer een lichte stijging, maar ze zijn nog niet op het oude niveau. Wij adviseren u om bepaalde aandelen nu te verkopen en daarvoor in de plaats een plukje aandelen van een ander bedrijf te kopen, waar wij groei van verwachten. Of in elk geval behoud van waarde.'

'Welk aandeel hebt u dan in gedachten?' vraagt Emma.

'U zou kunnen kiezen voor olie, bijvoorbeeld Shell of British Petroleum. Maar als u een beter gevoel hebt bij de luchtvaartsector, kunt u ook voor KLM Royal Airlines gaan.'

Emma trekt haar wenkbrauwen op. Ze is niet helemaal naar Breda gereden om twee opties voorgelegd te krijgen. In de krant ziet ze elke dag pagina's vol met koersinformatie, die ze overigens altijd overslaat, maar ze weet wel dat ze meer keus zou moeten hebben. 'Zijn er ook nog andere opties?' vraagt ze.

Hij vouwt zijn handen in elkaar en legt ze zachtjes voor zich op de tafel. 'Ik kan wel even mijn laptop halen en samen met u een aantal koersen bekijken.'

Emma knikt, hier had hij duidelijk niet op gerekend, anders had hij zijn computer in eerste instantie wel meegebracht naar de afspraak. Zij gaat hier eens rustig de tijd voor nemen. En hij ook. Emma heeft weliswaar haar eigen theorieën over interessante bedrijven om in te beleggen, maar daar komt ze later op. Nadat ze correct is geïnformeerd. De accountmanager moet niet denken dat hij haar binnen tien minuten een nieuw aandelenpakketje kan aansmeren. David loopt de gang op en de receptioniste brengt haar intussen een tweede kopje koffie.

Op het kleine beeldscherm laat David grafieken zien van het koersverloop van Heineken, Philips, ING en Ahold. Dan TNT en weer terug naar ING. Vervolgens TomTom en nogmaals ING. TomTom is in elk geval geen optie, Emma heeft zo'n apparaatje thuis liggen, gekregen van haar kinderen, maar zij kan er niks mee.

'Het aandeel ING kan ik u sterk aanbevelen. Dit is in uw geval misschien nog wel de meest logische keuze. U bent al jaren klant bij ons, dus het vertrouwen is er. Door ook met aankoop van aandelen in ING te investeren, geeft u dat vertrouwen een diepere betekenis.'

De koffie is koud wanneer ze het laatste slokje neemt. Zij is aan zet.

'Ik heb een vraag. Kan ik ook aandelen Campbell Soup kopen?'

'Campbell? Waarom?'

'Het gaat economisch slecht en in tijden van crisis eet men meer soep. Dat is heel simpel. Zo gaat dat gewoon. Koopt u maar aandelen Campbell's voor mij.'

24

De boerderij van Pierre en Angelique ligt vlak bij Lille en Emma mag er bij Willem op de kamer slapen totdat ze samen verder kunnen reizen naar Spanje. De Franse boeren hebben allemaal een eigen wijngaard en als ze Angelique mag geloven, drinken ze hier wijn alsof het water is.

Elke avond dronken is ook een geregeld leven, grapte haar vader wel eens. Toen voelde ze al aan dat het in het echt niet geestig zou zijn.

Aan het einde van de dag wordt Pierre lastig. Of nou ja lastig, ietwat onhandelbaar, voor Angelique dan. Tegen Willem zegt Emma hoe ze erover denkt.

'Pierre is degene die geregeld heeft dat je hiernaartoe mocht komen,' zegt Willem. 'Je mag je wel wat dankbaarder opstellen.'

Angelique schenkt twee koppen koffie in. Emma neemt een kop aan, maar weet nog niet hoe ze die weg gaat krijgen want haar buik verdraagt weinig op het moment. Vanochtend was ze misselijk en vannacht voelde ze een paar steken. De symptomen herkent ze natuurlijk wel, maar ze weet niet wat ze ermee moet. Ze weet niet of ze het aan Willem zal vertellen. Ze weet niet of ze het wil houden. En kan ze dat nog beslissen of wordt dat voor haar besloten? Waarom waren die steken er vannacht ineens? Het waren diezelfde pijnscheuten als toen de riem om haar middel was gebonden. Zal ze Angelique in vertrouwen nemen?

Vlak naast haar gezicht vliegt een bij.

Emma mist de bijen. De raten. De honing. Als papa zich eenzaam voelde, mocht Emma mee naar zijn honingbijen. Anders was hij er liever alleen, maar op de dagen dat zij mee was, vertelde hij onafgebroken. Emma is gulzig als het op weetjes aankomt en ze nam alle feitjes in zich op. Over de koningin, die de hoofdrol speelt in het bijenhuishouden en voor al het nageslacht zorgt. Over de werksters, die bijna nooit rusten, dag en nacht doorzwoegen en tot wel 250 kilometer per dag kunnen vliegen om nectar en stuifmeel te verzamelen. En over de darren, die als enige taak hebben de koningin te bevruchten. Darren komen voort uit de onbevruchte eieren die de koningin in de grotere cellen van de raten legt. Het wonderlijkste weetje is dat darren geen vader hebben maar wel een opa. 'Eigenlijk net als ik, maar dan net anders,' zei Emma dan. 'Ik heb geen moeder maar wel een oma.'

Emma dacht eerst nog dat darren werksters konden worden en extreem goede werksters misschien ooit koningin, maar dat is uitgesloten. Zo werkt het niet, de rollenverdeling is strikt en vanaf de geboorte duidelijk. Net als bij mensen, Angelique kan niet ineens de rol van haar moeder vervullen.

Ze wordt wakker van stemmen. Penetrante klanken met een vrolijk tintje.

Drank.

Wat maken mensen toch stomme geluiden als ze bezopen zijn. Willem is er ook wakker van geworden. Hij staart haar aan met ogen als een haas die recht in de koplampen van een auto kijkt.

'Wat gebeurt er?' vraagt hij.

'Ach niks, dronken mannen.'

'Nee, dit klinkt anders. Ik ga beneden kijken.'

Emma volgt hem de trap af. Beneden zitten Pierre en Angelique op hun knieën voor het raam, met hun neus tegen het glas gedrukt. Emma ziet vochtige kringen op het raam op de plek waar de adem hun neusgaten verlaat. Ze draaien zich om en houden allebei hun wijsvinger voor hun mond. Angelique maakt gebaren dat ze moeten bukken. 'Laag blijven,' fluistert ze. Met moeite kruipt Emma op handen en knieën richting het raam. Een groepje mannen zingt Franse chansons, althans zo klinkt het. Het zouden ook Russische liedjes kunnen zijn, ze kan het niet precies verstaan want ook al zingen ze uit volle borst, het is met zo'n dubbele tong, dat de tekst onbegrijpelijk is. De groep komt steeds dichter bij het huis.

'Ze zingen in het Engels!' fluistert Willem.

'Het zijn Engelse vliegers,' zegt Pierre. 'Ze zitten ondergedoken in de boerderij verderop en wachten ook tot het moment dat hun reis naar Engeland is geregeld.'

Onbegrijpelijk dat de mannen zich zo misdragen, snappen ze dan niet dat ze het op deze manier uitlokken om ontdekt te worden? En ze brengen ook nog eens de vriendelijke boer die hun onderdak verleent in gevaar! Emma heeft een intense hekel aan mensen die hun verantwoordelijkheid niet nemen. Dat is ook waar ze zich bij Pierre zo aan ergert. Na zijn dienst drinkt hij een paar liter wijn met collega's. En als hij tot aan zijn nek in de wc-pot hangt, aait zijn vrouw over zijn hoofd en veegt alle spetters die over de rand gaan op met een natte doek. Emma heeft het haar al twee keer zien doen. Lief natuurlijk, maar als het haar man was geweest, dan zou ze hem lekker zijn eigen kots laten opruimen.

De verstandhouding tussen Angelique en haar buren is goed. Of nou ja, buren, dat is hier een iets ruimer begrip dan we in Nederland gewend zijn. Op het platteland van Frankrijk ligt het huis van de buren een stuk verder weg. De boer verderop, die Angelique beschouwt als buurman, heeft in de schuur de Engelse soldaten en vliegers te logeren. Die mannen meuren op de hooizolders, zoals zij dat omschreef. Ze doen hun behoefte buiten en 's nachts gewoon in de hoek. 'En dat ruik je,' zegt Angelique. 'Moet jij maar eens meekomen. Misschien kun jij ze aan hun verstand brengen dat ze een buitentoilet moeten maken. Ik spreek geen Engels en Frans verstaan die lui niet.' Emma gaat graag mee, als tolk maar ook als pottenkijker.

Angelique heeft met de buurman een afspraak. Zij bereidt de maaltijd voor de logés van de boer en in ruil daarvoor krijgt Angelique wijn, mais, aardappelen en tarwe. En soms asperges, als het daar het seizoen voor is. Pierre neemt de wijn mee naar zijn werk. Angelique zet de aardappelen met schil en al op het vuur, in een pan met ruim water en zout. Iedere avond eten zij hetzelfde als de Engelse soldaten: aardappelen, rauwe ham en sla.

's Middags brengen Emma en Angelique samen de avondmaaltijd langs. De mannen eten nu voor de derde week op rij wat de pot van Angelique schaft, en dat zijn dus aardappelen, rauwe ham en sla. Voor een van de soldaten is dit blijkbaar niet goed genoeg want hij vraagt in het Engels of ze hier in Frankrijk soms ook kookboeken hebben. De andere drie moeten lachen en Angelique vraagt aan Emma wat er zo grappig is want zij verstaat het natuurlijk niet. Emma zegt: 'Niks, helemaal niks. De mannen hier vinden de porties wat aan de grote kant. We kunnen ze voortaan iets minder eten brengen.'

Ze draait zich om en ziet vanuit haar ooghoek dat de mannen direct op het eten aanvallen. Als zij hier zou slapen, zou ze om te beginnen eens met een emmer sop door de schuur heen gaan. Ongelofelijk zo goor als het hier is. Daar zouden die mannen eens over moeten klagen.

'Het zijn net kinderen, hè?' zegt Angelique als ze van de buurman terug naar haar huis lopen.

'En het gekke is, ook al hebben ze dan weer wat op te merken, ik vind het wel fijn om voor ze te zorgen. Om voor iemand te zorgen.'

Emma frummelt aan haar handen.

'Wist je dat wij een dochter hebben gehad?' vraagt Angelique.

Ze draait haar hoofd naar links, haar ogen nog wijder open dan normaal.

'Vijftien is ze geworden. Ze is verongelukt. Het is vandaag alweer acht jaar geleden, maar ik mis haar nog elke dag. Pierre en ik hebben het er nog wel eens over gehad om nog een kindje te krijgen, maar dat ging niet meer, ik was te oud.'

Ze voelt medelijden. Plaatsvervangend verdriet. En opluchting, dat zij eerder vandaag tijdens de koffie in de tuin heeft besloten om haar eigen situatie niet met Angelique te bespreken.

'Wat? Jij wist dat ze een dochter hebben gehad?'

Willem knikt.

'Waarom heb je mij dat niet verteld?'

'Vergeten,' antwoordt hij.

'Vergeten? Hoe kun je zoiets nou vergeten?!'

De kramp in haar buik geeft aan dat het beter is als ze zich nu niet opwindt.

Of juist wel?

Tijdens het ontbijt vertelt Pierre dat Emma en Willem de volgende morgen al vroeg zullen vertrekken richting Parijs. Met een select groepje. Ze boffen dat ze zo snel verder kunnen reizen, benadrukt Pierre. Emma weet dat ze dit te danken hebben aan zijn inzet. Angelique heeft haar laatst uitgelegd hoe Pierre precies contact legt met het Engelse verzet: via zijn commandant. Dit is een Engelsman die banden heeft met de MI-6 en de MI-9, maar zich voordoet als een Franse politiecommandant. 'Hoe goed die man onze taal beheerst, dat is echt ongelofelijk,' zei Angelique. 'De collega's van Pierre hebben geen idee van zijn dubbele agenda.'

Pierre vertelt nu met lichte trots dat hij een nieuwe tactiek heeft om zijn commandant te bewerken. Vorige week vrijdag, tijdens de borrel na het werk, verruilde hij de wijn voor een fles whiskey en schonk twee glazen in. Een voor hemzelf, een voor de commandant. Pierre vermoedde dat hij indruk zou maken met deze typisch Schotse drank. 'En dat is dus gelukt.' Angelique legt haar hand op zijn knie en lacht als een moeder die voor het eerst haar kind met losse handen ziet fietsen.

Ze krijgen van de commandant van Pierre een wachtwoord mee voor Spanje, 'Shakespeare'. De Franse Engelsman regelt hun route, op één voorwaarde: totdat ze in Engeland aankomen, moeten ze doen alsof ze zijn getrouwd.

Weer een nieuwe rol, denkt Emma, laat mij maar spelen.

'Ha. Die ring van je oma,' zegt Willem, 'die komt nu goed van pas.'

Emma probeert niet te laten merken dat ze schrikt.

'Die kun je gebruiken als bewijs, dan zeg je gewoon dat het je verlovingsring is.'

Pierre vindt het een uitstekend idee en schetst de tocht naar Parijs. Ze zullen in paren reizen, drie setjes van twee personen. En een Franse gids. Als één paar wordt gepakt, hebben de anderen nog de kans om te ontsnappen. Pierre zal vanmiddag hun Franse papieren meebrengen.

Willem twijfelt of zijn Frans goed genoeg is voor deze reis. Of eigenlijk maakt hij zich zorgen om zijn Nederlandse accent, want zijn woordenschat is aardig maar zijn uitspraak nog altijd belabberd, '*oui*' klinkt bij hem nog steeds als 'wie'. Hij vindt het lastig om iets van haar aan te nemen. Dat vinden de meeste mannen valt haar op, althans de mannen waar zij mee te maken heeft. 'Gewoon hopen dat ons niets wordt gevraagd,' zegt ze. 'En anders laat je mij het woord doen.'

'Dat gaat niet, Emma. Dat zou een echte Fransman nooit laten gebeuren, daarvoor zijn ze veel te arrogant.'

Ze vouwt haar rokken op. Daarna de broeken van Willem, twee truien, twee hemden en drie paar sokken. Ze stopt zijn kleren eerst in de tas, de broeken vormen een mooi bodempje. Haar eigen stapeltje legt ze er netjes bovenop, de sokken propt ze ergens aan de zijkant. De misselijkheid en de steken zijn weer terug en ze probeert zichzelf wijs te maken dat ook zij nerveus is voor de reis.

Ze nemen in de stationswachtkamer afscheid van Pierre en Angelique en ontmoeten er hun reisgenoten. Emma stelt zich voor aan een Belg en een kleine Fransman, die door de zwarte randen onder zijn nagels en dat stoffige haar lijkt op een aardappel die net uit de grond is getrokken. Adrien blijkt hun gids te zijn. Hij kust haar hand en ze vindt hem bij nader inzien wel een charmant aardappeltje. Ook drie Engelsmannen sluiten zich aan. Twee dagen geleden waren ze nog lazarus, weet Emma.

In de trein verspreidt de groep zich over de verschillende wagons, precies zoals Pierre ze had geïnstrueerd. Zij zit aan het raam, Willem aan het gangpad en via de ruit houdt ze Adrien in de gaten. Willem en zij hebben elkaars hand vast en dat kost haar moeite, maar dit is nou eenmaal de snelste manier om elkaar te waarschuwen.

Willem knijpt in haar hand. Controle. Ze haalt diep adem, houdt hem heel even vast en laat de lucht dan voorzichtig gaan. Twee controleurs in aantocht, ieder een kant van de coupé. Die aan deze kant van het gangpad werkt duidelijk sneller, hij is eerder ter hoogte van hun bankje dan zijn collega. De man knikt omhoog alsof hij 'Komt er nog wat van met die papieren, ik heb wel iets beters te doen' wil zeggen en houdt zijn hand op. Een man van weinig woorden, concludeert Emma, dat komt hun goed uit. Ze tonen de persoonsbewijzen. Gelukkig stelt hij verder geen vragen. Als ook zijn partner de coupé verlaat, laat Willem haar hand los. Bij Gare du Nord stappen ze uit. Op het perron treffen ze de anderen en twee aan twee volgen ze de kleine gids naar Gare Montparnasse. Over een kwartier vertrekt de sneltrein naar Bordeaux. Ze neemt een sigaret aan van Adrien. Zelf steekt hij er ook een op. Emma ziet een van de Engelsmannen verlekkerd kijken en dat bezorgt haar een rilling.

In Bordeaux stappen ze over op een primitievere trein. Het lijkt wel een stoomlocomotief, wil ze tegen Willem zeggen, een grapje om de spanning die ze in zijn schouders ziet te laten zakken, maar ze stapt zwijgend het oude barrel in. Elke wagon heeft aan beide kanten een deur die naar buiten toe openslaat. De wagons staan niet met elkaar in verbinding, dus er is geen vluchtmogelijkheid als er tijdens de rit controleurs in de coupé zijn. Ineens voelt ze zich als een beschuit tussen allemaal andere beschuiten in een rond blik, afgesloten met een tinnen deksel. Af en toe pakt iemand er een beschuitje uit, meestal de bovenste, maar sommige mensen pakken de één na bovenste.

Langs de rails staat een bord met de tekst ZONE INTERDITE. Ze maakt oogcontact met Adrien, die schuin tegenover haar in de coupé is gaan zitten. Van hem weet ze dat er vanaf Dax strenge controles plaatsvinden. Houd je rustig, zegt ze tegen zichzelf. Angst ruiken ze. En anders zien ze het. Trillende lippen, overmatig zweten, een gefronst voorhoofd, onrustige vingers. De bangerds pik je er zo uit.

Bij het station van Saubusse ziet Emma dat twee van de Engelsmannen van hun groep over het perron worden gedirigeerd. Haar elleboog schiet zachtjes in de zij van Willem. Hij kijkt op, zijn ogen schieten langs haar heen door het raam naar buiten en zijn lichaam wordt stijver. Hij ziet wat zij ziet. Adrien buigt naar voren en raadt hen aan om er bij het volgende station uit te gaan. Ze moeten dan lopend naar Saint-Jean-de-Luz. Hij noemt nog de naam van een café, maar Emma verstaat het niet en hij glipt al de wagon uit. Twee controleurs schuiven langs hem heen naar binnen en het beschuitblik komt weer in beweging. Emma schikt het sjaaltje dat ze om haar hoofd heeft gebonden. Haar vermomming moet precies goed zitten, want anders zal ze zich als het misgaat, altijd afvragen of het aan het sjaaltje heeft gelegen. Willem heeft een baret op. Als haar vader hen nu zou zien, zou hij hard lachen. Hij zou zich er nooit toe laten verleiden om zo'n maffe Franse hoed op te zetten. Twaalf jaar geleden ontdekte Emma wat ze kon bereiken met verkleedpartijtjes. Als ze merkte dat haar vader sip was, rende ze naar zijn kledingkast en kwam terug in zijn overall, de mouwen tig keer omgeslagen en struikelend over de lange pijpen. Zijn gezicht ging dan van donker naar licht, en als ze er ook nog een gek dansje bij deed, moest hij gegarandeerd lachen.

De controleurs kijken rustig de coupé rond en Emma hoopt dat ze selecteren op 'minst Franse uiterlijk'. Ze drukt zich tegen Willem aan, legt haar hand op zijn bovenbeen en beweegt haar hoofd langzaam naar zijn gezicht. Ze zoent hem. Vol. Ze zijn immers in Frankrijk. Ze hoort de voetstappen van de twee controleurs steeds dichterbij komen. Het zijn zware, langzame stappen, die stoppen bij de man die achter hen zit. Een Parijzenaar, zégt-ie. Dat is blijkbaar wat er op zijn persoonsbewijs staat. De nazi's stellen de ene vraag na de andere en gebruiken zulke moeilijke woorden en lange zinnen dat Emma zich moet concentreren om het gesprek te kunnen volgen. Ze laat Willem los en leunt tegen de rug van het bankje, zodat ze een stukje dichterbij zit. De Parijzenaar geeft korte antwoorden, telkens niet meer dan drie woorden. Blijf alsjeblieft bij deze man tot het volgende station, denkt ze, en ze krijgt meteen een schuldgevoel. De man begint te stotteren. De trein mindert vaart. Als ze iets naar voren schuift op het bankje, komt haar rug los van de leuning en durft ze niet om te kijken of er een warme plek zichtbaar is. Ze ziet de naam van het station op een bordje staan: SAINT-VINCENT-DE-TYROSSE. De twee controleurs begeleiden de Parijzenaar de wagon uit. Het perron op. Zij kijkt Willem aan. Aangezien de een na de ander wordt afgevoerd, lijkt het haar niet slim als zij nog langer in deze trein blijven zitten. Het fluitje geeft aan dat ze bijna weer vertrekken en als ze opstaat, voelt ze dat de locomotief weer energie verzamelt om in beweging te komen. Willem loopt voor haar uit richting de uitgang, klapt het deurtje van de wagon open en ze springen het perron op. Rechts is de uitgang, maar alle reizigers worden gecontroleerd waardoor er een opstopping is ontstaan. Willem trekt haar mee naar links. Langs het spoor loopt een weg. Het perron en de weg zijn van elkaar gescheiden door een hek. Emma ziet een opening en Willem blijkbaar ook, want hij manoeuvreert haar het perron over, naar het gat in het gaas. Terwijl ze erdoorheen kruipt, onderdrukt ze de neiging om achterom te kijken. Willem kijkt wel over zijn schouder. Zijn ogen staan opgelucht.

25

Afluisteren doet ze virtuoos. In de supermarkt, aan de kassa van het tankstation, in een willekeurige winkel, zelfs in een openbaar toilet. Maar het restaurant is haar lievelingsplek. Piet en zij zitten dan tegenover elkaar. Ze hebben genoeg te vertellen en toch zwijgen ze wanneer er aan de tafel naast hen een gesprek begint. Als het niet interessant is, gaan ze na een paar minuten weer verder met hun eigen gesprek, maar meestal zijn ze veel langer stil, soms wel een halfuur lang. De andere mensen in het restaurant denken dan dat de twee oudjes na zoveel jaren samen niets meer te bespreken hebben. Dat hoort Emma ze naast hen tegen elkaar zeggen. Dikwijls prijzen de man en vrouw in kwestie zichzelf gelukkig dat zij het nog altijd zo gezellig hebben samen, en ze hopen dat zij nooit zo zullen eindigen.

Zo heeft Emma een hoop mensenkennis opgedaan.

Ze snapt niet dat men lief en leed over tafel gooit in een restaurant. Goed, zij smult ervan, maar je gaat je meest kwetsbare zaken toch niet bespreken op zo'n openbare plek?

Vroeger was uit eten gaan niet voor de meisjes. In Londen bijvoorbeeld werd zij welgeteld één keer mee uit eten gevraagd, door Chris en Erik, in een zijsteeg van de Strand en je kon er oesters eten. Nou hield Emma helemaal niet van oesters. En daar kreeg je de oesters per persoon, dus het was vrij snel duidelijk waarom zij die avond mee mocht. Ze liet zich niet kennen en at er selderijstengels en brood met boter. Oók het brood van Chris en Erik. En ze dronk voor het eerst donkerbruin bier. Ze had lol met de mannen. Het was geinig dat ze haar gebruikten voor de extra portie oesters. Daardoor waande ze zich *one of the guys*. En dat voelde vertrouwd. Al van jongs af aan kon ze zich beter vinden in de gedachtegang van mannen dan van vrouwen. Mannen zijn nuchter. Duidelijk. Simpel. En zeggen tegen elkaar waar het op staat. Dat is prettig. Wat ook goed werkt, is als vrouw uitblinken in een typisch mannending. Emma kan een vrachtwagen besturen. In Engeland geleerd. Mannen vinden dat geil. Waarom, geen idee. Maar haar marktwaarde werd er overduidelijk door vergroot.

Haar oudste kleindochter gaat trouwen. Emma weet hoe het voelt om verloofd te zijn. Of, nou ja, verloofd. Verloofd is het burgerlijkste wat je zijn kan, werd vroeger gezegd. Je was hoogstens geëngageerd.

Het lijkt Emma heel speciaal voor een moeder als haar dochter gaat trouwen. Toch een ander gevoel dan wanneer je zoon gaat trouwen.

Charlie begint over de ring. Dé ring. 'Omama, u hebt toch de verlovingsring van uw grootmoeder?'

Het verhaal over die keer dat ze in de trein Granny's ring kreeg van haar vader, terwijl Emma al maanden ondergedoken zat, heeft ze vroeger vaak genoeg aan de kleindochters verteld. Die vonden dat een prachtige anekdote. Emma heeft zich nooit gerealiseerd dat ze ooit naar de ring zelf zouden vragen.

'Och kind, ik zou niet weten waar die is. In de kluis, denk ik.'

'Wat zonde, omama! Van zo'n ring moet u toch gewoon genieten?'

'Daar heb je gelijk in, kind, maar ik ben altijd bang geweest om hem kwijt te raken. Gek is dat, hè? Ik ben er zelfs de Pyreneeën mee over gelopen en nu ben ik voornamelijk thuis en durf hem niet eens te dragen. Tsja, op weg naar de supermarkt kan ik hem natuurlijk makkelijk kwijtraken. Of ik word gerold, zoals onlangs gebeurde met mijn portefeuille. Die jongens zijn zo vlug, ze beroven je waar je bij staat, hoor, een diamanten ring schuiven ze zo van je vinger af zonder dat je het doorhebt. Nee lieverd, ik laat hem toch nog maar even in de kluis liggen.'

'Nou, als ik weer bij jullie ben, zou ik het wel erg leuk vinden om hem een keer te zien.'

Ze heeft het gereedschap uit haar edelsmidperiode nog. Nota bene bewaard in een tinnen doosje dat van haar oma is geweest. Granny zou trots zijn op de sieraden die Emma zelf heeft ontworpen en gesmeed, want haar oma was dol op alles wat met juwelen te maken had. Ze had die ring dan ook niet voor niets aan Emma nagelaten, daar had Granny voor haar dood waarschijnlijk goed over nagedacht. En nu wordt er van haar verwacht dat zij dat binnenkort ook op papier zet. Dat zeiden haar zonen. Tijdens dat ene gezellige etentje, toen ze haar ook aanspoorden om in een bejaardenflat te gaan wonen. 'Mam, ik weet dat je niet met je ouderdom geconfronteerd wilt worden, maar je moet dat soort dingen echt een keertje gaan vastleggen, hoor. Wie welke sieraden krijgt. Je wilt toch niet dat die dochters van mij elkaar straks als jij er niet meer bent in de haren vliegen om een paar van jouw oorbellen. Dat moet je goed geregeld hebben. Kijk, ik hoef het niet te erven, maar die meiden vinden het hartstikke leuk om straks een ringetje van hun grootmoeder te erven. Dat zou jij toch ook leuk vinden? Dat kun jij je toch wel voorstellen?'

Ja. Meer dan hij denkt.

De notaris zit in Breda en het is heus niet zo dat ze daar nog nooit is geweest om haar nalatenschap te bespreken. Vastleggen is er alleen nooit van gekomen. Emma weet dat het onverstandig is, maar bepalen wie welke sieraden krijgt, voelt zo definitief. Kijk, dat stickers plakken met Piet was geinig, de hele inboedel is inmiddels voorzien. Maar naar de notaris gaan is zo officieel. Laat ze om te beginnen eens de kluis in duiken om te kijken wat er allemaal ligt. Pen en papier gaan mee de kelder in. En de sleutel uit haar nachtkastje. Daar komt ze het pistool en de ploertenpijniger tegen. Die wil Charlie graag erven. Emma maakt er een aantekening van.

De inhoud van de kluis is een *trip down memory lane.* In het sieradendoosje zit alles keurig in een apart zakje. Sommige dingen zijn in een servet gewikkeld, een broche in krantenpapier en een riem in een plastic zakje. De riem is verguld en komt uit Istanbul. Van Piet gekregen, op huwelijksreis. De riem moet hoog in de taille worden gedragen en als Emma de bladen mag geloven, is dat nu ook weer hip. Er hoort nog een armband bij. 'Balkanriem + armband', noteert ze op het blaadje.

De broche is van Tanti geweest. Een heel truttig ding. 'Tutti broche', zet ze op het lijstje. Voor degene die ze het minst leuk vindt. Het is akelig maar zo gaat dat toch met spullen verdelen. Zij wilde het liever aan de kinderen en kleinkinderen zelf overlaten, maar volgens haar zonen komt daar alleen maar bonje van. Maar, als het ene kleinkind de mooie riem krijgt en de andere de tuttige broche, zal dat ook geen sfeermaker zijn. De broche kan ze ook als extraatje bij iemand erbij doen, dat is misschien minder lullig.

Eens even zien, haar eerste verlovingsring. En haar eerste trouwring. Haar tweede verlovingsring en haar tweede trouwring. Een zilveren lijstje met een foto van Granny. Emma bekijkt de handen van haar grootmoeder, maar het is niet duidelijk te zien of ze hem om heeft. Uit een zakje komt een zilveren speld met briljanten erop. Op het lijstje. En parels. Veel parels. Een parelketting, oorbellen, twee stuks zoetwaterparelarmbanden, een grijze en een roze. Geen ring met een parel en een diamant. Natuurlijk ligt die niet ineens hier, dat weet zij ook wel, en toch is er bij het openmaken van de kluis altijd een sprankje hoop dat ze de ring tegenkomt.

Fantoomring. Wel diamanten oorbellen. Ze kan de oorbellen opsplitsen en er een briefje bij doen waarin ze de kleindochters aanraadt om er een ring van te maken. Dat is wel een aardig idee. Notitie. De parelketting heeft ze van het geld uit de erfenis van haar vader gekocht. Toen hij overleed, kreeg zij als enige dochter het geld. Sieraden zaten er niet bij want hij had in de loop der jaren alle sieraden van haar moeder aan zijn verschillende vriendinnen gegeven. Indertijd had elke zichzelf respecterende vrouw een parelketting. Toen ze bij de notaris de deur uit ging, vond ze dat ze een parelketting had verdiend dus toen heeft ze er meteen een gekocht, een lang snoer dat ze drie keer kon omwikkelen zodat ze een flinke rij om haar nek had hangen. Of ze kon hem enkel dragen, dan kwam hij tot haar middel, ook heel elegant. Om het plaatje compleet te maken, kocht ze er een bontjas bij, maar daar had ze na een paar weken spijt van. De winkel wilde hem niet terugnemen, dus toen heeft ze hem naar een tweedehands zaak gebracht in een deftig dorp en daar was hij zo weg. Als ze het geld niet met de winkel had hoeven delen, had ze er winst op gemaakt.

Haar derde verlovingsring is het mooiste sieraad dat ze heeft. Het lijkt wel of elke man de vorige wil overtreffen. De ring van Piet had ze ongetwijfeld aan Cynthia nagelaten.

Koken is afleiding en afleiding is goed. Tijdens het snijden, smoren en wokken denkt ze nooit aan de oorlog, of aan haar eerste en tweede man, aan Cynthia, aan haar twee dobermanns of aan het feit dat ze heel graag nog eens een dagje zou willen meerijden op de tram in Amsterdam. En dan niet voorin, maar in het hokje achterin, waar de kaartjes worden verkocht en gestempeld. Daar gebeurt het. Daar zijn de discussies, de ruzies, de smoezen van de mensen die gratis mee willen rijden en de deuren die dichtgaan vlak voor de mensen die aan komen hollen en net te laat zijn om mee te rijden.

Emma varieert zo veel mogelijk met het eten en probeert nog wekelijks nieuwe recepten uit *Delicious,* want met nieuwe recepten moet ze de aandacht erbij houden. Kant-en-klaar kent ze niet. Behalve soep dan, sinds kort weer regelmatig op het menu. Allerlei verschillende smaken komen voorbij: Asperge-crème, Kip & Noodles, 8 Groente-weelde, Wortel-Pompoen met balletjes en Broccoli-Bieslook. Soms leukt ze de soep nog een beetje op door er wat verse cherrytomaatjes doorheen te roeren en af te toppen met wat kruiden, die ze haalt uit de tuin en boven de pan in stukjes knipt.

Er zijn ook eetgewoonten die al jaren vaststaan. Ontbijten doet ze met een halve grapefruit. Ze heeft Piet in de loop der jaren ook zover gekregen en het is echt knus dat hij nu hetzelfde ontbijt eet. En praktisch ook, anders moet ze elke morgen de andere helft van de grapefruit in folie wikkelen en bewaren in de ijskast. Ze weet uit ervaring dat het de smaak niet ten goede komt, de vrucht droogt dan uit en de volgende morgen is de overgebleven helft een stuk minder sappig. Haar vader at ook elke dag een grapefruit. Ook hij had suikerziekte en hij had gehoord dat dit een goed begin was van de dag. Vorig jaar is er een diëtiste bij Emma op bezoek geweest. Bij haar thuis. Om haar eetgewoontes te bespreken. Zij vond de grapefruit een bijzonder slecht begin van de dag en raadde Emma af om dit elke morgen te eten. De diëtiste zei dat er eigenlijk helemaal geen plek voor grapefruit is in haar dieet. Haar dieet? Wie bepaalt wat zij eet?

'Oh, en als u zin hebt in iets zoets, kunt u beter wat gedroogd fruit nemen dan snoep, gedroogde vijgen bijvoorbeeld. Die zijn echt heerlijk.'

Ze haat vijgen. Maar ze had geen zin om uit te leggen waarom, dus knikte ze en liet de adviezen het linkeroor in gaan en via haar rechteroor haar hoofd weer verlaten. Emma zag voor zich hoe de dieetsuggesties door de lucht vlogen. Hup, zo de keukendeur uit, naar buiten.

Van Piet moet ze ook al stoppen met roken. Het is wel goed zo, deze dieettips kan ze er niet ook nog eens bij hebben.

Haar zoon heeft ook al 'liever niet' dat ze in een Volkswagen Caddy gaat rijden. Hij zegt dat je dit geen auto kunt noemen. Karretje dan. Hoe dan ook, ze heeft hem besteld en verheugt zich op allerlei handige eigenschappen die de Caddy heeft die haar dagelijkse leven aangenamer gaan maken. Voor haar zoon een onbegrijpelijk argument. Praktisch gaat niet voor schoonheid, vindt hij, maar zij betaalt de auto nog altijd zelf dus hij heeft niets in te brengen. Ze heeft haar bestelling geplaatst zonder een proefrit te maken. Tot frustratie van haar zoon.

'Hoe kun je nou geen proefrit maken?' tetterde hij door de telefoon.

'Dat kon niet.'

'Hoezo, dat kon niet?'

'Nou, volgens die meneer in de garage kon dat niet en daar ben ik verder niet over in discussie gegaan. Bovendien heb ik er toch in gezeten? Van dat rijden kan ik me wel een voorstelling maken, hoor.'

Bij de dealer ziet ze de Caddy al staan. De autoverkoper is alleraardigst want hij heeft de auto alvast met de neus richting de weg gezet. Hij overhandigt haar twee sleutels, een mapje met papieren en zegt dat hij de auto rijklaar heeft gemaakt. Hij zal nog even de navigatie demonstreren en dan kan ze er zo mee wegrijden. Ze kan niet wachten. Het ontwerp is in feite een combinatie van een Jeep en een bestelbusje. Aan de achterkant schuift ze de boodschappen via de vlakke laadruimte zo achterin. Ideaal. En achter het stuur zit Emma hoog, als een prinses op een stapel matrassen kijkt ze uit over het wegdek. De voorruit is vrij groot en aan de zijkant zitten ook flinke ramen, wat een weids uitzicht geeft.

Als de basisfuncties van het navigatiesysteem haar duidelijk lijken, is het tijd om te gaan. '*Let's take this baby for a ride*', zoals ze zeggen op televisie. Maar dan gaat het vaak om grote Amerikaanse auto's met goud glimmende velgen en een blauw licht dat vanonder de auto op de weg schijnt. Een minibar tussen de twee voorstoelen, een paar flatscreens achterin en bij voorkeur een achterbank annex snookertafel voor rijdend poolcentrumeffect waardoor de eigenaar van de getransformeerde auto denkt dat hij aanzienlijk meer mooie vrouwen zal scoren. De Caddy heeft weliswaar geen televisies aan boord, maar voor Emma is het navigatiesysteem al geavanceerd genoeg om indruk mee te maken.

Emma is de bocht nog niet om of er begint een lampje te knipperen. Dat een volle tank blijkbaar geen onderdeel is van het 'rijklaar' afleveren, verbaast haar. Er is een benzinepomp hier vlakbij, dus ze koerst richting de Texaco. Daar word je nog aan de pomp bediend. Kan ze meteen haar nieuwe aanwinst laten zien aan de jongen die altijd zo aardig is om haar tank te vullen.

Naast pomp nummer drie zet ze hem stil. De jongen komt direct aanlopen en steekt zijn duim op. Emma veert op in haar stoel. Toch leuk dat iemand anders haar keuze ook goedvindt. De jongen tikt op het raam, waarschijnlijk om een compliment te maken dus ze gaat op zoek naar het knopje om de ruit omlaag te doen. Waar moet ze dan op drukken? Ze kijkt links en rechts en dan weer naar links. Niet op de hendel van het portier, vlak onder het raam ook niet, in het midden dan misschien? Onder de armsteun aan haar rechterkant vindt ze de knop. Het raam gaat traag omlaag.

'Uw tankdop zit aan de andere kant, mevrouw.'

'Ah, neemt u me niet kwalijk.'

'Het geeft niet, ik kan met de slang gemakkelijk achter uw auto langs, maar voor de volgende keer is het handig om te weten. Daarom zeg ik het u toch maar even. Kunt u de tankdop even opendoen?'

De sleutel uit het contact overhandigt ze aan de tankjongen.

'Ik heb uw sleutels niet nodig, mevrouw, het gaat automatisch. Van binnenuit moet u op de knop drukken om de tankdop te openen.'

Het lijkt wel knoppenmysteriedag. Ze kijkt de auto rond en de jongen ziet waarschijnlijk een oude vrouw met een wanhopige blik want hij biedt aan om haar te helpen. Emma doet de deur open en stapt uit, de jongen duikt met zijn hoofd en bovenlichaam de wagen in.

'*Voilà*. Bij deze auto zit de knop linksonder, naast de knop van uw handrem.'

Knóp voor de handrem. Goed om te weten.

Het nummerbord van de Caddy is: 1 AUG 102.

Emma besluit dat ze de auto pas mag inruilen als ze 102 is. Als beloning, dat ze de honderd ruim heeft gehaald, mag ze dan een nieuwe uitzoeken. Applausje voor jezelf. Toch hoopt ze dat het niet zover komt, ook al zijn sommige aspecten van ouder worden geen probleem. Komaan, ze hebben een rustig leven, de kinderen en kleinkinderen maken het goed, en alleen voor feesten, partijen en antiekmarktjes gaan ze de deur uit. Als ze iets niet leuk vinden, gaan ze niet. Alles mag, niks hoeft. Maar 102 worden lijkt haar niets, want de slingers worden tegen die tijd waarschijnlijk opgehangen in een bejaardentehuis. Of nog erger, in een verzorgingsflat. Nou, daar krijg je haar van haar leven niet in. Ze heeft insuline gespaard; als hij eerder gaat dan zij, heeft ze inmiddels genoeg om mee te gaan.

26

Links gaat de weg naar Bayonne en Saint-Jean-de-Luz, hoe lang zou het lopen zijn? Willem maakt sprongetjes tussen zijn passen, de adrenaline giert duidelijk door zijn lichaam. Zij voelt het ook, maar ze mag niet te vroeg juichen, want dat is de goden verzoeken en dat kun je beter niet doen, zei Granny altijd.

Emma stelt voor om even te pauzeren, ze lopen al zeker twee uur, in de brandende zon. Ze laat zich in het gras vallen en legt haar hoofd te rusten tegen de helling van de berm. Willem blijft rechtop zitten en vindt het goed als zij een moment haar ogen sluit. Ze vouwt haar handen in elkaar en legt ze op haar buik. De hitte van de zon en haar warme handen werken toch niet rustgevend. Ze denkt aan de bijenhiërarchie. De taak van de dar is om de koningin te bevruchten. Daarna heeft hij geen taken meer. Na de bevruchting gaat het mannetje dood.

'Weet jij nog hoe het café heet?'

'*Oui, madame*,' zegt Willem. Wie madam.

'*Mademoiselle* voor jou,' antwoordt Emma.

'Nee hoor, volgens onze persoonsbewijzen zijn we getrouwd. Jij bent mijn vrouw, in elk geval totdat we in Engeland aankomen. Dat was de voorwaarde, weet je nog?'

Emma weet het, maar vindt het geen leuk spel. 'Daar is een café, is dat de kroeg die Adrien noemde?'

Willem knikt. 'Kan.'

Ze nemen plaats aan een tafeltje achterin. Blij dat haar voeten na zes uur lopen even kunnen rusten. Stilletjes drinken ze allebei koffie, die hier in Frankrijk toch stukken beter smaakt dan in Nederland. Of Adrien naar het café gaat komen, is nog maar de vraag want ze zijn veel te laat, met de trein waren ze uren eerder aangekomen. Ze loopt naar de kastelein en noemt de naam van hun gids. Hij weet direct wie ze bedoelt en ze hoeft niet eens moeite te doen om zijn adres los te peuteren.

'Hij woont hier vlakbij. Kom,' zegt ze tegen Willem, die de tijd neemt om op te staan. 'Nou spreek je weer anders Frans dan toen we bij Pierre en Angelique waren.'

'Hier spreken ze ook ander Frans, mediterraan Frans, hoor je dat niet?'

'Ja, dat hoor ik ook wel, maar dan hoef jij dat toch niet ook te doen?'

'Ach. *Je suis désolé*,' zegt Emma.

Ik pas me verdomme continu aan.

Adrien doet open en grijnst, hij kijkt als een vader die zijn kind voor het eerst zijn eigen naam ziet schrijven. Hij is vast trots dat ze het hebben gered, het hele laatste stuk zonder zijn begeleiding en dat ze vervolgens ook nog eens zijn huis hebben gevonden. Hij geeft haar twee zoenen. Willem krijgt een hand en een schouderklop. Achter Adrien in het halletje verschijnt een jongedame en een peuter wiebelt hun kant op. 'Papa,' kraait het jongetje. 'Papa.'

Adrien brengt hen in contact met weer een nieuwe gids. Een Baskische *passeur* met wie ze geen woord kunnen wisselen. Emma is al die mensen hartstikke dankbaar hoor, voor de hulp, maar hoe moeten ze met deze man de Pyreneeën over? Met behulp van gebarentaal? Willem probeert haar gerust te stellen door te zeggen dat zij toch goed is in uitbeelden, maar Emma ziet aan de manier waarop de linkerkant van zijn bovenlip net iets meer omhoog trekt dan de rechterkant dat hij ook twijfelt aan de communicatiemogelijkheden met deze man. Adrien volgt hun discussie en wil duidelijk ertussenuit piepen, maar Emma houdt hem tegen.

'Adrien, jij gaat toch wel mee, hè?'

'Nee, Jean kent alle wegen naar Spanje. Hij is de beste passeur die ik ken. Hij gaat jullie naar de overkant brengen.'

'Maar we kunnen niet eens met hem praten!'

'Je hoeft ook niet met hem te praten, sterker nog, je mag geen enkel geluid maken als je straks in de Pyreneeën bent. Het enige wat je hoeft te doen, is hem volgen. En precies doen wat hij aangeeft. Als hij duidelijk maakt dat je moet bukken, dan buk je en als hij jullie op de grond duwt, blijf je liggen. Zo simpel is het. Hij riskeert ook zijn eigen leven, dus je kan ervan uitgaan dat hij jullie veilig wil overbrengen.'

Ze sjokt tussen Willem en Jean in en dat is prettig, alsof ze een menselijk schild om zich heen heeft. Van haar zesde tot haar achttiende meende ze dat ze de lichamelijke bescherming van mannen niet nodig had, maar die veronderstelling ligt nu bij de grens tussen België en Frankrijk.

Het kost haar moeite om haar aandacht bij de tocht te houden. Ze denkt aan Angelique. Aan Pierre. En aan haar vader. Doorzetten heeft ze van haar moeder geleerd, haar vader kan laks zijn, vooral in opvoeden. Toen ze gingen verhuizen, moest Emma dat van Tanti horen. En ook dat zij niet mee verhuisde. Haar vader ging met Tanti in Brussel wonen en Emma bij een wildvreemde familie in Arnhem. Dat was beter want dan kon ze in Nederland haar school afmaken. Dat was echt het beste. Vonden zíj. Of haar vader dat ook vond, heeft ze hem nooit durven vragen.

Ze dwingt zichzelf om zich te concentreren op elke voetstap van de passeur en haar voet neer te zetten op exact hetzelfde moment als hij. Zijn ritme imiteert ze, links, rechts, links, rechts. Ze krijgt van achter een por in haar onderrug en dan pas merkt ze dat ze waarschijnlijk al een kwartier met haar hoofd gebogen loopt. Haar schouders hangen naar voren. Compleet tegen haar opvoeding in. 'Laat zien wat je hebt,' zei Granny al vanaf haar dertiende, dus dat deed ze. Maar dat wil ze nu niet meer. Juist nu niet meer. Als ze aan Granny denkt, denkt ze aan de ring. Haar ring. De ring die haar vader voor haar bewaarde en drie maanden met zich meedroeg in de hoop dat hij Emma zou tegenkomen. De énige ring die hij wel voor haar bewaarde.

Ze wil niet dat haar gedachten afdwalen en recht haar rug op de plek waar ze net de por van Willem voelde. Ze verzet bergen. Vier keer heeft ze nu al op een top gestaan en iedere keer hoopt ze dat het de laatste is. Ze wordt er gek van dat ze niet weet hoeveel heuvels ze nog moet beklimmen. De pijn in haar buik leidt haar af en ze heeft dorst want ze heeft al drie uur niets gedronken en haar voeten lijken ook wel twee maten gegroeid. De afstand tussen Emma en Jean neemt steeds verder toe. Ligt dat aan haar tempo of loopt hij zo snel? Op de top van de vijfde berg wacht hij even. Jean wijst naar een watertje in het dal en met gebaren maakt hij duidelijk dat daar de grens loopt. Aan de overkant van het water zijn jullie in Spanje, beeldt hij uit. Ze hadden van Adrien gehoord dat ze, afhankelijk van de route die Jean kiest, inderdaad een stukje door het water zouden moeten. 'Dan ruiken de honden je niet,' zei hij, 'dus op die plek de grens overgaan heeft onze voorkeur.'

Ze voelt een ruwe hand op haar hoofd en haar lijf wordt omlaag geduwd, tegen de grond. Haar eerste reactie is dat ze niet wil, ze wil niet naar de grond, ze wil dit tegenhouden, maar de armen van Jean zijn duidelijk. Liggen, zeggen de ogen van Willem. Zelf ligt hij als een plank op de grond. Jean kruipt op zijn onderarmen iets naar voren en probeert over de rand te kijken maar zodra zijn kruin over die denkbeeldige lijn gaat, duikt hij weer omlaag. Zijn hand gebaart dat ze moeten blijven liggen. Haar wang raakt de aarde en ze probeert haar navel ook door de grond heen te drukken, maar haar buik accepteert het niet. Er zit iets in de weg. Emma tilt haar hoofd op, voorzichtig gluren. Een grenswacht met een hond. Hij is in zijn eentje. Tenminste, voor zover zij kan zien. De berg zit in de weg, wat daarachter plaatsvindt, geen idee. Als de man met de hond niet meer in beeld is, spiekt Jean over de rand en dat maakt hem ineens een echte avonturier in plaats van een sloeber die voor wat francs bereid is de weg te wijzen. Als een klein kind dat stiekem uit zijn ledikant wil klimmen, bekijkt hij of de route veilig is. Hij geeft aan dat ze hier vijftien minuten moeten blijven liggen om te kijken of de grenswacht terugkomt. De zon brandt op haar rug. Haar hemd is doorweekt en ze wou dat ze een wit shirt in plaats van een zwarte had aangetrokken, want ze vangt nu meer zonnestralen op dan wanneer ze een lichtere kleur zou dragen. Hopelijk gaat de grenswacht zo een ander stuk van de grens bewaken, want zij verheugt zich op het water dat ze straks moeten doorkruisen. De ademhaling van Willem versnelt. Die zit zichzelf vast gek te maken, dit wachten is niks voor hem. Voor haar ook niet trouwens. Vijftien minuten lijken er wel dertig. Ze krijgt een seintje dat ze overeind mag komen. Jean wijst naar het watertje, legt uit dat ze daar doorheen moeten en dat het niet diep is, zijn hand ter hoogte van zijn dij. Vervolgens klopt hij op zijn hart en wijst naar de grond. 'Ik blijf hier,' wil hij duidelijk maken, 'en jullie gaan naar de overkant.' Na het water moeten ze zo snel mogelijk de berg op rennen, vlak voor de top over de rand kijken of de andere kant veilig is en dan zo snel mogelijk het volgende dal in zakken en daarna nog één berg over lopen. Dan zijn ze veilig. Emma wil vragen waarom hij niet meegaat, of in elk geval zeggen dat ze had verwacht dat hij mee zou oversteken, maar ze heeft er de energie niet voor om het uit te beelden. Hopelijk zorgen de zakkende zon en het water voor verkoeling en geeft het zwemmen haar nieuwe puf. Maar dan is er nog datgene wat drukt tegen haar maag of haar blaas of haar baarmoeder. Het voelt allemaal door elkaar gehusseld, net als een omelet in een koekenpan.

Willem kijkt haar aan en vraagt: 'Ga jij eerst?'

Ze knikt, bedankt Jean en loopt de berg af, haar ogen strak op het watertje gericht. Het lijkt of ze naar een schilderij kijkt, een stilleven; beweging in het landschap is alarmerend. Voor haar stroomt het water rustig van links naar rechts en achter zich hoort ze de stappen van Willem. Hij zit dicht op haar en ze twijfelt of dat fijn is of juist niet.

Het is moeilijk om te zwemmen zonder geluid te maken. Of, nou ja, zwemmen, waden door water dat tot haar middel komt. Toch iets hoger dan het aangegeven dijbeen, maar goed, hier kan ze mee leven. Ze plaatst voorzichtig haar voeten op de stenige ondergrond, stap voor stap, haar handen boven het wateroppervlak en ze wil ten minste haar bustehouder droog houden. Het voelt alsof ze twee konijnen zijn en er ergens achter een boom een jager is met zijn loop op zijn prooi gericht, zo in het open veld. Ze probeert sneller door het water te bewegen, kijkt achterom en ziet dat Jean hen nog volgt met zijn ogen, wat haar toch enigszins gerustgestelt want als er een schutter in beeld was geweest, was Jean er wel vandoor gegaan.

Aan de oever neemt ze niet de tijd om haar rok en hemd uit te wringen, want ze moest meteen doorlopen. Rennen, had Jean zelfs uitgebeeld. Ze klautert de berg op, Willem doet er iets langer over maar als ze samen bovenaan staan, besluiten ze ook die laatste heuvel rennend te trotseren. Achter de volgende berg zijn ze vrij. Willem gaat voor. Emma sleept zichzelf en haar maag en haar blaas en haar baarmoeder de heuvel op. Ze heeft zo goed als niks gegeten vandaag. De zon zakt weg achter de bergen en als ze op het topje van de negende heuvel staat, voelt ze zich bevrijd. Half bevrijd, vijftig procent bevrijd. In het dal ligt een dorpje, bij een paar huizen brandt licht.

'Zullen we bij een schuur kijken waar geen licht brandt?' vraagt Willem. 'Dan kunnen we daar uitrusten en misschien wel slapen vannacht.'

'Maar we moeten toch ook wat eten? En wat drinken? Daar hebben we toch mensen voor nodig, of ben je van plan voedsel te gaan stelen?' Ze hebben er een werkdag lopen op zitten. Emma heeft brandstof nodig, en niet alleen voor zichzelf.

'Eten, inderdaad, daar had ik nog niet aan gedacht.'

Ze krijgen vijgen. Sappige Spaanse vijgen. Een stuk of twaalf eet ze er. Willem beperkt zich tot twee. Ze mogen van de boer een nacht blijven, in de ruimte boven de stallen. Hij gooit de deur van de schuur naast de boerderij open, wat een flink kabaal maakt en Emma vermoedt dat dit een waarschuwingsteken was van de boer, want vanaf de vliering boven de stallen hoort ze mannenstemmen. Hij wijst naar een laddertje. Willem gaat eerst, de man vertrekt en zij voelt zich gedumpt bij het vee. Boven de stallen maffen de arbeiders. Er liggen een paar dunne slaapmatten langs de muur. In het midden doet een omgekeerd houten krat dienst als tafeltje. Twee petroleumlampen verlichten de zolder en er ligt een kaartspel. In de hoek staat de po. Die moet ze hebben want de krampen zijn onhoudbaar, de vijgen terroriseren haar maagwand. Heeft ze er te veel gegeten? Te snel misschien? Waren ze te rijp? Oh, ze kan nu toch niet op die po, met al die mensen erbij? De rillingen lopen over haar rug. Het liefst zou ze tegen Willem aan kruipen zodat hij haar warm kan houden. Maar dat wil hij niet. Hij kan niet rustig slapen als hij tegen een ander lichaam aan ligt, zegt hij. Bovendien is het hier ongepast, vindt hij, op een slaapzaal met andere mensen. Ze zijn te gast, dus ze moeten zich aanpassen.

Het lukt haar niet om te dommelen. Rustig liggen evenmin. Ze bereikt nog net op tijd de po. De vijgen komen met zure golven eruit. Het ergste is nog dat iedereen er min of meer met zijn neus bovenop zit. En doet alsof dit niet gebeurt, alsof zij nu niet staat te kotsen in hun bijzijn. Op hun po.

Kruipend gaat ze terug naar haar slaapplek. Om haar heen is het stil. Ze vraagt zich af hoeveel kerels haar hebben gehoord, maar die gedachte maakt plaats voor allerlei ingewikkelder vraagstukken. Vragen die haar verwarren. Waarom voelt ze zich zo? Komt het eten in opstand of is het iets anders? Heeft de riem alles kapotgemaakt? Zou ze zich niet honderd procent opgelucht en vrij moeten voelen, want na maanden reizen zijn ze eindelijk in veilig gebied. Haar hoofd en haar buik spreken elkaar tegen en zeggen continu iets anders, net als de wijzer van een kompas dat stuk is; de naald slingert op en neer tussen noord en zuid en wijst steeds een andere plek aan voor het noorden.

De krampen zijn nog nooit zo pijnlijk geweest. Korte en heftige steken. Ze concentreert zich op haar ademhaling en trekt haar benen op, maar het geeft geen verlichting. Zachtjes kruipt ze voor de derde keer deze nacht naar de hoek waar de po staat en gaat erop zitten want ze weet dat er iets uit moet. Emma wil het niet, maar zij wil het wel.

Het is een zij, dat weet ze zeker.

Ze ziet in het licht van de olielamp dat het water rood is gekleurd.

27

Emma gaat loeren bij haar vriendin Marianne, die net in een verzorgingsflat is gaan wonen. 'Ach Emma, kom je snel kijken hoe ik erbij zit?' Voor Emma staat het bejaardentehuis gelijk aan het einde van haar vrijheid. Het idee dat anderen voortaan de uitjes voor haar bedenken, dat er vaste film- en kaartavonden zijn, dat ze een voordeur deelt met veertig leeftijdgenoten, dat ze van tevoren haar bestelling voor de bakker moet doorgeven en dan op een lijstje alleen de optie krijgt om 'zachte witte bolletjes' of 'zachte bruine bolletjes' aan te kruisen.

Het allerengst aan die huizen zijn de vrouwenenclaves die er ontstaan. Die dames leven allemaal langer dan hun mannen of dan de mannen in het algemeen, dus de verhouding mannen en vrouwen in die bejaardentehuizen is totaal uit balans. Emma moet er niet aan denken om in een huis vol met vrouwen te wonen waar dan ook nog eens allerlei clubjes ontstaan. Kletsclubjes, breiclubjes, de leesclub en de bridgeclub. Sommigen zijn nog heel actief en horen dan bij meerdere clubjes. Die nemen de verhalen van het ene groepje mee naar het volgende. En bij elke samenkomst wordt er koffie en thee gedronken. Geborreld wordt er zelden. De koffie komt nooit op want er wordt voornamelijk gekletst. Want kletsen, daar zijn ze goed in hoor, vrouwen. Vreselijk. Ze moet altijd denken aan het verhaal van tante Gerda. Die zat bij het Belgische verzet en is op een gegeven moment opgepakt, toen Emma allang weg was uit Brussel, en heeft ruim drie maanden in de gevangenis gezeten. Toen ze daar uit kwam en met haar bridgegroep afsprak, was het eerste wat een van die vriendinnen zei: 'Oh, maar het is dus waar, je verft je haar echt niet!' Nou, geen haar op haar hoofd die eraan denkt om daar permanent tussen te gaan zitten.

Met de auto naar Arnhem, ze voert het adres van de verzorgingsflat in. De navigatie is haar nieuwe beste vriend. Of vriendin eigenlijk, want ze heeft gekozen voor een vrouwenstem. Wennen is het wel, een niet-bestaand persoon die haar vertelt wat ze moet doen, waar ze linksaf moet en dat er over honderd meter een rotonde komt, die ziet ze zelf ook wel aankomen. 'Ga in de linkerbaan', staat in de top drie van Onnodige Aanwijzingen, maar goed, verder geeft het toch wel een rustig gevoel dat ze kan terugvallen op dat ding. Bovendien is het wel gezellig, want het is net alsof iemand met haar meerijdt. Wel jammer dat de conversatie eenzijdig is, want meestal weet Emma het namelijk echt beter dan die mevrouw. Piet vindt haar ook labiel, hij denkt dat ze soms het verschil tussen links en rechts even niet meer weet. 'Ze zal wel Cohen heten,' zei Piet die keer dat ze van de garage naar huis reden en de navigatiemevrouw hen steeds over een andere weg wilde sturen, terwijl zij na veertig jaar toch zeker wel de snelste route van het dorp naar huis weten.

Op het schermpje zijn obstakels zoals files en wegwerkzaamheden te zien. Het zou pas echt lollig zijn als de andere Caddy's die op de weg rijden, ook te zien zouden zijn op het schermpje. Dat ze op haar navigatie kan zien waar de soortgenoten rijden. Als er dan eentje aan komt rijden vanaf de andere kant, zou Emma zwaaien naar de bestuurder. Dezelfde wagen, dat schept een band. Herkenning van Porsches zou ze dan ook in het systeem invoeren. Daar hebben ze tegenwoordig toch allemaal geavanceerde apparatuur voor? Dat ziet ze wel eens in films, speciaal agenten die met behulp van gps de exacte coördinaten van de andere agenten kunnen zien. Bewegende rode stipjes op een scherm. Die techniek hadden ze van Emma zestig jaar geleden wel mogen uitvinden, toen zij de grens overging. En Uggs ook, als we toch bezig zijn. Ze heeft tachtig jaar lang koude voeten gehad en dat had niet alleen zijn weerslag op haar eigen lichamelijk welbevinden, maar ook op dat van potentiële partners want warmbloedigheid werd een selectiecriterium waar al haar mannen aan moesten voldoen. Bestonden die schoenpantoffels maar in 1943, dan was ze daarmee de Pyreneeën over gelopen in plaats van op espadrilles en dan had ze nu niet van die knobbels op haar voeten. Dat waarom-is-dat-niet-eerder-uitgevonden-gevoel heeft ze met wel meer dingen. De wasdroger bijvoorbeeld, ook onmisbaar. En condooms. Condooms die je niet hoeft uit te wassen en op de verwarming moet leggen om te drogen. Vochtig toiletpapier.

Voor de spiegel steekt ze haar haren op terwijl het bad volloopt. Haar ronde bad. Een perfecte cirkel. Gezien in een badkamerwinkel, dertig jaar geleden, en ze wist meteen dat ze deze wilde hebben.

De verkoopster zei: 'Helaas mevrouw, ik heb er maar één.'

Wat nou 'helaas'? dacht Emma. 'Ik heb er maar één nodig.'

Het was nog een hele klus om het bad in haar huis te krijgen, maar uiteindelijk is het met een hijskraan gelukt. Vlak daarna is het dak erop gezet. Een soort bouwpakket leek het wel, de manier waarop alle onderdelen op elkaar waren afgestemd. Ze snapt niet dat de rest van de wereld een rechthoekig bad heeft, het ronde bad heeft alleen maar voordelen. Als ze in haar eentje is, heeft ze lekker de ruimte en met twee personen is het niet te krap want dan kan ze nog steeds haar benen helemaal uitstrekken. Ze geniet er nog elke dag van dat ze het bad helemaal kan laten vollopen en dat er niemand is die zegt dat het niet mag. De eerste kamer die ze in Engeland bewoonde had beneden een gezamenlijke badkamer. Met een bad. Maar dat bad mocht niet vol. Laat staan dat ze er warm water in mocht doen. Nee, er mocht een laagje van maximaal tien centimeter koud water in het bad. Daar hield Emma zich netjes aan en dat vonden de medebewoners gek. Ridicuul zelfs. Ze kon zich toch gewoon aan de wastafel wassen, net als ieder ander? Nee, heel fijn dat nu niemand zich met haar waterverbruik bemoeit. Kanttekening is wel dat het bad niet meer zo wit is als vroeger. Te intensief gebruikt, denkt zij. Te slecht schoongemaakt, zegt Piet. Emma probeert dat niet als kritiek te zien.

Maandagochtend. Rondje kleinkinderen bellen. Vaste prik. Ongeveer de helft neemt altijd op want studeert, is met zwangerschapsverlof of werkeloos. De andere helft neemt nooit op want heeft een kantoorbaan of een eigen bedrijf. Maar als er drie opnemen is Emma ruim tevreden want dan is ze minimaal anderhalf uur zoet en ruimschoots gevoed met spannende weekendverhalen en roddels over de familie. Nou ja, roddels, zo noemt Piet het, maar zij ziet het als doodgewone conversatie. Ze is gewoon bovenmatig geïnteresseerd in het wel en wee van haar afstammelingen. Het is belangrijk dat het goed gaat met iedereen en daar waar ze kan helpen, adviseren of bijsturen, doet ze dat graag. Als ze hoort dat iemand moeilijk kinderen kan krijgen bijvoorbeeld, adviseert ze om de buurman eens in te schakelen. Niemand hoeft het te weten. Als de natuur niet meewerkt, moet je haar een handje helpen. Anonieme donoren, adoptietrajecten, reageerbuizen en ander laboratoriumwerk geven alleen maar ellende en spanning. Funest voor je relatie.

Nieuwe vriendjes van de kleinkinderen worden altijd gemeld en Emma nodigt ze dan direct uit om te komen eten.

Als er dan één niet goed genoeg blijkt te zijn, gebruikt ze de maandagochtendgesprekken om het geheel in beweging te brengen. Dat gaat ongeveer zo: 'Zeg, die vorige was toch ook wel erg leuk, nietwaar? Mis je hem nog wel eens?' Als de kleindochter hierop ingaat, weet Emma dat het niet helemaal goed zit.

Degene die doorgaans het meeste vertelt, belt ze als eerste, want alle vergaarde informatie kan weer als input gebruikt worden bij het daaropvolgende telefoongesprek.

Kleindochter nummer vier vertelt dat ze haar studentenkamer uit moet. Ze huurt onder en kan zich dus niet beroepen op huurbescherming. Emma heeft het idee dat huurders doorgaans veel meer macht hebben dan eigenaren, maar in dit geval blijkbaar niet. Het kind studeert rechten, dus zal het wel weten. Toch gooit ze nog een balletje op. 'Wat nou als je gewoon blijft zitten?'

'Nou, omama, ik heb de kamer via een vriend kunnen huren, theoretisch heb ik vast wel huurbescherming maar dat is in dit geval niet fatsoenlijk omdat het via via is, dus ik mag eigenlijk allang blij zijn dat ik hier anderhalf jaar heb mogen wonen.' Oké, daar heeft ze niets tegen in te brengen. Nu en dan moet je voor jezelf kiezen, maar in dit geval is behoorlijk handelen toch beter. Op zoek naar een nieuw huis dus, ze zal het even bij de rest van de familie in de groep gooien vandaag.

De tweede die ze spreekt is ruim twee weken voorbij de uitgerekende datum. Emma had niet verwacht dat ze de telefoon zou opnemen, maar waarschijnlijk is elke afleiding welkom, want zoals ze zelf zegt: Ze heeft het helemaal gehad. Laat die baby maar komen. Emma is nieuwsgierig wat het wordt. Ze hoopt op een meisje. Tegenwoordig kun je dat bij de twintigwekenecho al te weten komen, maar zij wil het niet weten. Het moet een verrassing zijn. Je bent toch geen surprise-ei, denkt Emma dan.

De derde is net afgestudeerd en weet niet wat ze wil. Emma adviseerde al eerder: 'Begin lekker voor jezelf. Websites ontwerpen, dat is echt wat voor jou. Of een cateringbedrijf.' Concrete suggesties aandragen, daar is Emma goed in en ze merkt dat ze met de voorbeelden de besluitvorming kan beïnvloeden. Hoe concreter, hoe beter.

'U hebt gelijk, omama,' zegt ze vandaag, 'ik heb afgelopen weekend de knoop doorgehakt. Deze week ga ik me inschrijven bij de Kamer van Koophandel.' Zelf had Emma het advies van haar vader meestal niet aangenomen en daarbij heeft ze nooit het gevoel gehad dat ze een vader had waar ze naartoe kon als er iets was. Of, nou ja, ze kon wel naar hem toe maar dan had hij geen oplossing. Hij behandelde haar ook niet als een kind. Ze weet nog goed wat ze voor haar veertiende verjaardag van hem kreeg. Een reisje. Naar Zwitserland. Samen met haar vader zou ze op vakantie gaan. De voorpret begon al twee weken voor vertrek, ze was begonnen met inpakken en op de grond in haar kamer lag een stapeltje kleren, die ze elke dag aanvulde met een kledingstuk. Ze legde ook andere spullen klaar, zoals een opblaasbal en een pak kaarten, ook al hield zij niet van kaartspelletjes. Haar vader wel, dus met hem wilde ze best in de lobby van het hotel een kaartje leggen. Papier en potloden mee, om de stand bij te kunnen houden. En dobbelstenen. En een boek. Gewoonlijk nam ze minimaal twee boeken mee, maar daar zou ze deze vakantie wel niet aan toekomen. Ze zou wandelen met haar vader, zwemmen in het meer en kaarten na het eten. Er zou weinig tijd zijn om te lezen. Op de dag van vertrek paste niet alles in de koffer. Ze liet een stapeltje kleding achter, want aan kleren had zij alleen wat, de spelletjes waren voor hen samen dus die waren belangrijker. Haar vader had van tevoren de treinkaartjes geregeld. Emma wilde tegenover een echtpaar gaan zitten, maar haar vader gaf de voorkeur aan twee lege banken. Ze gingen ieder op een eigen bankje zitten. Bij de eerste halte kwam er een mevrouw naast hen zitten. Haar vader pakte haar bagage aan en gaf haar een zoen.

Hij had een vriendin. En die ging mee op *hun* vakantie. Emma had direct spijt dat ze bij het inpakken van haar koffer gekozen had voor allerlei spelletjes in plaats van kleren en boeken.

28

Ze ligt op een hooizolder met tien mannen, een po en een pak kaarten. Erger dan dit wil ze de situatie voor zichzelf niet maken, dit is niet het moment om te verwerken wat er net is gebeurd. Ze probeert te slapen, want hoe eerder het morgen is, hoe beter. En hoe eerder ze haar kleren ergens in een sopje kan gooien, hoe beter. Ze ruikt zichzelf en dat bevalt haar niet. Met haar ogen speurt ze in het halfdonker de ruimte af om te kijken of er ergens een doek of een deken ligt. Of een lapje stof. Het maakt niet uit wat het precies is, als het maar tussen haar en het stro kan worden gelegd zodat het gekriebel in haar nek stopt. Zal ze Willem om de jas vragen waar hij onder ligt te slapen? Nee, ze wil hem niet wakker maken. Ze schuift zijn kant op en legt haar hoofd op zijn arm, haar benen opgetrokken op de vloer.

Emma wordt vroeg wakker. Het is benauwd op de zolder, haar rug is kleddernat en ze heeft een kwijlkring achtergelaten op de mouw van Willem, wat een teken zou moeten zijn dat ze diep heeft geslapen, maar zo voelt het niet. Leeg voelt ze zich. Ze kan haar nek nog maar één kant op draaien en haar rug lijkt wel veranderd in een houten plank, zo stijf. Opstaan doet pijn en toch wil ze bewegen. 'Kom Willem, we gaan,' fluistert ze, want ze gunt de arbeiders hun slaap. Willem is meteen klaarwakker, zijn voorhoofd plakkerig, zijn ooghoeken vol met slaap en toch lijkt hij 'aan' te staan. Hij vertoont geen opstartproblemen, kijkt om zich heen of hij niets vergeet en loopt als eerste het trappetje af. Ze zou graag een briefje met '*Gracias*' onder de deur van de boerderij door willen schuiven, maar ze ziet nergens een papiertje, laat staan een potlood.

Ze zijn in Spanje. Dat lijkt ze steeds te vergeten. Waarom voelt ze zich verdomme niet vrij? Zij moet Willem naar Engeland begeleiden, dan pas is het doel bereikt. Daarna kan ze haar eigen gang gaan. Misschien gaat ze wel bij het Engelse leger. Als *Land Girl*. Daar had ze van gehoord. De *Women's Land Army* waren vrouwen die op het land werkten en het agrarische werk overnamen van de mannen die als soldaat waren opgeroepen. Emma zag in een Belgisch magazine foto's van de Land Girls. Prachtige rijbroeken en fantastisch mooie laarzen. Plus een charmant getailleerde jas en een heuse hoed. Zo'n uniform lijkt haar wel wat. En de hele dag buiten werken ook. Zou ze dat dan toch van huis uit hebben meegekregen? Haar vader spendeerde het liefst de hele dag in zijn moestuin of anders met de bijen en de honing. Hij moest eens weten dat zij nu naar iets vergelijkbaars verlangt.

De werkdag van de boeren is duidelijk nog niet begonnen, de machines staan stil en weerkaatsen het licht van de ochtendzon. Niemand om de weg aan te vragen; niet dat ze dezelfde taal zouden spreken overigens. Met de Baskische boer en zijn arbeiders was ook geen gesprek mogelijk en voor handen- en voetencommunicatie leek iedereen te moe. Een van de mannen die ook op de zolder sliep, wees gisteravond naar de lichtjes in de verte en zei: 'San Sebastián.' Willem probeerde nog te vragen of daar het Britse consulaat was, maar daar kreeg hij geen duidelijk antwoord op want het bleek nogal lastig te zijn om het woord 'consulaat' uit te beelden. De man wees en herhaalde nog eens: 'San Sebastián'.

'Die kant op dan maar?' Emma wijst naar de plek die de man gister aanwees en zegt met een Spaanse tongval: 'San Sebastián! San Sebastián!'

Willem lacht om haar imitatie waaruit zij concludeert dat hij wél ontspannen is. Samen in Spanje. Zijn missie is volbracht.

Het is moeilijk om in te schatten hoe lang het lopen is naar San Sebastián, na drie uur doorstappen lijkt het dorp geen meter dichterbij te zijn gekomen. Door de stand van de zon, die recht boven op haar kruin schijnt, weet ze dat het al middag is. Dat betekent dat ze alweer zo'n vijf uur aan het lopen zijn. Als ze voor zich eindelijk een verharde weg ziet lopen, komt er een gammel busje aanrijden. Op de voorkant staat OIARTZUN. Willem gooit zijn arm omhoog en de bus stopt.

'San Sebastián?' vraagt Willem.

'*Si y no.*'

Nou, daar hebben we wat aan. De man reageert op hun vragende blik door hen aan te sporen in te stappen. Meerijden tot aan Oiartzun, wordt hen duidelijk gemaakt. Daar kunnen ze overstappen op een bus naar San Sebastián.

Voordat ze gaat zitten kijkt Emma of er Guardia Civil in de bus is. Willem moet niet te ontspannen doen, want van Adrien heeft ze gehoord dat de Spaanse politie regelmatig vluchtelingen terug de grens over brengt en uitlevert aan de Gestapo.

Aan haar espadrilles, die ze pas ruim een week geleden kocht, hangen rafels. Ze trekt aan de lange en de korte draden, alle rafels gaan eraan en na een stuk of zes haltes zien haar schoenen er een stuk minder afgetrapt uit. Nog even door een sopje halen, in de zon laten drogen en ze zien eruit als nieuw. Ze werpt een blik op die van Willem, dezelfde kleur, een paar maten groter. Kan eigenlijk echt niet, ziet er natuurlijk te toeristisch uit en bovendien heeft Emma altijd een hekel aan stelletjes die dezelfde hoed, tas of fiets hebben, of hetzelfde boterhambeleg.

Wil je een eigen leven, dan heb je ook een eigen stijl.

Maar goed, dit schoeisel was uit nood geboren, in Saint-Jean-de-Luz was niets anders te koop. Door de tocht door de Pyreneeën zien die van Willem er ook behoorlijk armoedig uit. Alle passagiers verlaten de bus. Als Emma en Willem langs de chauffeur lopen, wijst hij naar een tram aan de overkant van het stationnetje en zegt: 'San Sebastián! San Sebastián.' Zij kan haar lach nauwelijks onderdrukken, de manier waarop al die Spanjaarden hen de weg wijzen, het lijkt wel alsof ze door iedereen worden aangezien voor dove halvegaren.

Overstappen was makkelijker uitgebeeld dan het in werkelijkheid gaat want naast de tramhalte voor de richting San Sebastián staan twee burgerwachten, allebei klein van stuk dus dat is het probleem niet, maar ze zijn van de Guardia Civil en dat kan wel een serieuze hindernis betekenen. Willem biedt de twee mannen een filterloos rokertje aan, een Spaans merk, vast meegegrist van de zolder vanochtend. Emma herkent het pakje, ze heeft het op een hooibaal zien liggen toen ze niet kon slapen en alle voorwerpen op de donkere zolder steeds duidelijker vormen kregen naarmate haar ogen meer tijd hadden gehad om aan het donker te wennen. Voor de mannen zijn de Spaanse sigaretten vast een teken dat ze al langer in Spanje verblijven, hoopt Emma. De linker strijkt een lucifer af, geeft het houtje door aan zijn maat en die biedt Willem ook een vuurtje aan. Terwijl de drie zwijgend naast elkaar een sigaret roken, staart zij naar de rafels van Willem en probeert ze te tellen. Als de sigaret op is, komt de tram aanrijden, de drie mannen knikken naar elkaar en Willem pakt haar hand. Ze lopen zo de tram in. De deuren gaan dicht.

Terwijl het trammetje stopt en weer doorrijdt, stopt en weer doorrijdt, probeert zij te bedenken hoe ze aan eten kunnen komen. Zonder geld. Misschien ruilen voor sigaretten? Ze voelt dat er van achter iemand nadert. '*Where do you want to go?'* Emma had de dame die achter haar aan het raam zat in zich opgenomen toen ze de tram instapte. De wat oudere dame met een verzorgd kapsel en donkere vlekken op haar handen en gezicht, van de zon of van het ouder worden, heeft zich naar voren gebogen en fluistert in Emma's oor. Vanbinnen juicht Emma want ze spreekt Engels! Ze draait haar hoofd een klein stukje naar de vrouw en het raam, zodat haar woorden en de Engelse taal niet het gangpad in kunnen dwalen en antwoordt: '*The British Consulate.*' De vrouw scheurt een stukje van haar krant af, schrijft er een adres op en geeft het aan haar. 'Over drie haltes uitstappen,' zegt ze bij het overhandigen, waarna ze opstaat en de tram verlaat. Emma is verbaasd. Daarnet wekten ze bij de Guardia Civil nog de indruk dat ze hier al tijden rondlopen en deze dame ziet meteen dat zij hier niet thuishoren. Dat het instinct van vrouwen gewoon beter is dan dat van mannen geldt blijkbaar wereldwijd.

Bij de derde halte stappen ze uit. Op straat vragen ze nog een keer de weg, het papiertje met het adres laat ze zien aan een oud mannetje met een wandelstok. Zijn huid is gerimpeld en bruin gekleurd waardoor hij de indruk wekt dat hij veel buiten is en nog steeds van het leven geniet. Emma houdt van getekende gezichten. Doorleefde gezichten. Uit de huid met groeven en littekens leidt ze af dat de persoon het een en ander heeft meegemaakt. De man gebruikt zijn stok om hun de weg te wijzen. Ze zijn vlakbij want zijn aanwijzingen bestaan uit twee bewegingen naar rechts en dan één keer naar links, en zwaaiend met zijn stok maakt hij duidelijk dat ze dan voor een groot kantoorgebouw staan.

Het begint al donker te worden als ze twee keer rechts afslaan en dan de straat links in lopen. Naast de deur van het gebouw op nummer 1 hangt een bord: CONSULADO BRITANICO.

Je zou toch denken dat het handig is om dat er ook in het Engels op te zetten. Maar goed, ze zijn er.

Het hek is open, dus hop naar binnen. Een keurig gebouw, maar niet al te best onderhouden want de verf op de plafonds bladdert, de muren zitten vol kringen, vochtblaren zo te zien, en het houtwerk kan ook wel weer eens in de olie worden gezet. Het warme klimaat laat duidelijk zijn sporen na hier. In de hal is niets met een kloppend hart te bekennen, dus nemen ze de trap naar boven. Vier deuren, waarvan eentje op een kier.

'*Hello*?' Willem krijgt geen reactie en loopt naar de deur die op een kiertje staat. Een dame in een mantelpak schrikt. Waarschijnlijk stond ze op het punt om haar werkdag af te ronden, want ze schuift net een stapel papieren in haar aktetas. Waar is de baas?

'Het wachtwoord, Willem, vertel haar het wachtwoord,' zegt Emma, terwijl zij gaat zitten want ze kan niet meer staan.

'*My name is William Shakespeare*,' zegt Willem.

De vrouw zet de tas op de grond. Een jaar of vijfenveertig schat ze haar in. En alleen. Anders zou ze zo laat toch niet meer op kantoor zijn?

De vrouw lacht en zegt dat ze het waarschijnlijk niet goed begrijpt. Wie zijn zij?

Willem legt uit dat ze dit wachtwoord van MI-9 hebben meegekregen.

De dame, met parelketting trouwens, legt uit dat haar baas, de consul, op reis is en dat zij helaas niet op de hoogte is van dergelijke geheimen. In het woordje 'helaas' schuilt iets ondeugends, alsof ze het wel spannend zou vinden om meer bij dit soort vertrouwelijke zaken betrokken te worden.

Hoe dan ook, ze kan nu niets voor hen betekenen.

Niets.

'Echt helemaal niets?' vraagt Emma. En Willem vertelt van

hoe ver ze komen. De vrouw luistert naar de verkorte versie van hun verhaal.

'Kom, ik breng jullie naar een pension hier in de buurt. Dan kunnen jullie daar een paar dagen verblijven totdat de consul terug is.'

'Dat is de Atlantische Oceaan,' zegt Willem, wijzend naar de zee, het uitzicht vanuit hun hotelkamer. Tijdens de lessen aardrijkskunde kostte het haar de grootste moeite om haar ogen open te houden – het verschil tussen een toendra en een steppe interesseert haar gewoon niet zo – en ze overwoog regelmatig om een haarspeld tussen haar wenkbrauw en jukbeen te klemmen. Als ze wat beter had opgelet, had ze nu zelf geweten aan welke zee het noorden van Spanje ligt.

'Geweldig uitzicht,' zegt ze. Levensgevaarlijk, want nogal verleidelijk om te doen alsof ze op vakantie is. En dat zijn ze allerminst.

'Hoe ver is Madrid hiervandaan?'

'Oef, dat zou wel eens een hele dag reizen kunnen zijn. Hoezo?'

'Daar woont een verre oom van mij.'

'Ongelofelijk Emma, jij hebt echt in elke uithoek familie wonen. Laten we morgen aan de dame van het consulaat vragen of zij kan natrekken waar hij woont.'

Oom Harry wordt hier Hernando genoemd en blijkt gezant in Madrid te zijn. Blijkbaar een indrukwekkend contact want de vrouw van het consulaat is duidelijk onder de indruk. Het lijkt haar een goed idee als zij die oom een bezoekje brengen, en deze dame houdt van aanpakken want ze regelt direct twee treinkaartjes en checkt hen telefonisch uit uit het pension.

En door, denkt Emma.

Oom Hernando is verrast. En bezorgd. En ontspannen tegelijkertijd. Qua tempo is hij zichtbaar gewend geraakt aan het Spaanse leven. Hij schenkt volle glazen rode wijn in bij de lunch, om vervolgens drie uur uit te buiken tijdens een siësta en rond Hollandse borreltijd neemt hij hen mee naar een stierengevecht. Nou, als het aan haar ligt, slaan ze dat gedeelte van het Spaanse programma over. Wat een verschrikking. Met gebalde vuisten zit ze op een bankje, als meisje zwaar in de minderheid. Om haar heen alleen maar schreeuwende mensen, mannen dus vooral, hysterische mannen, in haar ogen hoogst onaantrekkelijk. In het midden van de arena een enorme zwart glanzende stier met kleppen voor zijn ogen en waarschijnlijk ook beroofd van andere zintuigen want hij draait als een dolle continu om zijn eigen as. Willem probeert te pronken met zijn kennis want hij zegt: 'Kijk, daar is de *toreador*.'

'Het is een *torero*,' corrigeert haar oom hem, '*toreador* wordt door buitenlanders gebruikt, maar die benaming klopt niet.'

Afgestraft. Terecht, maar ook wel sneu.

'Er treden verschillende *torero's* na elkaar op,' vertelt oom Harry. 'De eerste verwondt de stier met spiesen, de tweede met speren en de laatste doodt de stier.'

'Doodt de stier?' zegt Emma.

'Ja, het optreden is pas afgelopen als de stier is overmeesterd.'

Optreden? Wordt dit gezien als vermaak? Ze heeft nog nooit zoiets wanstaltigs bijgewoond. Een optreden is op een toneel, met acteurs, muziek, dans en verleiding. Een spel, een avond uit, humor en liefde, overtuigingskracht. Passie.

'Degene die de stier doodt, wordt de *matador* genoemd, Spaans voor "doder", een eervol beroep hier in Spanje.'

Ze is nu wel klaar met dit lesje stierenvechten. Hoe kan ze ervoor zorgen dat ze geen getuige is van dit zogenaamde ‘spektakel’? Kan ze plotseling ziek zijn? Flauwvallen? Spontane ademnood?

Dit is het moment om de tribune eens kennis te laten maken met háár acteertalenten.

29

Een man belt. Of hij haar mag interviewen over haar tijd in Portugal in '43. Over de drie maanden die ze daar heeft doorgebracht. Zij zegt dat ze daar geen behoefte aan heeft. Hij zegt dat hij daar wel behoefte aan heeft. Ze wil dit gesprek beëindigen. Door zijn vragen denkt ze terug aan de situatie in haar buik. Tintelend. Onbestemd. Zwanger zonder dat iemand het wist en een platonische relatie met een oudere man die haar dagelijks gedichten schreef, en met wie de spanning bijna onhoudbaar was maar waarvan ze wist dat die zou barsten als ze zou toegeven aan het zingende gevoel tussen haar benen en dat wilde ze niet. Heerlijk om bijna op ontploffen te staan. Dat gevoel wilde ze zo lang mogelijk behouden.

'Ik heb geen interesse om met u over die tijd te spreken. Goedemiddag.'

Je moet heel vroeg in je leven ja en nee durven zeggen. Vooral nee.

Tijd voor koffie. Met extra veel zoetjes om de suikerdip van dit gesprek te compenseren.

En dan schiet haar te binnen dat ze niet heeft geïnformeerd hoe hij aan haar nummer komt. En aan haar naam.

Het zou handig zijn als ze kon uitkiezen wat haar hersenen precies vergeten en wat niet. Selectief dementeren. Een variant op Oost-Indisch doof. Een klein rood knopje achter je oorlel. Indrukken.

Delete.

Ideaal.

Bij de buren is het gras daadwerkelijk groener. Aan de overkant hebben de mensen namelijk een nieuw grasmatje en Emma vermoedt dat het nep is. Het is knalgroen. Alle sprietjes zijn precies even hoog. Het lag er ineens. Het kan niet waar zijn. Ze stuurt Piet erop af. 'Ga jij eens kijken, poes, even voelen of het echt nep is.'

'Ben je mal. Wat dacht je, dat ik pal voor hun keukenraam even ga bukken om aan hun gazonnetje te voelen? Nee nee, dit ga je zelf maar uitvogelen. Ik laat me niet voor gek zetten in mijn eigen buurt.'

Nou, dat is precies de reden waarom ze het zelf natuurlijk ook niet doet. Vanuit de bijkeuken houdt ze het huis in de gaten. 'Piet! Piet! Ze rijden weg, met z'n tweeën, dus nu kun je gaan kijken. Ah, toe!'

'Nee, geen sprake van, er wonen nog meer mensen hier in de straat. Ik ga niet voor Sherlock Holmes spelen, dat moet je zelf maar doen als je het zo graag wilt weten.'

Hmm, ze moet met een goed plan B komen om deze kwestie van buurtverloedering te inventariseren.

Het klepje van de brievenbus klappert. De overburen hebben zo'n Amerikaanse brievenbus, in de vorm van een huisje. Als er wat in zit, gaat het rode vlaggetje aan de zijkant omhoog. Aan de achterkant kun je het deurtje openen en de post eruit halen. Ze checkt de omgeving, niemand te zien, geen auto op de oprijlaan, geen beweging achter het keukenraam en ook boven oogt het verlaten. Ze heeft maar één brief nodig. Het deurtje gaat stroef open, ze pikt een groene envelop eruit, deurtje dicht. Het vlaggetje gaat omlaag, oeps, de brievenbus denkt natuurlijk dat álle post eruit is gehaald. Het vlaggetje doet ze omhoog, maar tevergeefs, hij zakt meteen weer halfstok. Denk in oplossingen. Ze opent het deurtje, pakt de krant eruit en steekt die aan de voorkant weer door het klepje. Het vlaggetje gaat omhoog. Mooi. Precies zoals ze had gedacht. De groene envelop gooit ze in haar eigen brievenbus.

'Piet, de post is er!'

Hij komt meteen aanstiefelen, sorteert de stapel en zegt: 'Hé, verrek, er is er eentje verkeerd bezorgd. Er zit een brief bij voor de overburen.'

'Ach poes, wees lief en breng hem even naar de overkant.'

'Ja, dat zal ik doen.'

'En, lief, dan kun je meteen even aan het gras voelen, of het kunstgras is.' Hun gras kan onmogelijk zoveel groener zijn, dat moet wel nep zijn.

Hij draait zich om en loopt naar buiten.

Normaal krijgt ze hem niet zo snel de buitenlucht in. Zelf zit ze het liefst de hele dag in een hemd op het terras, maar Piet blijft het liefst binnen. Een enkele keer komt hij bij haar zitten, dat gebeurt als ze heel lang aandringt dat ze het gezelliger vindt als hij erbij is. Ooit begon ze met het argument: 'Kom nou, de buitenlucht is goed voor je.' Maar het 'gezelligheidsargument' leidt doorgaans tot betere resultaten. Uiteindelijk zit hij, onder de parasol, dat wel. Na een minuut of vijftien begint het zwaarder ademen en na twintig minuten het zuchten. Geheel volgens verwachting vraagt Emma dan: 'Wat is er, mijn liefste?'

'Ik heb het zo heet.'

'Dat komt omdat je een lange broek, sokken, suède schoenen en een overhemd aanhebt, schat. Trek eens wat uit.'

'Daar heb ik het te warm voor. Kost te veel energie.'

Die luiheid, daar kan zij niet tegen. 'Vroeger had je anders binnen een paar seconden je kleren uit.' Het lijkt af en toe of het eruit floept voordat ze er erg in heeft, maar haar uitspraken zijn weloverwogen.

Emma schrijft nooit iets op. Geen dagboek, geen schrift, geen losse papiertjes in haar tas. Haar manier van *braintrai-*

ning. Daar heeft ze geen DS voor nodig. Laatst was ze wel even vergeten dat ze aandelen heeft in Campbell's. Ze had per ongeluk soep van Knorr gekocht en die bleek ook nog eens lekkerder te zijn dan de variant met Langoustines van Campbell's, maar het was toch geen slimme actie. Volgende keer weer het vertrouwde merk op tafel, die met sint-jakobsschelpen en prei is lekker trouwens. Dat moet ze niet vergeten.

Wat belangrijk is, onthoudt ze en herinneringen die oninteressant zijn krijgen geen plekje in haar bovenkamer. Wat ze vergeet, daar kan ze ook geen heimwee naar hebben. Charlie vroeg of ze nog dagboeken heeft, aantekenschriften, knipsels, iets uit de oorlogstijd. Maar die heeft ze dus niet. Heeft ze daar geen spijt van? Nee, Emma heeft nooit spijt. Eens is ze met een man geweest die de hele dag schreef. Jacques stuurde haar eindeloos brieven en gedichten, maar die heeft ze allemaal verbrand, dat wil zeggen: de brieven die ze nog had want een aantal is ook gestolen. Door haar huisgenoot. En de rest is dus daarna gesneuveld. Alle letters zijn in vlammen opgegaan. En, nu ze er zo aan denkt, daar heeft ze misschien wel spijt van. Misschien. Misschien ook niet. Maar geen spijt hebben, is niet iets wat je kunt leren. Zoals ze het tegen Charlie verwoordde: 'Nee, lieveke, dat kun je jezelf niet aanleren. Je moet gewoon tevreden zijn met jezelf. En met de beslissingen die je neemt. Je weegt de dingen toch af voordat je een besluit neemt? Nou, dan moet je daarna achter je beslissing staan. Want daar heb je over nagedacht. Verder niet meer over zeuren.'

Geen geluid aan de andere kant van de lijn.

'En stel, je bedenkt je. Dan kun je altijd nog zeggen: Ik heb het verkeerd gedaan, sorry. Je moet ook schuld kunnen bekennen. Maar in die situatie kom je meestal niet, als je lang genoeg hebt nagedacht.'

Charlie zou proberen meer rust te hebben met haar beslissingen en Emma was dolblij dat ze had kunnen helpen. Elk project is welkom op het moment, want Emma heeft een 'hoe is het toch met?'-weekje. Non-stop, vanaf het moment dat ze haar ogen opendoet tot het moment dat ze Piet welterusten wenst, razen er vragen door haar hoofd. Zo'n weekje heeft ze ongeveer eens per jaar en dan vraagt ze zich constant af hoe het bepaalde mensen vergaat. Of is vergaan. Mensen uit het verleden. Pierre en Angelique bijvoorbeeld. Nooit meer gezien of gesproken. Zou hij na de oorlog meer of minder zijn gaan drinken? En heeft zij nog iets of iemand gevonden, naast haar man, waarvoor ze kan zorgen? Vroeger duurde die vragenreeks precies twee dagen. Daar kon ze de klok op gelijk zetten. De laatste jaren duurt het langer. Niet omdat er meer mensen zijn over wie ze vragen heeft, maar omdat de vragen groeien, een eigen leven leiden in haar hoofd. Alsof er een zaadje in haar hersenpan is geplant. Het vragenplantje wil naar buiten. Maar Emma kan de vragen niet beantwoorden. Elk jaar overweegt ze om op zoek te gaan naar de antwoorden. Met internet is er zo veel mogelijk. Charlie zou haar graag helpen met het doorzoeken van registers of het vinden van een adres of telefoonnummer.

Maar ze wil het niet.

Het is alsof je met opzet je vingers op de keramische kookplaat legt, om de temperatuur te checken, terwijl je allang weet dat die plaat gloeiend heet is.

30

'Emma! Emma! Word wakker. Alsjeblieft!'

Ze reageert niet. Nog even niet. Ze hoort aan het applaus dat de volgende stierenvechter de arena in loopt, Emma blijft nog even liggen. Willem en oom Harry hangen vlak boven haar. Ze voelt een plens water over haar gezicht, lekker, de druppels lopen langs haar hals en ze besluit dat ze haar ogen nu wel móét openen.

'Oh gelukkig, mijn liefste, je bent er weer.'

Ze trekken haar overeind, de mannen om hen heen gaan weer op hun plek zitten. Even, heel even, hebben ze hun aandacht van de stierenvechter af gehaald en zich over haar ontfermd. Of in elk geval naar haar gekeken.

'Wat is er gebeurd?' zegt ze. 'En waar ben ik?'

'Je was ineens weg,' antwoordt Willem. 'We zijn bij het stierenvechten, weet je nog? Bij de *torero's*. De laatste, de *matador*, is net de ring in gekomen.'

Meneer grijpt zijn kans om te laten zien dat hij heeft opgelet. Uitslover.

'Oh ja. Eén stier. En drie vechters.'

Ze wil zeggen dat ze blij is dat ze die kerel met de speren heeft gemist. Ze verwacht dat de mannen nog één keer vragen: 'Gaat het?', maar nu zij weer normaal ademhaalt, is hun aandacht alweer gericht op de zandbak, de rode doek en de hoorns. Emma hoopt dat de stier die gebruikt. Die hoorns. En dat de *matador* in plaats van de koning van de arena verandert in een satéstokje, van vers mensenvlees.

Aan tafel vertelt haar oom dat hij blij is dat de consul op vakantie is en dat, zolang ze toch hier zijn, Emma haar oom af en toe best een beetje kan helpen. Kijk, alle Nederlandse vluchtelingen krijgen geld van hem, of eigenlijk van de ambassade. Om eten en kleding van te kopen. 'Maar wat gebeurt er,' legt haar oom uit, 'dat geld gaat op aan drank en dames van plezier.'

Dat begrijpt ze wel, wat moet je anders hier? Maar hoe kan zíj daarbij helpen?

'Luister Emma, morgenavond nodig ik er een stel uit om te komen eten en praten over hun verblijf hier en de voortgang van hun reis naar Londen. Als jij daar nou 's bij aanwezig bent, dan kun jij mooi het tafelzilver in de gaten houden want die mannen stoppen alles in hun binnenzak. De zilveren sigarettendoosjes, de kandelaren, zelfs een botervlootje is aan het einde van de avond niet veilig. Volgens mij heb jij ook een paar ogen aan de achterkant van je hoofd, dus dit lijkt me een mooi klusje voor jou. Nou, wat denk je?'

'Ik wijs de mannen graag op hun onzedelijke gedrag,' zegt Emma. 'Als ze dan ook maar krijgen wat ze verdienen.'

De meesten zijn al tipsy als ze binnenkomen. Wat een boeren. Al na tien minuten moet ze de eerste verzoeken om zijn handen lekker op zijn eigen rug te laten rusten.

'Oh snoes, neem me niet kwalijk. Die vingers van mijn gaan ssomaar alle kanten op.' Met zijn rechterhand raakt hij haar schouder aan. 'Oh oh, daar gaat ie weer. Pardon. Kom eens terug, jij,' zegt hij tegen zijn arm alsof die een eigen leven leidt. Hij speelt het leuk en toch is ze niet onder de indruk. Ze begeleidt de mannen naar hun plek aan de eettafel. Als haar oom het woord neemt, lukt het niet iedereen om te luisteren. Zijn verhaal is ook veel te serieus, met deze aanpak dringt zijn betoog echt niet tot deze boerenkinkels door. Zij zou het heel anders doen, maar goed, haar taakomschrijving is duidelijk en daar houdt ze zich voor deze keer maar aan.

Een kerel schuift zijn stoel naar achteren en excuseert zich om naar het toilet te gaan. Haar oom wenkt. Ze dept met het servet haar mondhoek en verlaat de tafel. Ze volgt hem de gang in, maar kan hem nergens op betrappen. Moet ze nu serieus ook het toilet inspecteren? Dat gaat wel heel ver en ze loopt terug naar de eetkamer. De handtastelijke heeft zich omgedraaid en hangt met beide armen over de rugleuning, zijn volledige aandacht op het dienstmeisje gericht.

De sfeer wordt lallend en haar oom maakt een einde aan de avond. Bij de deur inspecteert zij de broekzakken en vestzakken. Het ene beschonken type denkt een kandelaar via de broekspijp naar buiten te smokkelen. Bij de andere trekt ze de aansteker van haar oom behendig uit zijn borstzak; de man heeft niet eens door dat zij aan hem zit. Haar oom is tevreden met de buit. Zonder haar waren er meerdere couverts, een waterkan en een doos met zakdoeken verdwenen, zegt hij. Die mannen hebben geen grenzen. Echt niet, daarom is het ze ook gelukt in Spanje te geraken. Maar als ze zo doorgaan, redden ze het alsnog niet.

Wat bedoelt hij?

'Syfilis,' zegt hij. 'Van al die hoeren hier krijgen ze allemaal syfilis. Daarom wil ik dat ze zo snel mogelijk verder gaan naar Engeland. Hier wordt het echt niks met ze.'

'Hij had het over syfilis. Nooit van gehoord, jij?'

Ze ziet dat Willem eigenlijk moet lachen, want het is alsof zijn mond steeds breder wordt maar hij dat probeert tegen te gaan. Op de een of andere manier krijgt Emma altijd het gevoel dat hij voldoening haalt uit dit soort situaties, wanneer hij iets wel weet en zij niet. Hoe dan ook, zij durft het tenminste eerlijk toe te geven. Hij dan met zijn *toreador*. Pff.

Als haar oom hoort dat Willem en zij helemaal niet getrouwd zijn, is hij niet blij en raadt hun aan hier niet mee te koop te lopen. Sterker nog, ze moeten dit maar aan niemand vertellen. Het is onwettig gedrag en aangezien hij op dit moment hun onderdak regelt, kan hij daarop aangesproken worden en dan kan hij zijn positie als consul wel vergeten. Emma heeft het gevoel dat Willem het spel van getrouwd zijn maar al te graag meespeelt. Haar oom zorgt ondanks zijn teleurstelling dat ze naar het neutrale Portugal kunnen. Het eenna-laatste gedeelte van hun reis, legt hij uit, want vanaf daar vliegt er een KLM-toestel naar Londen.

Praia das Maças is een soort vakantieoord. Als 'getrouwd stel' krijgen ze een kleine bungalow toegewezen, een petieterig huisje aan de kust, en vlak bij het stadje Sintra. Emma leert dat Sintra is afgeleid van het Keltische woord *cynthia*, dat 'maan' betekent. Ooit, ver voor Christus, stond in dit gebied een maantempel.

Cynthia.

Een mooie naam voor het meisje dat ze in Spanje heeft achtergelaten.

In Praia, zoals iedereen het hier noemt, zitten allemaal lotgenoten. Concurrenten in feite ook, gek genoeg, want allemaal hebben ze hetzelfde doel. Engeland. Allen wachten op een plek in het vliegtuig. Willem gaat op zoek naar alternatieven en als hij terugkomt van een bezoek aan de consul in Lissabon, is er plek op een troepenschip. Plek voor Willem. Voor Willem alleen. De boot gaat van Gibraltar naar Engeland en hij heeft geen idee hoe lang hij erover zal doen. Dat heeft hij niet gevraagd.

'Heb je wel gevraagd waaróm ik niet mee mag?'

'Natuurlijk heb ik dat gevraagd. Het is onfatsoenlijk voor een meisje om met deze boot naar Engeland te gaan, zeiden ze. Het is een vrachtschip, vol met kerels, meisjes mogen gewoon niet mee. Als je snel een plek in het toestel krijgt, ben je er vast eerder,' zegt hij nog, maar zij luistert al niet meer. Verdomme, zij doet er alles aan om hem veilig in Engeland te krijgen, maar als 'man' een beetje voor je 'vrouw' zorgen is blijkbaar te veel gevraagd. Dit is de tweede keer dat hij het wél voor zichzelf regelt en niet voor haar.

Mensen die zich vervelen, zijn niet creatief.

Emma verveelt zich nooit.

Dus ook niet nadat Willem met de boot is vertrokken. Het afscheid valt niet zwaar. In Engeland zullen ze elkaar weer zien.

In het huisje krijgt ze gezelschap van Lotte. Leuke Lotte. Vol levensvreugde, spontaniteit en avontuur. En vol geloofsovertuigingen. Ze draagt een klein kruisje om haar nek, bidt voor het eten en zegt dat ze van haar ouders niet met iemand naar bed mag voordat ze is getrouwd. Maar ze is nu in Portugal. Emma zegt dat ze haar kettinkje nu ook wel af kan doen, maar Lotte zegt dat het kruisje juist aantrekkingskracht heeft. Op de mannen. Want ze kijken ernaar en stellen vervolgens voor om haar te laten kennismaken met alles wat Portugal te bieden heeft.

Emma ontmoet Jacques Gans. Van hem krijgt ze elke dag een gedicht en Emma ontdekt dat letters haar een gelukkig gevoel kunnen geven. Hij lijkt wel idolaat van haar, van haar lach, haar verschijning, haar vrolijkheid. Zijn woorden zijn kunst, poëzie speciaal voor haar geschreven. Het is zo knap dat hij haar zo goed begrijpt, ook al praten ze niet veel want elke keer als ze samen zijn, maant hij haar tot stilte. Hij zet haar dan aan een tafeltje, in de zon, bestelt voor haar een drankje en gaat zelf aan een tafel schuin achter haar zitten, onder de luifel in de schaduw. Hij is zestien jaar ouder. Zestien jaar. Op een papier schrijft hij een paar regels, kijkt naar haar, krast ze door en begint opnieuw. Incidenteel vindt hij de eerste keer al de juiste woorden. Hij betaalt de drankjes, ze lopen nog een stukje langs de kust en als hij haar bij de bungalow afzet, geeft hij haar het papier. Een schone versie, zonder krassen of strepen.

Ze hebben nog niet gezoend en hoe langer dat duurt, hoe meer de spanning in haar lijf toeneemt. Dit is de eerste man die het voor elkaar krijgt om haar zo lang te laten wachten.

Lotte en Emma gaan uit in Lissabon. De meisjes mogen meerijden met een groep kerels die ook in het bungalowpark verblijven. Lissabon is een halfuurtje met de wagen en het is er heel anders dan aan de kust. Het is er smerig. Ze dansen in een klein café, de mannen worden dronken en handtastelijk maar de meisjes trekken zich er niks van aan en kletsen eindeloos, met z'n tweeën aan een tafeltje. Tot sluitingstijd. Om middernacht staan ze met de groep op straat. Een vent weet nog een leuke kroeg en de mannen knikken, lachen en fluiten op hun vingers. Als ze de bar binnenkomen, zit het vol met kerels. En dames met make-up. Veel make-up. En ladders in hun panty's. Geen gezicht, maar de mannen lijken zich er niet aan te storen. In een hoekje wordt gesjanst en in een ander hoekje gaan zij aan een tafeltje zitten. Een dame komt naar hen toe. Om de bestelling op te nemen, verwacht Emma, maar ze heeft een andere vraag. Ze heeft een donker randje om haar lippen getekend, en erboven een zwarte moedervlek. Ook getekend, maar het staat haar wel goed. De vrouw buigt voorover en het is moeilijk om haar decolleté te ontwijken. Ze zegt dat het tafeltje is gereserveerd, maar dat ze wel mogen blijven zitten als ze dat willen en dat ze dan een drankje krijgen van die twee heren daar. Ze wijst naar de bar. Het kan wel zo zijn dat de heren er straks even bij komen zitten, het is tenslotte hun tafeltje en het zijn hun drankjes. Emma haalt haar schouders op, maar Lotte maakt aanstalten om op te staan.

'Kom,' zegt ze. 'Ik heb helemaal geen zin om met die heren te praten en hun drankje te drinken.'

'Ach, doe niet zo moeilijk, dit is het enige plekje waar we nog kunnen zitten. En wat is er mis met een gratis drankje?'

'Emma! Als we dit aannemen, weet ik zeker dat ze straks nog meer van ons verwachten. Daar laat ik me niet voor lenen.'

Ze staan op en volgen de madam naar de bar. Emma ziet nog maar twee jongens van het bungalowpark.

'Waar zijn onze vrienden?' vraagt ze aan de dame achter de bar.

'Die zijn naar boven. Daar is het wat rustiger. Willen jullie daar ook naartoe?'

'Prima,' zegt Emma, en de vrouw glimlacht. Alsof ze iets heeft gezegd waar ze heel tevreden over is.

Blij dat Lotte toch nieuwsgierig is. Als die mannen allemaal naar boven zijn, wil Emma wel even met eigen ogen zien wat er te beleven valt. Nou ja, beleven, ze snapt wel wat er te beleven is, maar ze is benieuwd hoe het er precies uitziet. Ze is nog nooit boven een nachtclub geweest.

De gang is donkerrood geschilderd en er hangen een paar lampjes aan de muur. Het gangetje is zo smal dat tegenliggers elkaar niet kunnen passeren zonder elkaars lichaam aan te raken. In de gang is er om de paar meter een deur. De meeste deuren zijn gesloten. Eentje staat op een kier. De madam duwt hem open en draait een rondje in de kamer. In de hoek staat een klein bed, aan de muur een wastafel en in het midden een houten stoeltje, zo'n ouderwetse met een rieten zitgedeelte. Gevlochten riet.

'Daar kunnen ze hun kleren overheen hangen,' fluistert Lotte.

Ze bedanken de vrouw en zeggen dat ze toch liever beneden nog een drankje drinken.

Haar mondhoeken zakken omlaag, de zwarte stip zakt mee en haastig verlaat ze de kamer en doet snel de deur achter zich dicht, alsof ze zo nog kan voorkomen dat Emma en Lotte de ruimte nauwkeurig in zich opnemen. Giechelend lopen ze achter haar het trappetje af. Beneden zien ze een van de buurmannen uit Praia bij de uitgang staan. 'Kom op, we gaan. Dit is geen kroeg voor meisjes zoals jullie.'

'En ook niet voor jou, zo te zien,' zegt Emma. 'Tenzij je syfilis wilt oplopen.'

Er is een gedicht onder de deur door geschoven. Het papier is hergebruikt, ze kan duidelijk zien dat er eerst een ander gedicht op stond. Tekst is uitgegumd en heeft plaatsgemaakt voor letters voor haar. Over haar. Woorden die soms rijmen, maar soms ook niet. Emma dacht dat dat moest bij een gedicht, rijmen, maar van Jacques heeft ze geleerd dat het om het ritme gaat. En om wat er níét staat. Wat lees je tussen de regels door? Daar gaat het om, zegt Jacques.

Ze laat de schrijfsels niet aan Lotte lezen. Dat kan niet. Straks interpreteert zij het anders dan Jacques het voor haar heeft bedoeld. Dit is niet om te delen, daarvoor is het te persoonlijk.

Sommige dingen deel je niet.

31

Piet en zij hebben bedacht dat ze nog tien jaar blijven leven. Samen. Een hele geruststelling, want dan heeft ze nog ruim de tijd om te beslissen of ze hem gaat vertellen wat er bij de grens is gebeurd. En op de hooizolder. En hoe zij dat heeft opgelost. De po, in het donker het laddertje af en het kuiltje achter de schuur.

Zonder achterom te kijken is ze het laddertje op gegaan. Achteromkijken is voor twijfelaars, besloot ze toen. Zij zou nooit meer achteromkijken.

Uit de lade van haar bureautje pakt ze het tinnen doosje met haar tekenspullen. Alle scherpe pennetjes en potloodjes, de loep, de gum, de passer en de kleine liniaal zitten er nog in. Uit het schriftje scheurt ze een papiertje. Soms schrijft ze nog wel eens op de achterkant van een gebruikt papier, maar nu zoekt ze een blanco blaadje. Voor deze klus heeft ze vers papier nodig. Eentje is voldoende, ze heeft hem al zo vaak getekend.

De gouden ring met de diamant en de parel.

Met Liefde, de diamant, begint ze altijd. Want die is het moeilijkst. De vorm van de steen staat er in een vloeiende beweging op. Ze trekt een smal lijntje ernaast, om de afmeting en het aantal karaat te noteren, dan weet de juwelier naar welke kwaliteit diamant hij op zoek moet gaan. Daarna tekent ze de parel, Hoop, met een glinstering op de plek waar het licht weerkaatst. Tot slot de ring zelf, een eenvoudige gladde gouden band.

Ze heeft het nog in zich, dat sieraden tekenen.

Met de auto naar een juwelier. Twee dorpen verderop. Een dorp waar ze nooit komt. Binnen komt ze meteen ter zake. Ze laat het papiertje zien. 'Kunt u exact deze ring voor mij maken?' De man knikt en vraagt of ze haar telefoonnummer wil achterlaten. Dan gaat hij uitzoeken hoe lang hij nodig heeft. Emma zegt dat ze liever langskomt. Schikt het over een week? Hij vraagt of ze haast heeft maar zegt dan nog voordat Emma kan antwoorden dat een week prima is. Als ze over precies een week hier is, heeft hij voldoende informatie over de steen, de parel en de tijd die het kost om de ring te maken.

Waar je aan begint, maak je af. Die is van haar moeder. En wat je doet, daar sta je voor. Dat zei haar vader. Het is een van de weinige dingen die ze van hem heeft geleerd. De twee gedachtes zijn mooi te combineren. Als je zo leeft, zijn je keuzes weloverwogen en hoef je nooit ergens spijt van te hebben. Dan sta je achter de dingen die je doet. En de dingen die je niet doet. Het enige twistpunt zijn de dingen die je overkomen. De dingen waar je niks aan kunt doen. Het enige wat je dan kan doen, is beslissen of je dat wil bespreken.

32

Iedereen hier leest *Hollands Glorie*, van Jan de Hartog.

'In bezet gebied een bestseller,' zegt Jacques. 'Het boek is nu twee jaar uit. Ongelofelijk dat een roman over de zeesleepvaart zo massaal wordt gelezen. Ik heb gehoord dat Jan heeft moeten onderduiken en het gerucht gaat dat hij naar Engeland is gevlucht. Ik zal hem daar eens de hand schudden.'

'De hand schudden? Je gaat toch nog niet weg?' Het klinkt bijna alsof ze verlatingsangst heeft. 'Ik bedoel, je hebt toch nog niet te horen gekregen dat je door mag?'

Hij knikt, pakt snel een papier uit zijn binnenzak en begint te schrijven. Hij weet niet hoe hij het moet vertellen, dus schrijft hij het op. Slap gedoe.

'Elke dag zal ik een gedicht voor je schrijven. Elke dag. Net als hier. Ik stuur ze naar je op.'

'Je gelooft toch niet dat die brieven hier aankomen? Doe maar niet joh, dat is zonde van je tijd.'

Hij houdt zich wel aan zijn woord want vier weken later krijgt ze van Lotte een envelopje. 'Dit werd voor je bezorgd.'

Uit Londen.

En een dag later weer. En twee dagen later nog één. Als de vierde envelop verschijnt, verheugt ze zich alweer op de vijfde. Het zijn korte gedichten. En anders van toon. Ze zijn wel voor haar, maar gaan niet meer over haar. Dat komt misschien omdat hij niet naar haar kan kijken terwijl hij schrijft, denkt Emma. Zou hij haar nog voor de geest kunnen halen? Ze moet snel naar Engeland, dan kan ze weer schuin voor hem gaan zitten. Op een terrasje. Of in het pension waar hij logeert. Ze verstopt de brief achter het kastje onder de wastafel. Bij de andere brieven, in een plastic zakje zodat ze niet nat kunnen worden.

In de voorkamer van de bungalow vraagt Emma aan Lotte waarom zij niet aast op een plek in het vliegtuig naar Engeland. 'Jij wacht al langer dan ik, maar als je je mond niet opentrekt, laten ze iemand anders voorgaan.'

Lotte zegt dat zij voorlopig nog even hier blijft. 'Ik vind het fijn hier. Het is eindelijk een beetje rustig om me heen. En in mijn hoofd. Ik weet niet wat ons in Londen allemaal te wachten staat.'

Een dag later blijkt het helemaal niet zo rustig te zijn in het hoofd van Lotte. Eerder complete chaos.

Lotte is zwanger.

Ze wil het verder aan niemand vertellen en ze wil het niet houden en ze wil dat Emma meegaat als ze het gaan weghalen en het dringt niet echt tot Emma door maar in elk geval wil ze niet mee, ze wil hier niks mee te maken hebben, ze wil niet dat haar vriendin zwanger is en ze wil niet horen dat ze het niet wil hebben en de gedachten in haar hoofd ratelen en ratelen en ratelen en ze wil dat het stopt. Nu. Meteen. Stop.

Lotte wil haar kind laten vermoorden.

Verdomme, stop nou. Nu.

Iemand gaat het met een breinaald lospeuteren, zegt Lotte.

Stop.

En dan wordt ze naar huis gestuurd en zal ze op 'natuurlijke wijze' een miskraam krijgen. Het zal pijn doen en gaan bloeden.

Stop.

Of Emma thuis wil zijn die middag en het met haar wil opvangen.

Stop.

Lotte wil niet in haar eentje naar de kliniek, Emma moet mee, zegt ze steeds. Anders overleeft ze het niet. Mentaal dan.

Stop.

Emma wil niet mee. Ze wil hier nu niet zijn, ze wil hier niet op reageren, ze wil hier niet meer over praten, wat staat Lotte haar nou zo stom aan te kijken? Haar hoofd zit vol en haar buik is leeg, ze wou dat het andersom was. Op naar het consulaat om te vragen wanneer zij aan de beurt is om naar Londen te gaan. Wanneer is er nou eens plek voor haar in dat verdomde vliegtuig? Kloterige KLM.

Op de terugweg is de verhouding leeg-vol nog verder uit balans. Vrijdag vertrekt het eerstvolgende toestel. En misschien mag ze mee, daar zal hij haar donderdag over informeren, net als ieder ander.

'Dat zei u vorige week ook. Ik wil het nu wel eens zeker weten.'

'Donderdag, jongedame. Donderdag.'

Lotte is niet in de bungalow als Emma terugkomt. Ook de brieven achter de verwarming zijn verdwenen.

De ramen van het vliegtuig zijn geblindeerd. Ze vraagt zich af of de man van Heleen toevallig voorin zit, achter het stuur van het KLM-toestel. De stewardessen lopen door het gangpad. Ze werken in de lucht. Dat lijkt Emma toch een vreemde gewaarwording. Maar ook wel spannend. En dat komt deels door de uniformen. Netjes, strak, geperst. Elegant. Het lijkt Emma geen ingewikkelde baan, gewoon een beetje toneelspelen. Net als toen zij dienstmeisje was op de Mathenesserlaan, is dit een soort dienstbode in de lucht. En veel minder lange dagen, want deze vlucht duurt maar een uur of vijf. Het lijkt haar wel wat, de passagiers inchecken, naar het toestel begeleiden en dan vijf uur lang zo elegant mogelijk op en neer lopen door het gangpad en koffie en thee rondbrengen. Iedereen zit en zij staat. De passagiers kijken naar haar. Sommigen misschien wel vijf uur lang.

Opstijgen en landen zijn de minst boeiende gedeeltes van de vlucht want dan gebeurt er niks om haar heen. De mensen zitten stil, alle riemen zijn vast, er wordt geen eten of drinken rondgebracht, de stewardessen zitten zelf ook vast in een stoel. Iedereen concentreert zich op het raam, dat dus geblindeerd is; ook de mensen die niet aan het raam zitten, buigen zich ernaartoe. Bij de landing zeggen sommige vrouwen: 'Oh, als dit maar goed gaat.' De mannen lezen verder in hun krant en doen alsof ze het niet interessant vinden dat het toestel ineens schuin naar beneden hangt in plaats van horizontaal rechtdoor vliegt.

De deur aan de voorkant van het toestel gaat open. Een trap op wieltjes wordt naar het vliegtuig gereden. De oudste stewardess roept om dat de passagiers zich klaar moeten maken om het toestel te verlaten. Handbagage kan uit de bakken vallen.

Buiten is het een stuk kouder dan toen ze het vliegtuig instapte. Bizar dat ze na vijf uur vliegen in een totaal andere omgeving is, met een compleet ander klimaat, daar had ze domweg niet over nagedacht. Ze knoopt haar vest helemaal tot bovenaan dicht. Veel bagage heeft ze niet, een paar kledingstukken, een tandenborstel, wat make-up en de paar brieven van Jacques die ze wel nog had. Ze draagt ze onder haar jurk, tegen de plek waar ze een baby in zich had gedragen, de vrucht zou nu vijf maanden oud zijn geweest. Emma weet eigenlijk helemaal niet of ze dan wel had mogen vliegen.

Vlak bij het vliegveld is een gebouw waar Emma, en ook

een aantal andere passagiers, naartoe wordt gebracht. Ze moet wachten in een kamer. Drieënhalf uur. Tenminste, dat schat ze zo in, want een horloge heeft ze niet. Nooit gehad. De tijd is niet belangrijk. Iets duurt zo lang als het duurt.

Ze mag meekomen. Of móét meekomen, beter gezegd, ze krijgt de indruk dat ze geen keus heeft. Ze is wel eens vriendelijker ontvangen. In een kamer, meer een hok zonder ramen, krijgt ze een stoel en een glas water. Dat ontbrekende raam, daar is ze gevoelig voor, een ruimte zonder ramen ademt niet en er is geen uitzicht. Verhoren zijn vast met opzet in zo'n donker hok. Een man gaat tegenover haar zitten en bij de deur en in de hoek staan nog twee kerels. Ze stellen vragen. Heel veel vragen. Makkelijke vragen. Hoe ze heet. Wat haar vader doet. Waar ze woont. Hoe lang geleden ze uit Nederland is vertrokken. Maar ook moeilijke vragen. Waarom heet ze Emma? En waarom spreekt ze zo goed Engels? Zij verwachtte dat het hier in haar voordeel zou werken dat ze hun taal spreekt omdat de meeste Engelsen immers geen Nederlands spreken, maar het feit dat zij het Engels foutloos beheerst, lijken ze niet te pikken. Emma legt uit dat haar grootmoeder half Engels was, dat ze altijd Engels sprak met haar Granny en dat veel van de Engelse cultuur geweldig is behalve het feit dat ze zoveel thee drinken. Daar begrijpt ze niks van. Waarom zou je zoveel tijd besteden aan thee drinken? De man zegt dat ze afdwalen en dat ze weer terug de wachtkamer in mag.

De fan in de wachtkamer blaast recht in haar gezicht. Het apparaat maakt een tikkend geluid en ze overweegt of ze de stekker eruit zal trekken, want het geluidje is irritant en bovendien heeft ze het helemaal niet warm. Ze staat op om richting het stopcontact te lopen maar dan komt een van de drie heren de kamer in lopen en vraagt of ze soms denkt dat ze via het stopcontact naar buiten kan vluchten. Emma begrijpt niet wat hij bedoelt en hij verzoekt of ze met hem mee wil komen. Ze willen haar nog een paar vragen stellen.

Alle vragen komen haar bekend voor. Het is hetzelfde lijstje. De volgorde van de vraagstelling is anders, maar verder hebben ze niet de moeite genomen om de vragen op een andere manier te formuleren. Ze begrijpt er niks van, maar heeft het gevoel dat het niet gewaardeerd zal worden als ze wedervragen gaat stellen. Na een halfuur begint het haar toch de keel uit te hangen en twijfelt ze of zij nou zo'n stuk ongeduld is of dat er iets mis is met het kortetermijngeheugen van deze heren. Als alle vragen weer de revue zijn gepasseerd en Emma op elke vraag exact hetzelfde antwoord heeft gegeven, mag ze weer in de kamer bij de fan gaan zitten. De man die tot nu toe steeds bij de deur stond, neemt plaats op de stoel schuin tegenover haar. Ze wil hem vragen hoe lang ze nog hier moet blijven, maar ze besluit dat ze beter kan doen alsof de gang van zaken heel gewoon is. Alsof het niet vreemd is dat ze twee identieke gesprekken heeft gevoerd en normaal dat zijn aanwezigheid haar het gevoel geeft dat ze in de gaten wordt gehouden.

De man die eerder de vragen stelde, staat ineens in de deuropening en zegt: 'Er zal iemand komen om je naar Londen te escorteren.' Wat haar betreft hoeft ze niet geëscorteerd te worden, maar goed. Ze gaat naar Londen!

Een vrouw haalt haar op. Haar uniform is bijzonder oncharmant. Het geeft haar een mannelijke uitstraling. Wat dan wel weer klopt met het feit dat ze politieagente is. De persoonlijke begeleiding is wat overdreven, maar het is ook wel prettig dat iemand haar de weg naar Londen wijst. In de trein geeft de vrouw aan waar Emma geacht wordt te gaan zitten. Het moet niet gekker worden.

'*We are taking you to a Reception Centre*,' zegt de horkerige politieagente.

Emma fronst haar wenkbrauwen en vraagt zich af waarom ze over zichzelf in het meervoud spreekt, maar realiseert zich meteen dat het daar nu even niet om gaat.

'Ze zijn ervan overtuigd dat je een twijfelgeval bent.'

'Een twijfelgeval?'

'Misschien ben je wel gestuurd, dus mijn collega's in Londen gaan dat verder uitzoeken.'

De vrouw kijkt langs haar heen als ze tegen haar praat.

Belachelijk. Emma wil zeggen dat het belachelijk is. Deze behandeling, deze vage taal. Wat bedoelt ze met 'twijfelgeval'? Haar nationaliteit? Zou ze geen Nederlandse zijn? Alleen maar omdat ze een Engelse naam heeft en vloeiend Engels spreekt? En wat bedoelt ze met 'gestuurd', door wie?

Kleine kans dat de vrouw gevoelig is, toch begint Emma haar verhaal. 'Mijn Granny was Engelse, zij is hier opgegroeid, in dit prachtige land.'

Emma vraagt nog waar de vrouw zelf vandaan komt, waar ze is opgegroeid, heeft ze broers en zussen en hoe lang draagt ze dit mooie uniform al? Ze probeert de vrouw in te pakken, kleur in haar gezicht te brengen, haar ogen zacht te maken. Maar de vrouw geeft geen sjoege.

Over haar functie dan misschien, mensen praten meestal graag over hun werk en hun bevoegdheden.

'Hebt u al eerder mensen naar Londen geëscorteerd? En hoeveel daarvan bleken er een spion te zijn?'

De vrouw kijkt naar buiten, naar het land.

'Ik zou wel Land Girl willen worden, kent u iemand die Land Girl is?'

'Nee.'

'Mijn vriend, verloofde eigenlijk, is hier ook, in Londen. Hij zat in Holland bij het verzet. Hij zette verbindingen op tussen verschillende verzetsgroepen en onderzocht vluchtroutes. We hebben samen geprobeerd joodse families ervan te overtuigen dat ze het land moeten verlaten, we zij...'

'En, is dat gelukt?'

'Wat?'

'Met die onderduikers, is dat gelukt of niet?'

'Ze wilden niet! Ze durfden niet! Of ze waren er heilig van overtuigd dat het allemaal wel mee zou vallen en dat de oorlog snel voorbij zou zijn. Of ze hadden geen geld, of...'

'Oh en dan konden jullie ze niet meer helpen, als ze geen geld hadden?'

'Jawel, waar doelt u op? Natuurlijk wel! We hebben uren op het gezin ingepraat, maar ze durfden niet alles achter te laten als ze niet wisten waarvoor. Wat voor een leven ze ervoor in de plaats kregen. En dat wisten wij ook niet.'

'Of kwam die onzekerheid jullie soms juist goed uit, huh?'

Verdomme, wat een naar mens. Laat gaan, laat haar maar in haar negativiteit gaarkoken. Een zwart soepje zal dat worden. Emma spreekt wel met haar superieuren zo, die zullen wel ervaring hebben met 'twijfelgevallen'.

Het gebouw waar ze naartoe wordt gebracht, is niet wat Emma zich bij een 'Reception Centre' had voorgesteld. Dit is gewoon een ordinaire gevangenis, want ze mag er niet uit. En zij maar denken dat ze vrij was. Ze krijgt een slaapplaats toegewezen, het eten is eetbaar en er zijn Nederlandse kranten en boeken. Daar moet ze de tijd mee doden, maar ze kan zich niet concentreren. Al dagen niet. Ze begrijpt niet helemaal wat ze hier doet. Ze weet inmiddels van de anderen hier dat de Engelsen de gewoonte hebben om alle vluchtelingen te toetsen op hun politieke betrouwbaarheid, en dat is ook heel verstandig hoor, want het is oorlog, maar dat hoeft toch niet zo lang te duren? Waarom wordt iedereen om haar heen opgeroepen voor verhoor behalve zij? Bij de 'receptie' van het Reception Centre krijgt ze ook geen duidelijk antwoord en ze wordt verzocht gewoon rustig af te wachten. 'Jouw tijd komt wel.' Het wordt gezegd alsof ze op het punt staat om door te breken, alsof ze een filmster is die eindelijk landelijke bekendheid gaat genieten.

Volgens haar vader is ze van koninklijke afkomst. Van Engelse koninklijke afkomst nota bene en nu wordt ze hier in een soort cellencomplex vastgehouden.

The Earl of Flames vocht om stukken land en als hij won, zette hij fakkels om dat stuk land, om zijn territorium zichtbaar te maken. Er schijnt ergens in Engeland in een museum een portret van hem te hangen. Haar vader was daar en herkende zichzelf meteen, hij leek zo ontzettend op die man, dat móést wel familie zijn. Emma geloofde niks van die theorie, maar vond het een prachtig verhaal om mee weg te dromen. Ze fantaseerde hoe het zou zijn om op het platteland op te groeien, met dienstmeisjes en brandende fakkels. Ze zou door de tuin huppelen in pompeuze jurken met pofmouwen en de bloemetjes plukken en de paarden aaien. The Earl of Flames stond in de omgeving al snel bekend als 'The Flamer' en het dorpje dat ontstond te midden van de veroverde stukken land werd Flames genoemd.

Nou, The Earl of Flames had met zijn naam duidelijk meer ontzag dan zij nu hier.

Tien dagen. Na tien dagen wordt ze met een vriendelijk 'Graag meekomen' opgehaald. Ze overweegt te zeggen dat ze even haar hoofdstuk uit wil lezen en er dan aan komt, nog drie pagina's, maar besluit dat ze daarvoor te graag weg wil hier. En ze verheugt zich erop om weer eens met iemand te praten, want hoe langer ze hier zit, hoe minder haar zaalgenoten tegen haar zeggen. De heersende opvatting is dat hoe langer je in de Patriotic School zit, hoe groter de kans dat je niet te vertrouwen bent, want als je onschuldig bent, word je snel vrijgelaten. De meesten staan binnen vier dagen of in elk geval binnen een week buiten. Nou, logisch dat na tien dagen niemand meer tegen haar praat.

Het verhoor is in haar moedertaal. Ze denken dus toch dat ze Nederlandse is, concludeert Emma als ze wordt voorgesteld aan het hoofd van *The Dutch Section of the Patriotic School of* RVPS. Een hele mondvol.

De kamer is groot en somber. De ondervrager staat en zij zit, het felle licht schijnt in haar ogen, niet in die van hem. Zijn haarlijn begint pas halverwege zijn schedel. Opmerkelijk, het lijkt of het tekort op de vleespet wordt gecompenseerd in de neus. Emma heeft nog nooit zoveel neusharen gezien op zo'n klein oppervlak, bovendien niet getrimd, waaruit zij afleidt dat de man in kwestie geen vrouw des huizes heeft. Bij de deur staat nog een man, maar die is niet zo groot als hij zou moeten zijn voor deze specifieke functie. In de hoek zit een meisje, met pen en papier, haar benen over elkaar gekruist, de haren opgestoken.

De ondervrager staart haar aan en begint glimlachend met de opmerking dat het hem een bijzonder genoegen is om haar te ondervragen, omdat hij meent dat zij een agent zou kunnen zijn die door de vijand naar Engeland is gezonden.

Schuldig totdat het tegendeel is bewezen. Dat is blijkbaar het uitgangspunt hier.

Hij vraagt hoe ze precies heet, waarom ze zo heet, wat haar vader doet, waarom ze espadrilles draagt, waarom haar Engels beter is dan dat van de gemiddelde Hollander, waar ze op school heeft gezeten, waar ze woonde, wie haar vrienden waren op de lagere school en wie haar vriendinnen waren op de hbs en hoeveel vakken ze heeft gevolgd op de kunstnijverheidsschool en of ze goed kon opschieten met haar docenten. Hoe kwam ze aan eten, waar zat ze ondergedoken, waarom ging ze onderduiken, wie hebben haar geholpen, waarom en waarom en waarom precies.

'Hebt u misschien een glaasje water voor mij?'

'Nee.' Zijn blik gaat van haar naar het papier en weer terug naar haar.

'Wanneer ontmoette u de heer Brinkman, Willem?'

'We speelden in hetzelfde toneelstuk. Bij de eerste repetitie hebben we elkaar ontmoet. Hij was mijn tegenspeler.'

'Wat doet zijn vader?'

'Die is architect.'

'Hoe heet zijn moeder?'

'Esmée.'

'Heeft hij broers of zussen?'

'Ja, een broer, Peter.'

'Waar wonen zijn ouders?'

'Heemstede.' Ze dacht dat dit verhoor over haar zou gaan.

'Waar woont zijn broer?'

'Nog thuis. Heemstede dus.'

'Bezit de heer Brinkman nog een fiets in Nederland?'

'Ja, een donkergroene.'

En zo komen er nog meer vragen. Ze worden op haar afgevuurd. Vraag, antwoord, vraag, antwoord. Geen vervolgvragen naar aanleiding van een van haar antwoorden. Ze beantwoordt de vraag welke krant Willem leest en welke krant zijn vader leest, en leest zijn moeder ook? Luisteren ze naar de radio, wie komen er bij hen over de vloer, en dan maken ze een sprongetje naar haar eigen vader. Met wie spreekt haar vader vaak af en doet hij dat bij vrienden thuis, bij hem thuis of in het café en wat vond hij ervan dat zij wegging en wanneer heeft ze hem voor het laatst gesproken en heeft ze verder nog familie, contact met neven of nichten?

Alles wordt opgeschreven. Met de hand. Door het meisje dat in de hoek van de kamer zit, aan een klein lessenaartje.

Ze heeft nog geen enkele keer opgekeken en oogcontact gemaakt met Emma. Het schept blijkbaar geen band dat ze allebei vrouw zijn. Zij is constant aan het schrijven. De ondervrager loopt rondjes terwijl hij de vragen stelt.

'Hoe kwam u aan reisdocumenten?'

'Daar zorgde Dirk voor, een bekende van Willem. En Pierre, die heeft het in Frankrijk voor ons geregeld.'

'Waarom spreekt u Frans?'

'Waarom niet? Ik heb goed opgelet op school, ik heb altijd het gevoel gehad dat het wel eens handig zou kunnen zijn om een aantal talen vloeiend te spreken. Engels kon ik al, dus Frans was een logische derde. Die weken dat ik in Brussel heb gezeten, werd mijn Frans steeds beter.'

'Waarom wilde u met Willem mee? Hebt u ook overwogen om hem alleen te laten gaan?'

'Nee.'

'Waarom zijn jullie naar Engeland gekomen?'

'Onze regering zit hier! Willem wordt gezocht door de Duitsers, vanuit Nederland konden we niets meer betekenen.'

'Wat denkt u hier te gaan doen?'

'Land Girl worden. Of spionage, voor de Hollandse regering.'

De vraagwaterval blijft stromen. Welke politieke partij steunt zij, op welke partij stemt haar vader? Als haar moeder nog zou leven, zou ze dan kranten lezen en naar de radio luisteren of zou ze liever spruiten koken?

Pardon? Probeert hij haar nu kwaad te maken? *Try me*, denkt Emma.

Hij gaat tegenover haar aan het tafeltje zitten. En stelt alle vragen opnieuw. Allemaal.

En Emma beantwoordt ze allemaal hetzelfde. Echt, exáct hetzelfde. Identiek. Ze let er zelfs op dat de klemtonen van de persoonsnamen en de plaatsnamen exact hetzelfde zijn, want ze had gehoord van een meisje op de slaapzaal dat ze het verdacht vinden als je een naam de tweede keer net iets anders uitspreekt.

'De vader van Willem is architect.'

'Esmée.'

'Ja, een broer, Peter.'

'Heemstede.'

'Nog thuis. Heemstede dus.'

'Ja, een donkergroene.'

'*Het Parool*.'

'*Het Parool*.'

'Ja, zijn moeder leest ook de krant.'

Ja, ze luisterden thuis naar de radio. Haar vader ontmoette sporadisch zijn vrienden. Meestal bij hen thuis. Af en toe in het café. Hij begreep dat ze vertrok. Ze heeft hem het laatst gezien op zijn verjaardag. Ze heeft contact met haar tante Gerda in Brussel. En tante Saar en oom David. Dirk zorgde voor de persoonsbewijzen. En Pierre in Frankrijk. Frans spreekt ze omdat ze behalve Nederlands en Engels graag nog een taal vloeiend wilde spreken. Dus lette ze goed op tijdens de Franse lessen op school en tijdens haar verblijf in Brussel kon ze haar Frans perfectioneren.

Als Emma denkt dat ze het nu wel hebben gehad, kondigt hij aan dat ze het nog even gaan hebben over hun reis, hun tocht van Amsterdam naar Londen.

Even? Ze zijn ruim acht maanden onderweg geweest, dat vertel je niet éven.

Hij legt een stapel papieren voor zich op tafel. Boven aan het papier staat de volledige naam van Willem, zijn geboortedatum, de namen van zijn ouders en de datum van het verhoor.

Aha. Meneer denkt dat meisjes niet ondersteboven kunnen lezen.

Wanneer zijn ze precies vertrokken, wat hadden ze bij zich, vanwaar zijn ze vertrokken, namen ze de trein, liepen ze, waar sliepen ze, hoe kwamen ze aan eten, wie wees hun de weg, hoe passeerden ze de grenzen, zijn ze grenswachten tegengekomen, heeft ze een overvalauto gezien, met hoeveel man werd een station bewaakt, wie zijn er opgepakt, wie maakte hun reisdocumenten, heeft ze valse papieren gehad, hoe kwam ze aan buitenlands geld, hoe wisten ze of een logeeradres veilig was, hadden ze een kaart mee, hoe lang heeft ze in Brussel gezeten, bij wie, waarom mocht Willem eerder weg en waarom mocht zij later toch mee, waar is ze precies de grens tussen België en Frankrijk overgelopen, kan ze dat even aanwijzen op de kaart?

Nu wordt haar topografische kennis op de proef gesteld.

33

Achteraf gezien had de tocht van Nederland naar Engeland korter kunnen duren. Een stuk korter dan acht maanden.

Een week nadat Emma was vertrokken vanuit Brussel, werd er aangebeld bij tante Gerda. Het was haar neef, Henri. De zoon van tante Saar, een stuk ouder dan Emma, minstens net zo ondernemend en ook op weg naar Engeland. Met een boot. Het was allemaal geregeld. Goed geregeld. En hij had nog twee plekken over. Of tante Gerda misschien nog iemand wist die mee wilde varen.

En of tante iemand wist.

Maar waar diegene nu was, geen flauw idee.

Op dat moment zat Emma waarschijnlijk op het bankje bij de fontein op het dorpspleintje van Wattrelos. Mét een boodschappennetje. Zónder ring.

Emma is Henri later tegengekomen op Oranjehaven. Hij was drie maanden eerder aangekomen dan zij. En een week later dan zij vanuit Brussel vertrokken. 'Ik ben je nog gaan zoeken,' zei hij. 'Jij was nog niet zo heel lang geleden vertrokken en het leek ons beter als je met mij mee zou gaan, dus toen zijn we gaan nadenken, of ik je nog ergens kon oppikken. Ik ben met tante nog naar haar vriendin gegaan om te kijken of we contact konden leggen met MI-9 om te vragen of zij wisten waar je nu ongeveer zou zijn. Ik ben zelfs nog bij Martin langs geweest, maar die zei dat je, als het goed was, de grens al over was.'

Wat als ze een week later was vertrokken? Of als Hein een week eerder aan de deur had gestaan.

Maar goed, wat als, daar heb je niets aan.

Hoe ouder je wordt, hoe beter je gaat relativeren. In de oorlog relativeer je niet. Nooit. Je ziet alles zwart of wit. Goed of slecht. Ja of nee. Daar moet je ook aan vasthouden, aan dat zwart-witdenken, anders raak je de kluts kwijt. Dat doet Emma nog steeds. Zij ziet mensen in de mate waarop ze te vertrouwen zijn. Op een feestje ontmoeten ze wel eens iemand en dan zegt Piet op weg naar huis, tijdens de nabespreking van de avond: 'Alleraardigste man, vond je ook niet?' Emma vraagt dan of hij er zou willen onderduiken. Dat is een dooddoener, maar het is wel hoe zij mensen beoordeelt.

De grens oversteken zal nooit tot haar favoriete bezigheden behoren. Hoewel ze dat het liefst tot een minimum beperkt, staat er vandaag een verzetje op de planning waar ze graag een uitzondering voor maakt. Een uitje, van de kinderen gekregen. Kaartjes voor de musical *Soldaat van Oranje.* En daar is ze toch wel heel nieuwsgierig naar. Dus de Caddy kan van stal, op naar Scheveningen. Ze logeren in Hotels van Oranje en maken gebruik van het musicalarrangement, wat inhoudt dat ze eersterangs kaarten hebben voor de voorstelling en een hotelkamer met uitzicht op zee. De zee die Erik, Chris en Peter meerdere malen zijn overgestoken met een motortorpedoboot. Het Scheveningse strand, waar zij landden om zendapparatuur af te geven en mensen op te halen.

Ze gaan met een taxi van het hotel naar het theater. Een bijzonder theater want het is van oorsprong een vliegtuighangar, speciaal voor deze musical omgebouwd tot theater. Op voormalig militair vliegveld Valkenburg worden ze voor de deur afgezet. Ze zijn veel te vroeg, nemen koffie in de foyer en Emma houdt de ingang naar de tribune in de gaten. Er staan twee goudkleurige paaltjes met een rood fluwelen koord ertussen en een meisje ernaast, in een soort militaire outfit. Zij moet zorgen dat niemand voortijdig de zaal in gaat en dat is uitermate verstandig van de organisatie, want het rode koord had het in zijn eentje zeker niet gered.

Er wordt omgeroepen dat de gasten mogen plaatsnemen in de zaal. Rij drie is erg dicht bij het podium en dat stemt haar tevreden. Piet ook. Dan weten ze tenminste zeker dat zij het goed kan horen en hij het goed kan zien.

Emma heeft van alles aan te merken op de kleding van de toneelspelers, zo heeft Erik bijvoorbeeld in zijn hele leven nooit bretels gedragen. Het decor is wel spectaculair. Alle scènes hebben een eigen set en de tribune met het publiek draait steeds van decor naar decor. Heel aardig gevonden. Maar inhoudelijk ontdekt ze een heleboel dingen die niet kloppen. Zo was het niet. Zo is het niet gegaan. Die zinnen schieten continu door haar hoofd. Ze probeert haar gedachten stop te zetten, want zij weet ook wel dat dit een musical is en dat het geromantiseerd is en dat er gezinnen met kinderen naartoe komen en dat het verhaal commercieel aantrekkelijk moet zijn, maar toch kan ze de waarheid er moeilijk los van zien. Het hele toneelstuk draait om Erik. Hij heeft fantastische dingen gedaan hoor, dat wil Emma zeker niet ontkennen. Maar er zijn er meer die in de oorlog fantastische dingen hebben gedaan en er de veren niet voor hebben gekregen. Dat was vaak een bewuste keuze, niet iedereen wil in het middelpunt van de belangstelling staan, maar toch. Ze had het eerlijk gevonden als die andere twee jongens ook wat meer erkenning hadden gekregen.

Tijdens de pauze besluit Emma dat ze geen oude koeien meer uit de sloot gaat halen. Die liggen daar niet voor niets. Ze wil genieten van deel twee van de musical. Van het spektakel. Van de kleding. Van de meisjes. Van de acteurs. Ze gaat het allemaal in zich opnemen.

Ze houdt van toneel. Maar niet van amateurtoneel. Haar kleinkinderen speelden vroeger 'marktje'. De ene had een kraam, de ander kwam boodschappen doen. Voordat ze gingen spelen, snuffelden ze het hele huis door op zoek naar spullen voor de marktkraam. Een stofzuiger, elastiekjes, een kam, een pollepel, een regenjas, ovenwanten, een rol wc-papier en knikkers. Het meisje met de kraam verkocht de meest uiteenlopende producten, wat Emma dan wel weer geestig vond. De marktkoopvrouw stalde alle waren uit en de ander kwam langs met een boodschappentas en wees allerlei producten aan en vroeg naar prijzen, waarna het onderhandelen begon. Heel schattig natuurlijk, maar zij kon het niet aanzien.

Het allerergste was als ze 'hop paardje hop' speelden. De ruiter spoorde het paard aan om in galop te gaan. Dan ging Emma even naar een andere kamer.

34

Het staat duidelijk op het papier. Er staat zelfs een streep onder.

BIJ WATTRELOS.

Dankzij de ondervrager, die het blijkbaar handig vindt om het uitgeschreven verhoor van Willem op tafel te leggen, kan ze op de landkaart het exacte punt aanwijzen waar ze de grens over is gegaan.

Hoe zag dat klooster eruit, hoe heet de monnik die ze daar hebben gesproken, waar werkte Willem toen hij nog niet ondergedoken zat, wat deed hij toen hij wel ondergedoken zat, met wie sprak hij, met welke verzetskringen had hij nog contact, wie heeft hij tijdens het onderduiken nog in het geheim ontmoet, was zij wel op de hoogte van al zijn bezigheden, hoe poetste hij zijn tanden?

Oh nee, dat vroeg hij niet, maar Emma was even afgeleid.

Welke Franse dorpen hebben ze aangedaan, met wie hebben ze daar gesproken, waren ze lopend of met de trein, hebben ze ook wel eens een taxi genomen, of een bus, hoe communiceerden ze met de lokale bevolking, waar hebben ze die espadrilles precies gekocht en hoeveel kostten die, hoe kwamen ze aan treinkaartjes, heeft ze wel eens zwartgereden, en toen: hoe is ze in haar eentje de Franse grens over gelopen? Hoe? En is ze niemand tegengekomen? Haar maag keert zich om. Hij kan het niet weten. En hij zál het ook nooit weten. Ze is de grens over gelopen op de plek die de gids haar had aangewezen en ze is niemand tegengekomen.

Niemand. Geen levende ziel te zien daar.

Hij houdt het potlood met twee handen vast, aan beide zijden tussen duim en wijsvinger, en begint het potlood te draaien. Heen en weer, tussen duim en wijsvinger. Hij kijkt ernaar alsof hij onder de indruk is van de bewegingen van het potlood, de bewegingen die hij zelf maakt. Hij trekt zijn wenkbrauwen op en het lijkt of hij nog uren door zou willen gaan met het rollen van het potlood, heen en weer, heen en weer, maar dat hij zich realiseert dat hij verder moet met vragen stellen, al heeft hij daar eigenlijk geen zin in. Hij houdt het potlood stil en vervolgt het gesprek met vragen over haar tijd in Portugal. Nu de grens Frankrijk-Spanje een gepasseerd station is, gaat Emma ervan uit dat ze het ergste heeft gehad.

Ze beantwoordt twee keer de vragen over Praia da Maças. Jacques Gans laat ze erbuiten. Over haar kamergenoot Lotte weidt ze minimaal uit. Zij moet haar eigen verhaal maar vertellen straks. Lotte? Wie is Lotte, zou ze haast willen zeggen. 'Lotte komt deze kant op, dus dan kunt u haar dat allemaal zelf vragen. En u mag haar natuurlijk de hartelijke groeten van mij doen.'

De ondervrager staat op en steekt zijn hand uit. 'U wordt vanmiddag vrijgegeven en dan zullen wij u in contact brengen met de Nederlandse autoriteiten.'

De woorden 'vrijgeven' en 'Nederlandse autoriteiten' vindt Emma lastig te rijmen, want iets in die zin klinkt alsof ze nog steeds niet vrij zal zijn.

'82 Eaton Square, London' staat er op het briefje. 'Politie-Buitendienst'. Daar moet ze zich rechtstreeks melden. Hij legde de nadruk op 'rechtstreeks'. En dan naar de heer Derksema vragen, het hoofd van de PBD.

'De PBD wordt ook wel Bureau Derksema genoemd.'

Dat ze weet met wie ze te maken krijgt.

Emma hoeft nauwelijks na te denken want Derksema stelt min of meer dezelfde vragen als bij het verhoor in The Patriotic School, en die heeft ze al minimaal twee keer beantwoord, dus de antwoorden kan ze wel dromen. Het verhoor voelt als een filmscène, zij kent de tekst uit haar hoofd en nu moet de scène een aantal keer opnieuw voordat hij er helemaal goed op staat. Dat ligt niet aan haar verhaal, want zij gooit de tekst er foutloos uit, maar de regisseur vindt dat er meerdere opnames nodig zijn voordat het er allemaal goed op staat.

Ze vertelt over haar naam, haar adres, haar geboortedatum, familie, oom Johan laat ze erbuiten, over vrienden, de school, dat ze niet in God gelooft, dat ze eigenlijk in helemaal niemand gelooft, dat ze geen lid is van een politieke partij, nee, ook niet van een vereniging. Dat ze op 28 april 1943 vertrokken is uit Nederland en op 9 januari 1944 voet zette op Engelse bodem. Derksema haalt een collega erbij, die stelt zich voor als Pinto, Emma verstaat 'Pienter' maar dit is geen goed moment voor een grapje, en Pinto vermeldt er graag nog even bij dat hij het hoofd is van de afdeling Contraspionage.

Het gesprek gaat over haar complete levensloop, vader en moeder komen, voor zover mogelijk, uitgebreid aan bod. Daarna haar opleiding, vrienden, sportieve activiteiten, wie leerde ze daar kennen, ging ze veel uit, welke boeken las ze, wederom veel vragen over kranten en de radio, kregen ze vaak bezoek thuis, weet ze zeker dat haar vader alleen werkte in zijn eigen moestuin, hoe heeft ze Willem ontmoet, hoe is haar band met zijn ouders en hoe is het contact tussen Willem en zijn broer?

Hij stelt nog veel meer vragen over de reis van Nederland naar Engeland. Hoe bereidde ze zich voor, hoe kwamen ze aan de benodigde reisdocumenten, wie maakte de valse papieren, voor- en achternaam graag, hoe kwamen ze aan geld, onderdak, kleding en eten, welke talen spreekt ze, wie wees hun de weg, hadden ze een kaart, een kompas, een horloge? Gingen ze met de trein, werden ze gecontroleerd, waar werden ze gecontroleerd, waar sliepen ze, wat zei die mevrouw in de tram precies, wie bracht hen in contact met een passeur, waar zijn ze de Pyreneeën over gelopen, waar liepen de grenswachten met de honden en hoeveel honden heeft ze gezien?

Goh, ze zouden hier wel wat efficiënter te werk kunnen gaan. Kan iemand misschien het verslag van The Patriotic School erbij pakken en overschrijven? Daar staat dit allemaal letterlijk in.

Wat was de exacte aanleiding van hun vertrek, waarom kozen ze deze route, was dit de eerste ontsnappingspoging of hebben ze eerder geprobeerd om het bezette gebied te ontvluchten?

'We zijn zo terug,' zegt Pinto, en samen met Derksema loopt hij de kamer uit.

Pinto komt terug, Derksema niet en er is een nieuwe man bij.

Pinto zegt: 'Mijn collega, de heer Wolters, zal u nader ondervragen.'

'Wolters, afdeling Politieke Veiligheid.' Ze schudt zijn hand. En dat doet ze stevig, want dat maakt een zelfverzekerde indruk.

'Ik wil u graag wat vragen stellen over de mensen en toestanden in het bezet gebied.'

Ze gaat zitten.

'Bent u bij het verzet betrokken geweest?'

'Ja.'

'Waar bestonden uw activiteiten dan uit?'

'Koerieren, de krant rondbrengen, Willem vergezellen naar belangrijke afspraken, joodse gezinnen helpen met de onderduik, bonkaarten bemachtigen en uitdelen aan onderduikers...'

Of ze haar contacten graag met naam en toenaam wil benoemen, voor wie koerierde ze precies, wat was de inhoud van de berichten, bij hoeveel mensen heeft ze de krant bezorgd en bij hoeveel joodse gezinnen is ze op bezoek geweest en hoeveel families heeft ze aan een onderduikadres geholpen of zelfs ervan overtuigd om te vertrekken.

Hij gaat verder met vragen over het leven in Nederland, wat eet men er zoal, zijn er genoeg vlees- en boterbonnen en hoe verloopt de distributie daarvan, bakt men zelf brood, wordt er kleding geruild, heeft zij honger gehad, zag ze vaak soldaten op straat, heeft zij haar fiets ingeleverd, heeft ze vaak haar persoonsbewijs zonder verdere opgaaf van reden moeten tonen en aan wie dan precies, rijden de treinen nog op tijd, is het druk op de stations, drinkt men nog echte thee en koffie of voornamelijk surrogaat, hebben de meeste huishoudens een radio, wat vindt de bevolking van Radio Oranje en welk radioprogramma is het populairst? Na de vragen over het leven komen de vragen over de personen. Eerst over Willem, zijn rol bij de oprichting van *Het Parool*, zijn verkenningstochten van Nederland naar België en zijn hand- en spandiensten voor de heer Beckman. De hele vriendenkring van Willem wordt systematisch afgewerkt. Emma weet op veel vragen het antwoord niet. Willem bracht ze naar nagenoeg elke afspraak, maar ze was zelden aanwezig bij de gesprekken zelf.

Is ze bij Van Roijen op bezoek geweest? Kent ze Wiardi Beckman persoonlijk? Meinoud Rost van Tonningen wellicht? Nee, die niet, gelukkig, maar zijn broer wel en die is wel goed, floept ze eruit.

'De conclusies mag u vandaag aan ons overlaten,' zegt Wolters, en ze is ineens weer een 'jongedame'.

Hij wil namen horen. Namen van mensen in haar dorp en in haar omgeving van wie zij reden heeft om aan te nemen dat ze goed dan wel fout zijn. Kent ze mensen die lid zijn van de NSB of collaboreren met de Duitsers?

Twijfel sluipt ineens haar hersenpan binnen, natuurlijk heeft ze zo haar vermoedens, maar om die nou hier uit te spreken... Ze weet zeker dat ze op haar intuïtie kan vertrouwen, en toch weet ze niet of ze haar wantrouwen wat betreft Berend hier zal uitspreken. Er notuleert iemand, dit soort uitspraken hebben vast consequenties. Maar ze krijgt ook de indruk dat ze haar niet loslaten voordat ze een paar namen heeft genoemd. Ze fixeert haar ogen op het verslag van het gesprek met Willem. Als ze nou dezelfde namen noemt als hij, dan maakt het niet zoveel uit, die hebben ze toch al op hun netvlies. Ze ziet een lange lijst, maar de meesten kent ze niet. Berend lijkt er trouwens niet tussen te staan. De eerste twee komen haar niet bekend voor, van de derde naam heeft ze een keer vaag gehoord. Zal ze die gewoon opnoemen? Van 't Sant. Hij is particulier secretaris van de koningin en in verzetskringen gingen geruchten dat hij een verrader zou zijn. Ze noemt zijn naam en de heren kunnen hun gezicht niet in de plooi houden, hun ogen verwijden aanzienlijk, alsof zij ineens met een felle zaklamp in hun gezicht schijnt. Het meisje in de hoek begint weer te pennen, haar bovenlijf diep voorovergebogen, alsof ze de inkt dieper in het papier wil drukken. Op de vraag wie ze precies bedoelt, of ze zijn voornaam weet, wat ze precies over hem heeft gehoord en hoe betrouwbaar die bronnen zijn, geeft ze een vaag antwoord. Echt gedetailleerd kan ze ook niet zijn, want in het verzet sprak iedereen erover, maar niemand had een concreet voorbeeld. De verdenkingen zijn gebaseerd op het 'waar rook is, is vuur'-principe, maar goed, ze moest iets zeggen, hier laten ze haar anders mooi niet gaan. En hoe vager haar antwoord, hoe geërgerder de ondervrager raakt. Hij zaagt door over precisie, dat hij niks heeft aan geruchten. Maar Emma heeft hem niets meer te vertellen, dus dat zegt ze dan maar want anders zit ze hier overmorgen nog.

Het kost Wolters zichtbaar moeite om het verhoor af te ronden, hij knijpt met zijn ogen en het lijkt wel of hij net een glas zure sinaasappelsap heeft gedronken, terwijl hij dacht dat het zoet zou zijn. Tot slot vraagt hij nog of Emma een idee heeft over haar toekomstige werkkring of het legeronderdeel waar ze terecht zou willen komen. Ze spreekt haar wens om Land Girl te worden uit, maar als dat niet tot de mogelijkheden behoort, wil ze ook wel op het ministerie werken. Misschien kan ze wat positieve veranderingen aanbrengen in deze procedure, of in elk geval ervoor zorgen dat de verschillende afdelingen wat efficiënter met hun tijd en die van de vluchtelingen omgaan. Wolters zegt nog dat hij haar voorkeur zal noteren, maar niets kan garanderen.

Hij pakt de notulen aan die het meisje hem aanreikt. Op de eerste pagina staat de datum. Op de laatste pagina zet hij zijn handtekening.

'De ondervraging van het PBD is afgerond.'

Emma staat op.

'Als u nog even met mij mee wilt lopen, mevrouw Flamer, dan wil de Interdepartementale Commissie nog even met u spreken.'

'Welke commissie? En waarover gaat het precies?'

'De Interdepartementale Commissie. Die horen alle overgekomen Nederlanders.'

Dit duurt echt eindeloos! Hoe vaak moet ze haar verhaal nog vertellen?

In een wachtruimte krijgt ze een papier. 'Staat van Inlichtingen' staat erboven. Er is ruimte voor haar volledige naam, geboortedatum en adres. Het ingevulde document geeft een indruk van welk deel van Nederland en van welke bedrijfstakken, diensten en kringen Emma inzonderheid kennis draagt. Dat staat er. 'Inzonderheid kennis'. Ze heeft geen zin om nog meer vragen te beantwoorden, maar is toch ook vereerd dat er naar haar kennis wordt gevraagd. En het voordeel van opschrijven is dat ze bij herhalingsvragen kan voorstellen dat ze dit papier even aan elkaar doorgeven. De Commissie is samengesteld uit vertegenwoordigers van alle departementen en afhankelijk van wat ze invult, zegt Wolters, zullen de desbetreffende leden van de verschillende departementen haar willen ondervragen.

Dilemma dus.

Hoe minder ze invult, hoe minder vertegenwoordigers met haar willen spreken, dus hoe eerder ze klaar is. Maar, hoe minder ze invult, hoe minder kennis ze lijkt te hebben. Dus: dom en snel weg. Of: slim en langer blijven zitten. Ze gaat voor het eerste, maar let wel op dat ze niet té weinig invult, want dan zullen ze haar wantrouwen. Ze noteert dat ze kennis heeft van de universiteit. De kunstnijverheidsschool is geen universiteit, maar er is geen betere categorie waar haar opleiding onder kan vallen. Studeren vond haar vader niet nodig. 'Zonde van het geld,' zei hij. 'Jij gaat toch trouwen.' Geen idee met wie, maar uiteindelijk zal hij daar wel gelijk in krijgen. Ze vult ook in dat ze kennis heeft van sociale zaken en overweegt nog of ze wat nuttige informatie heeft voor Defensie, maar besluit daarvan af te zien. Ze moet zichzelf niet overschatten.

De ambtenaar van het ministerie van Sociale Zaken trapt af. Hij wil weten hoe duur voedsel kost. Iets 'kost niet duur' maar 'is duur' of 'kost veel', weet Emma, maar dit lijkt haar geen goed moment om haar beheersing van de Nederlandse taal te demonstreren. Hij wil wel weten hoeveel loon de arbeiders verdienen, en de kruideniers, slagers en visverkopers.

Hoeveel kost een pond aardappelen en wordt tarwe veelal geruild of betaalt men daar gewoon voor, en hoe staat het trouwens met de kwaliteit van het brood? Hoe verloopt het met de distributie van de bonnen, was er al voedselschaarste toen zij uit Nederland vertrok of had iedereen bij wijze van spreken nog een reep melkchocolade in de voorraadkast liggen? Emma doet haar best om alle vragen over de voedseltoestand zo goed mogelijk te beantwoorden, maar herinnert de ambtenaar er wel aan dat zij ruim acht maanden geleden uit bezet gebied is vertrokken, en dat de kans bestaat dat er in de tussentijd een en ander is veranderd. Uitgebreid vertelt ze over de diepvriesgroente die ze ontdekte vlak voordat ze wegging. Het was bij een kruidenier op de Beethovenstraat. Achter in de winkel stond de vriezer, een gigantische kist met een deksel en een stevige sluiting. Zo'n ding had zij nog nooit gezien, dus ze vroeg wat het was en of ze erin mocht kijken. Toen ze de deksel optilde en al die groente zag, ingevroren maar wel kleurrijk, ging er een golf van geluk door haar heen. Ze hoopt dat meerdere kruideniers zo'n gevulde schatkist in de winkel hebben, want dan kunnen de mensen er nog wel even tegenaan. Emma kocht er peulen en doperwten en de soep die ze maakte, smaakte rijk en vers. De ambtenaar is verbaasd, dat van die diepvriesgroente had hij nog nooit gehoord en Emma is trots dat ze iets wezenlijks heeft bijgedragen. Echt nieuwe informatie. Dat zullen ze onthouden. In die trant vertelt ze nog dat haar oma oude jassen voor haar verzamelde en wanneer ze er genoeg had gespaard, kreeg Emma de hele stapel en die ruilde ze in voor een kledingbon. Daar kon ze dan een nieuwe jas van kopen. Moest ze er wel een stuk of acht inleveren, anders schoot het niet op. Oh, en dat ze stapels boeken de kachel in heeft zien gaan. Bij het gezin in Krommenie bijvoorbeeld, werd het noodkacheltje aangemaakt met romans. Afschuwelijk.

De ambtenaar heeft veel aandacht voor de stemming onder de bevolking, wat de burgers van de koningin vinden, hoe ze denken over de regering, de Engelse radio en natuurlijk Radio Oranje. Ook vraagt hij hoe de mensen in Nederland reageren op specifieke gebeurtenissen, zoals de benoeming van Seyss-Inquart, de bombardementen op Parijs, het feit dat Nederlandse ambtenaren een 'Ariër-verklaring' moeten tekenen, wat was de opvatting van het volk over de aanmeldingsplicht voor joodse ondernemingen, de spoorwegstaking en de Nederlanders die gefusilleerd zijn vanwege sabotage? En zo nog duizend-en-een vragen. Vragen, vragen, vragen.

Laat het stoppen. Ze is gaar. Als aardappelen waar puree van gemaakt moet worden, die moeten namelijk extra lang worden gekookt zodat het makkelijker is om ze te stampen.

Willem staat op de stoep van de pas gehuurde kamer en wil met haar trouwen. Zegt-ie. Hier in Londen. Ter plekke. Meteen.

Of nou ja, meteen, over een paar dagen, misschien een week of twee.

Emma wil het niet. Al heel lang weet ze dat ze het niet wil. Ooit wil ze wel trouwen. Maar niet met hem. Ze wil dat hij omhoog komt, dat hij weer komt staan, maar hij blijft met één knie op de grond.

'De koningin zal ook komen,' zegt hij, en Emma vraagt zich af waar hij die waanzin vandaan haalt. Ze vraagt waarom hij denkt dat de koningin hun huwelijk interessant zou vinden.

'Het zal het eerste huwelijk zijn tussen twee Engelandvaarders,' zegt Willem. 'Dat is interessant. Iedereen verheugt zich er al op. Heel Oranjehaven zal van de partij zijn. Sterker nog, het zal onze trouwlocatie zijn. Daar zal ik een ring om jouw vinger schuiven.'

Wie bedoelt hij in godsnaam met 'iedereen'? Zij is hier pas net aangekomen en kent nog helemaal niemand. Bovendien is er maar één ring die ze om haar vinger wil.

Hij zegt dat ze er nog maar even goed over na moet denken. En dat hij haar daarvoor vierentwintig uur de tijd geeft. Morgen om deze tijd wil hij een definitief antwoord.

Als je op het punt staat om tegen iemand te zeggen dat je niet met hem gaat trouwen, ook niet nadat je vierentwintig uur over het verzoek hebt nagedacht, zou je toch lichtelijk zenuwachtig moeten zijn. Maar ze kan geen enkel gevoel van spanning ontdekken, in haar hele lijf niet. Tijdens het afgelopen etmaal heeft ze ontdekt wie 'iedereen' zijn, want tijdens haar afwezigheid heeft Willem het huwelijk blijkbaar al voorbereid. De halve Nederlandse gemeenschap in Londen is op de hoogte, de dominee van de Nederlands Hervormde Kerk zal zijn zegeningen over hen uitspreken en op Oranjehaven verheugt 'iedereen' zich op een huwelijksfeest. Dat ze de bruid verder niet kennen maakt niet uit, daar gaat het niet om. Het gaat erom dat er een feestje is. En volgens Willem wordt dit ook nog eens een legendarisch feest, want het is de eerste trouwpartij tussen twee Engelandvaarders en de majesteit komt. Dat was zijn argument om haar te overtuigen.

In het appartement dat Willem voor hen samen heeft gehuurd, staat ze voor het aanrecht. Pen en papier in de hand. Haar tasje in de gang. Over een halfuur komt hij haar antwoord persoonlijk halen. Het lijkt Emma beter als ze een briefje achterlaat. Beter voor hem. Makkelijker. Want het briefje zal geen weerwoord hebben.

Ze zet de tekst meteen op papier, zonder eerst proef te schrijven. Het maakt niet uit hoe ze dit opschrijft. Ze denkt aan Jacques, aan hoe hij voor alles de juiste woorden wist te vinden, en ook liefdesverdriet zo mooi kon inpakken dat zelfs het breken van een hart klonk als een cadeautje. Die gave heeft zij niet. Ook al zou ze het willen, ze kan het niet mooier maken dan het is, dus ze schrijft gewoon op waar het op staat.

Lieve Willem,
De koningin komt niet naar ons huwelijk. Want wij gaan niet trouwen.
Het spijt me, Willem. Heb geduld en laten we t.z.t., als dit bezonken is, weer afspreken.
Het ga je goed,
je EmSB

35

Het meisje zingt een liedje. Het licht is gedimd, ze staat in een spot. Emma kijkt vanaf rij drie over haar schouder de zaal in. Het lied gaat over verzet. En over liefde. Liefde voor hem en liefde voor het vaderland. Alle ogen in het publiek zijn gericht op het podium. Op dat meisje. Het doet Emma denken aan haar eerste toneelstuk, wat ook meteen haar eerste hoofdrol was. Ze weet nog goed hoe het voelt om toneel te spelen, in haar eentje op het podium, op de planken, voor een zaal vol met mensen. Het publiek bespelen, geweldig. Een uitdaging, maar ze wist hoe het moest. Ze had er een trucje voor, dat ze ook in het dagelijks leven toepaste.

Je moet er zelf in geloven. Dat het geen rol is die je speelt, maar dat jij dat echt bent. Dan straal je dat uit. En dan gelooft het publiek je ook. Dan zijn ze stil. Dan kijken ze naar jou. En aan het eind klappen ze. Een ongelofelijke kick.

De meisjes-hbs waar zij op school zat, organiseerde elk jaar een toneelstuk. Emma deed auditie en kreeg de hoofdrol. Het stuk was gebaseerd op een verhaal van Cissy van Marxveldt. De uitvoering was in de schouwburg in Haarlem en de mannelijke hoofdrol zou worden gespeeld door een jongen van de jongens-hbs.

Willem.

Zo ontmoetten ze elkaar. Zij had toen een ander vriendje en Willem heeft zijn best gedaan om daar verandering in te brengen. Als hij in een goede bui was, was hij erg geestig. De vonk sloeg niet over tijdens het toneelstuk. Emma was niet onder de indruk van zijn acteertalent. Sterker nog, ze vond dat hij bijzonder slecht speelde. Maar Willem is haar na de voorstelling niet uit het oog verloren. Hij heeft ontzettend achter haar aan gelopen. Hij was een paar jaar ouder en nam haar mee naar de bioscoop, naar de vroege voorstelling. Ze keken naar elkaars wedstrijden, hij speelde cricket en zij hockey. Hij hielp haar met huiswerk maken en ze zaten samen op dansles. Emma danste graag en ook met Willem, maar liever nog met de leraar. Die koos haar vaak uit om de pasjes voor te doen.

De regisseur van dat eerste toneelstuk zei tegen Emma dat ze niet naar de kunstnijverheidsschool moest gaan. 'Jij moet gaan acteren.' Zij heeft niet naar hem geluisterd, maar begrijpt wel wat hij bedoelde. En wat hij toen al in haar zag.

'Je kunt je hele leven nog acteren,' had ze geantwoord.

Ze haalt de ring drie dagen later op bij de juwelier.

Verantwoording

Ik vroeg: 'Wat deden jullie vroeger als je een leuke man had leren kennen? Gingen jullie ook op date? Dineren, naar de film of wandelen in het park?'

'Welnee,' antwoordde mijn oma. 'Wij gingen meteen naar bed.'

'Niet eerst even met elkaar praten misschien?' probeerde ik nog, terwijl ik mijn lach verdoezelde.

'Waarom praten als je ook dingen kan dóén?'

Ik zag de oren van mijn opa zowat klapperen. 'Ik denk niet dat er veel grootmoeders zijn die zo met hun kleinkinderen praten,' zei hij.

Zonder mijn 'omama' was dit verhaal er nooit geweest. Wat begon als de drang om haar belevenissen tijdens de Tweede Wereldoorlog te documenteren, voor mezelf, mijn zusjes, mijn ouders en de rest van de familie, werd een avontuur.

Mijn oma, Ellis de Smeth-Brandon, is bijzonder, eigenwijs, recalcitrant en eerlijk, en ik heb het geluk gehad dat zij antwoord wilde geven op al mijn vragen. Het maakte niet uit wat ik vroeg, zij begon te vertellen, of zei wat ze ervan vond. Haar oorlogsverhalen waren ernstig en ook avontuurlijk en stout. De gesprekken met haar zijn de inspiratie geweest voor het verhaal van Emma Flames. Er zijn gelijkenissen, zowel wat betreft de belevenissen van Emma tijdens de oorlog, als het karakter van de oudere Emma, deze roman is *based on a true story.*

De tocht van Emma tijdens de oorlog is echt zo verlopen, de plaatsen die ze heeft aangedaan om van Rotterdam naar Londen te vluchten, komen exact overeen: Amsterdam, Antwerpen, Brussel, Wattrelos, Lille, Parijs, Saint-Jean-de-Luz, San Sebastián, Madrid, Praia das Maças en Lissabon.

Ze is echt getrouwd geweest met Chris Krediet, een van de Soldaten van Oranje. En ook de historie met de andere Soldaat van Oranje, Erik Hazelhoff Roelfzema, is waargebeurd. Alle anekdotes, inclusief het verhaal van de foto van zichzelf die hij uit haar naam naar *Time magazine* stuurde, zijn waar.

En dan de ring. Tijdens de oorlog is de Granny van Ellis daadwerkelijk overleden en drie maanden later zaten haar vader en zij per toeval in dezelfde coupé. Maar de ring is een eigen leven gaan leiden in deze roman. Mijn oma heeft geen moeilijkheden gehad bij de grens tussen België en Frankrijk, en heeft hem dus ook niet hoeven afstaan aan een Duitse soldaat. In werkelijkheid is mijn oma met de ring en op blote voeten de Pyreneeën over gelopen. De ring, met één diamant en twéé parels, liet ze me om halftwee 's nachts nog even zien, en we moesten lachen, dat wij daar zo zaten met z'n tweetjes midden in de nacht. Dat was fijn, maar de dierbaarste momenten waren toch wanneer ze het kwetsbaarst was. En die heb ik met haar beleefd, en vastgelegd. Op een van de opnames zegt ze: 'Niemand kent mij straks zo goed als jij.'

Carlijn Vis
Amsterdam, 29 november 2011

PS Op www.vrijspelderoman.nl zijn gespreksfragmenten tussen mijn oma en mij te beluisteren. Ontdek op de website nog meer video- en geluidsfragmenten, haar reisroute op de kaart, stokoude foto's en het originele verhoor dat bij haar aankomst in Londen is opgetekend.